Sabine Kunz

Zurück zu meinem Leben

Roman

Nach einem Nervenzusammenbruch findet sich Lena in den Trümmern ihres Lebens wieder.

Die Ehe am Ende, die Fähigkeit zu arbeiten verloren und das Gefühl, ihre eigene Identität nicht mehr zu kennen. Der Umzug aufs Land bringt auch nicht den ersehnten Frieden. Stattdessen scheinen merkwürdige Träume, ungeklärte Gefühle und rätselhafte Erinnerungen aus der Tiefe ihrer Seele emporzusteigen. In einem Akt der Verzweiflung sucht Lena Hilfe bei einer Wahrsagerin, die eine verrückte Vermutung ausspricht: Eine fremde Seele habe Besitz von ihrem Körper ergriffen. Die Grenzen zwischen Realität und Imagination beginnen zu verschwimmen, als Lena sich auf die Suche nach der Wahrheit begibt. Doch gleichzeitig beginnt es immer heller in ihrem Herzen zu werden, denn der Mann ihrer Träume ist näher als sie denkt.

„Zurück zu meinem Leben" ist eine Geschichte über die Kraft der Liebe, die Suche nach der eigenen Identität, die transformative Kraft der Erkenntnis … und die Möglichkeit, dass unsere Seele einen eigenen Plan hat.

Sabine Kunz lebt südlich von Wien mit ihrem Mann, einer Katze und vier Hühnern. 2007 hat sie das Kabarett-Duo F.R.O.H. mitbegründet, mit dem sie einige Jahre durch Österreich tourte. Außerdem ist sie Co-Autorin des Drehbuchs für den Film „das Kleine Vergnügen", der 2017 in die Kinos kam und internationale Auszeichnungen erhielt. 2020 erschien ihr erster Krimi „Die Saubermacherin" im Gmeiner Verlag, der 2022 in der Shortlist für den Leo-Perutz-Preis für Kriminalliteratur nominiert war. 2023 folgte der 2. Band „Die Saubermacherin – wischen impossible".

Personen und Handlung der nachfolgenden
Geschichte sind frei erfunden.
Ähnlichkeiten mit lebenden oder toten Personen
sind rein zufällig und nicht beabsichtigt.

Inhalt

1 Mein neues Leben

Ich ohme gedankenversunken vor mich hin. Das ist natürlich ein Widerspruch in sich, würde mein Qi-Gong-Meister Shantu sagen. Das Ohm bedarf einer gedankenlosen Präsenz. Leere Deinen Geist ... Aber mein Geist will heute nicht leer sein. Er ist zum Bersten gefüllt. Wie der Dachboden des Hauses, in dem ich seit kurzem wohne. Ich und mein Mann Tristan. Hm ... Mein Geist möchte jetzt über Tristan nachdenken, ich aber nicht. Er ist ein schwieriges Thema. Er verwirrt mich. In letzter Zeit mehr denn je. Ich lasse den Gedanken ziehen, wie eine Wolke im Wind. Das sagt Shantu immer zu uns. Shantu, der eigentlich Martin heißt und früher Bäcker war, bevor er sein Gewerbe aufgrund einer Mehlallergie gegen eine Massagepraxis eingetauscht hat. Vielleicht lasse ich die Gedankenwolke auch weniger ziehen, als dass ich ihr hinterherschreie, dass sie endlich aufs Meer rausziehen soll, um sich dort auszuregnen.

Das Meer. Da kommt schon die nächste Gedankenwolke. Ein blasses Bild von Florian wabert durch mein entspannungs¿geplagtes Gehirn. Undeutlicher und flüchtiger als früher und es geht auch nicht mit dem üblichen Gefühlstumult einher. Diese Wolke zieht ganz von alleine vorbei. Das irritiert mich ein bisschen.

Ich sehe aus dem Augenwinkel, dass Shantu schon längst bei der „Trage-den-Himmel“-Übung ist, während ich noch immer bei „Glätte-das-Wasser“ herumrudere. Ich versuche mich zu fokussieren und lasse meine Arme langsam nach oben wandern, um mich auf meinen weichen Atem zu konzentrieren. Dabei bemerke ich, dass ich eigentlich die letzten fünf Minuten überhaupt nicht geatmet habe. Mein Zwerchfell klebt an meinem Rückgrat und die offenen Hände, die das Qi sanft leiten sollen, sind zu Fäusten geballt.

Shantu hat mich wohl schon eine Weile beobachtet, denn er spricht in meditativ modulierter Stimme: „Und wir boxen nicht mit dem Qi, sondern lassen unsere Hände darin baden“. Ich seufze und konzentriere mich wieder auf meine Aufgabe und eine Weile gelingt es mir ganz gut. Glücklicherweise ist kurz später die Stunde zu Ende, denn mein Hirn hat begonnen, die anwesenden Mitstudentinnen auszustallieren. Ich drücke mich in der Garderobe in die Ecke und tausche meine unförmigen Trainingshosen gegen ebenso unförmige Jeans aus. Seit meinem „Zusammenbruch“ fühle ich mich in Riesenkleidung am wohlsten. Sie bietet den notwendigen Puffer gegen die Außenwelt. Das war früher ganz anders. Da wollte ich so wenig Puffer zwischen mir und der Welt wie möglich - so viel spüren, wie es nur geht. Jetzt, gleich, intensiv. Aber früher war eigentlich alles anders.

Hinter mir schnattern meine Mitstudentinnen über das bevorstehende Mittelalterfestival der Gemeinde. Angeblich ist es in der Szene weit bekannt. Ich habe noch nie etwas davon gehört, aber anderseits hat mich das Mittelalter bisher auch wenig interessiert. Offensichtlich ist das Fest eine alte Tradition, bei der sowohl Mittelalter-Spezialisten aus halb Europa ihre Waren feilbieten als auch die gesamte Gemeinde mitmacht. Ich höre nicht besonders gut zu, sondern überlege, was ich noch einkaufen soll. Bis zu dem Moment, als ich bemerke, dass mich alle anstarren.

„Lena? Was denkst Du?", fragt mich Johanna, die große fleischige Köchin vom örtlichen Wirt. Ihre ständig taxierenden Augen hängen in meinen Haaren. Ich fahre verlegen durch meine verstrubelte rote Mähne, die erst seit kurzem wieder meine natürliche Haarfarbe hat. In meinem coolen früheren Leben waren sie blondiert mit Strähnchen. Aber in letzter Zeit hatte ich einfach nicht die Kraft, mich um irgendeine Frisur zu kümmern.

„Jaaaa", beginne ich und spüre wie ich immer schwächer werde. Ich muss Worte sparen. Worte machen müde. Vielleicht weil mit den Worten die Luft aus dem Körper rausgeht und damit der Sauerstoff. Und ich habe oft das Gefühl, nicht genug Sauerstoff zu haben. Einen Moment lang überlege ich, ob ich einen Ohnmachtsanfall vortäuschen sollte, um dieser Befragung zu entgehen. Das wäre ganz leicht. Vielleicht müsste ich ihn nicht einmal vortäuschen. Noch ein bisschen Luft rausblasen und dann einfach das Bewusstsein loslassen.

Alice, ich glaube sie ist Mutter und Hausfrau, schaut mich mütterlich sorgenvoll an. Habe ich schon die Augen verdreht? Jedenfalls nimmt sie mich an der Hand und zieht mich in Richtung Türe. „Du kannst es Dir ja noch überlegen. Unsere alte Wahrsagerin Anais will den Job nicht mehr machen. Beziehungsweise ist sie zurzeit nicht auffindbar. Also ... Du hättest auf jeden Fall schon einmal die richtige Haarfarbe“ grinst sie mich aufmunternd an, während sie mich durch die Eingangstüre bugsiert und sich von den anderen verabschiedet. Ich sehe noch, wie Johanna ihre fleischige Nase rümpft und sich dann wieder den anderen zuwendet.

Alice schaut mich nochmal forschend an und fragt: „Alles in Ordnung mit Dir? Du siehst ein bisschen blass aus. Soll ich Dich nach Hause begleiten?“

„Danke, geht schon. Muss noch kurz einkaufen“. Mit Alice zu reden ist nicht ganz so anstrengend. Sie hat eine angenehme, zurückhaltende Art.

„Oh ... na gut, wenn es Dir recht ist, geh ich mit, weil ich auch noch etwas brauche“. Sie mustert immer noch mein Gesicht.

„Ja, fein“, murmle ich, obwohl ich ehrlich gestanden lieber alleine wäre. Ich rolle meine Haare zusammen und stopfe sie unter die Kapuze. Nicht, dass es so kalt wäre. Die Luft ist angenehm warm, es ist Ende Mai, überall zwitschern die Vögel und es liegt der Duft von Flieder in der Luft. Ich höre ein eindringliches „Girlitt, Girlitt" aus der Hecke neben mir und es schießt mir ein, dass das ein gelber Girlitz ist. Ich habe keine Ahnung, woher ich das weiß. In meinem schicken Innenstadtloft im 7. Bezirk gab es zwar auch hin und wieder Vogelgezwitscher. Mehrheitlich kam das vermutlich von den Tauben im Innenhof, die sich über das Taubenabwehrgitter lustig machten und dort ihre Brut zur Welt brachten. Aber damals wäre mir nicht einmal der Unterschied zwischen dem molligen Grugru der Tauben und dem aufgeregten Geschrei der Spatzen aufgefallen, geschweige denn die unterschiedlichen Rufe diverser Finkenarten. Und doch weiß ich jetzt mit Sicherheit, dass diese Klangfolge zu einem Girlitz, auch Serinus genannt, gehört. Seltsam.

Seltsam ist für mich das neue Normal geworden in letzter Zeit. Ich nenne es gerne die letzte Zeit, damit ich mich nicht damit konfrontieren muss, dass ich jetzt bereits seit zwei Jahren in einem Ausnahmezustand lebe. Kurz erinnere ich mich, dass ein Vogelzwitschern das erste Geräusch war, dass damals im Krankenhaus durch diese dumpfe Wand gedrungen ist, in der ich gefangen war. Eine Wand wie aus Wasser, durch die die Stimmen der Ärzte eigenartig verzerrt zu mir hinabschwebten.

Der kleine Supermarkt des Ortes ist ein Anachronismus zu den gängigen HochglanzSupermärkten und vermutlich wird es ihn nicht mehr lange geben. Er wird durch irgendein charakterloses Glasgebäude außerhalb des Ortsgebiets ersetzt werden. Ich erschrecke, als Alice an mir vorbei geht und die Türe öffnet. Ich hätte sie beinahe vergessen. Die Gänge sind eng und dunkel, meist ist es sehr ruhig und das Sortiment erinnert an ehemalige Ostblock-Zeiten. Eine Frau mit eindrucksvollem Schnurrbart bewohnt die Wursttheke. Vielleicht ist es auch ein Mann mit Hormonungleichgewicht. In jedem Fall schüchtert sie/er mich ein, weswegen ich schon überlegt habe, Vegetarierin zu werden. Ich lasse meine Augen über das Regal gleiten und überlege, worauf ich heute Appetit habe. Dr. Friedrich hat mir geraten, meine Geschmacksnerven neu zu erforschen, als ich ihm erzählt habe, dass alles anders schmeckt und eigentlich nichts wirklich gut. Dr. Friedrich war mein Lebensanker in der Klinik. Ich kann immer noch sein freundliches, rundes Gesicht mit dem Seehund-Schnauzbart sehen, sein aufmunterndes Nicken, wenn ich mein Innenleben vor ihm seziert habe.

Ich habe Lust auf einen Sterz. Mit Apfelkompott und Zimt. Krass. Ich kann mich nicht erinnern, dass ich schon jemals Sterz gegessen habe. Aber das muss ich wohl, denn ich kann förmlich die körnige Masse auf meiner Zunge spüren, während ich daran denke und meine Speicheldrüsen haben auch eine lebhafte Erinnerung daran. Ich muss aufpassen, dass mir nicht der Sabber über die Lippen tröpfelt.

Schön, also werde ich heute das erste Mal in meinem Leben einen Sterz kochen. Dann brauche ich wenigstens nicht die Wurst-Mann-Frau zu bemühen. Ich suche und finde eine Packung Maisgries, ein paar Äpfel und eine Packung Zucker. Außerdem nehme ich noch ein Brot mit sowie Butter und Käse für das Frühstück morgen. Alles andere müsste eigentlich zu Hause sein. Also in der alten Mühle. Es fällt mir immer noch schwer, es als Daheim zu bezeichnen. Alles riecht noch so fremd und oft sitze ich einfach stundenlang still im Wohnzimmer und sehe mir die Möbel an, weil ich nicht sicher bin, ob sie am richtigen Platz stehen. Falls Tristan heute überraschend früh nach Hause kommt, werde ich ihm den Sterz vorsetzen. Ich habe in letzter Zeit einige überraschte Blicke von ihm geerntet, wenn ich ihm meine selbstgekochten Speisen serviert habe. Aber er sagt nichts. Ich denke er versucht, mich nicht zu beunruhigen. Ich sage ihm nicht, dass keiner seiner Kommentare mich mehr beunruhigen könnte als die Tatsache, dass ich koche. Früher haben sich meine Kochkenntnisse auf das Wärmen von Lieferservice-Schachteln oder Spaghetti mit Dosensauce beschränkt.

Ich stehe vor der Kassa. Die Wurst-Mann-Frau sieht streng zu mir herüber. Ihre Kollegin, eine Hagere mittleren Alters mit dünnem beigen Haar, die normal an der Kassa Klatschzeitungen liest, scheint verschwunden zu sein. Ich mustere die Zettel am schwarzen Brett, um mir die Zeit zu vertreiben. „Wir suchen unseren Kater Stubsi.

Er ist rot und dick und sein linkes Ohr ist ausgefranst." „Nachhilfestunden in Englisch mit Clara", mit ihrer Telefonnummer auf Streifen zum Abreißen. „Fahrrad zu verkaufen". Ein blaues altes. Eigentlich sehr hübsch. Vielleicht sollte ich mir ein Fahrrad kaufen. Hier am Land könnte das praktisch sein und meine Mobilität erhöhen. Denn Autofahren darf ich noch nicht. Eine Heilerin bietet das Reinigen von Fremdenergien für Menschen und Häuser an. Der Zettel ist handgeschrieben und liebevoll mit Symbolen verziert. Ich sinniere über das Putzzubehör für das Reinigen von Fremdenergien. Gibt es dafür einen eigenen Staubsauger?

„Schon fertig?" Alice steht mit ihrem vollen Einkaufswagen hinter mir. 5 Packungen Milch, 6 Packungen Butter, ein riesiger Laib Brot. Sie gibt der Wurst-Mann-Frau ein Zeichen und wie von Geisterhand öffnet sich die Türe zum Hinterraum und die hagere Kassiererin kommt auf uns zu. Offensichtlich gibt es einen Kodex, dass man nur Zugereiste warten lässt.

„Du hast Kinder, nicht wahr?", sage ich mit einem Blick auf den Einkaufswagen und versuche Konversation zu machen, obwohl ich mich eigentlich zu müde dafür fühle. Alice ist mir sympathisch. Sie ist zierlich und ein bisschen durchsichtig, mit großen Augen, die meist durch dunkle Augenringe untermalt sind. Sie sieht aus wie Schneewittchen, bis auf die Augenringe natürlich.

Ich schätze sie ein paar Jahre jünger als mich, auf so ungefähr 28.

„Ja, meine Tochter Ines und...“, sie stockt und blinzelt ein paar Mal, „einen Sohn … Tommy“, setzt sie fort und lächelt dann mit dem Mund. Ob der Sohn vielleicht eine Behinderung hat? Das würde die Augenringe erklären.

2 Zu Hause

Ich schließe das große knarzende Holztor von unserem neuen Zuhause auf. Das Tor öffnet sich zu einem kleinen Innenhof mit Kieselsteinen und einem Nussbaum in der Ecke. Das ist mein liebster Teil vom Haus. Die unebenen, weiß gekalkten Mauern, die ihn umgeben, sind mit Efeu bewuchert. Die Türe fällt hinter mir ins Schloss und ich fühle mich von der Welt getrennt. In einem eigenen Universum. Der Mond lässt die unbewachsenen Teile der Mauern hell leuchten und eine kleine Fledermaus schießt durch das viereckige Stück Himmel, das sich über mir öffnet, auf der Jagd nach ihrem Nachtmahl. Oder Frühstück? Ich kenne mich mit dem Tagesablauf von Fledermäusen nicht so aus. Ich lasse mich auf die wackelige, kleine Holzbank neben der Haustüre fallen und atme tief durch. Meine Augen verfangen sich in den Sternen, die heute besonders klar herunterleuchten und eine Sehnsucht dehnt sich in mir aus. Ich weiß nicht wonach eigentlich, es fühlt sich an wie das Ziehen einer alten Narbe. Immer noch besser als das beklemmende Nichts, das sich zuvor in mir ausgebreitet hatte.

In diesem kleinen Hof fühle ich mich zuhause. Auch wenn mir das Haus drinnen noch fremd ist. Hier habe ich das Gefühl, angekommen zu sein und mich in diese alten Mauern hineinkuscheln zu können. So als hätten sie schon lange auf mich gewartet.

Im Haus ist es noch dunkel. Tristan ist also noch „auf Tour". So nennt er seine abendlichen Visiten, die er fast täglich absolviert, seit er seine Stelle als Gemeindearzt hier angetreten hat. Im Grunde genommen macht es für mich keinen großen Unterschied zu früher. Als er noch im Krankenhaus in Wien war, füllten überraschende Besprechungen oder Not-OPs seine Abende. Jetzt sind es hustende Kinder und gestolperte Senioren. Es ist schwer zu sagen, ob es die Hingabe an seine Arbeit ist, die ihn an den Abenden fernhält, oder der Versuch, eine Begegnung mit mir zu vermeiden. Unsere Beziehung ist schon lange schwierig. Und mein Zusammenbruch hat unser Zusammenleben nicht unbedingt verbessert.

Die kleine Fledermaus dreht gerade ein Looping. Es sieht wie ein wunderschöner, fröhlicher Tanz aus. Ich glaube sie zwitschert leise, während sie das tut.

Ich höre einen Schlüssel im Schloss der Hoftür klackern und kurz danach ein leises Knarren. Tristan tritt in den Hof, in seiner Hand die Arzttasche. Sein Hemd ist leicht zerknittert und die Ärmel sind aufgekrempelt. An der Vorderseite klebt etwas, das wie Babykotze aussieht. Er sieht fröhlich aus. Leicht abgekämpft, seine dunklen, etwas überfälligen Haare sind durcheinander, aber seine Augen lächeln, als würde er noch an einen Witz denken, den er gerade gehört hat. Mein Herz schlägt schneller und ein warmes Gefühl macht sich breit. Ich wünsche mir kurz, dass wir ein ganz normales Paar wären und er sich neben mich auf die Bank setzen und mir von seinem Tag erzählen würde. Im gleichen Moment hebt er seinen Kopf und sieht mich an. Ich bemerke seinen Impuls, auf mich zuzugehen und sich zu mir zu setzen. Aber dann verändert sich etwas in seinen Augen. Das Lächeln erlischt und die übliche Angespanntheit kehrt zurück.

Er legt den Kopf schief und fragt „Und? … wie war Dein Tag?“. Da weiß ich, dass er wieder mehr der Arzt ist, der befürchtet, dass seine schwierigste Patientin noch eine Konsultation benötigt.

Sein Handy piepst und er greift danach. Seine ganze Aufmerksamkeit ist jetzt bei der SMS.

„Ganz okay“, antworte ich, obwohl er mich schon nicht mehr hört. „Na, das ist ja fein“, sagt er und wendet sich tippend von mir ab, um im Haus zu verschwinden. Er will mit seiner SMS alleine sein und ich vermute, dass sie von einer Person kommt, die ihn in letzter Zeit viel beschäftigt. Ganz genau weiß ich es natürlich nicht, aber ich vermute schon länger, dass es da jemanden gibt. Manchmal höre ich ihn telefonieren und seine Stimme klingt fröhlich und warm. Ein bisschen so, wie sie klang, als wir am Anfang unserer Beziehung miteinander telefoniert haben. Bisher hat mir mein Stolz verboten, in seinen Sachen zu schnüffeln. Mein Stolz und meine Resignation. Und vielleicht auch die Angst davor, welche Konsequenzen ich ziehen müsste, wenn ich Klarheit hätte. Ich hätte keine Ahnung, wie ich im Moment alleine überleben sollte.

Zwei Jahre ohne Job machen sich nicht so gut im Lebenslauf und selbst, wenn ich jemanden überzeugen könnte, mich zu engagieren, würde ich in meinem momentanen Zustand nicht lange durchhalten. Wenn ich früher von Frauen diese Argumente gehört habe, habe ich immer gedacht, das dürfe doch kein Grund sein, sich nicht aus einer gescheiterten Ehe zu befreien. Tja, es sieht immer anders aus, wenn man selbst mitten drin ist.

Ich spüre, wie sich ein paar Tränen in meine Augen stehlen und springe auf, denn ich habe keine Lust, den Abend schon wieder heulend zu verbringen. Traurigkeit ist noch deprimierender, wenn sie niemanden interessiert. Wenn stattdessen die Erwartung herrscht, dass man jetzt endlich mal darüber hinwegkommen soll. Dann fühle ich mich noch mehr als Versagerin, als ich das ohnehin schon tue.

Ich schnappe meine Einkäufe und gehe ins Haus. Auf dem Weg zur Küche sehe ich Tristan im Wohnzimmer auf der Couch liegen und in sein Handy tippen. Er hat sein Hemd ausgezogen und liegt mit nacktem Oberkörper da. Scheinbar passt der Geruch der Babykotze nicht zum Inhalt seiner SMS. Ich bleibe kurz stehen und beobachte ihn, vielleicht in der Hoffnung, dass er mich doch beachtet. Er ist groß und kräftig. Meine Arbeitskollegen haben immer gescherzt, dass er aussiehe wie ein Hufschmid, nicht wie ein Arzt. Ganz anders als Florian, der eher sehnig, wendig und geschmeidig war. Wenn man Florian mit einem Araber vergleichen würde, wäre Tristan ein Noriker, ein großer, gutmütiger Kaltblüter. Ja, das beschreibt ihn ganz gut. Diese Ausstrahlung ist es auch, die ihm die Herzen sämtlicher Patienten und vor allem auch der Patientinnen zufliegen lässt. Ist es eine Patientin, der er jetzt schreibt? Oder ist es eine seiner Kolleginnen? Bin ich eifersüchtig? Es fühlt sich verdammt danach an, auch wenn ich nicht weiß, warum. Er hat allen Grund, sich anderweitig zu orientieren und früher wäre ich darüber - glaube ich - sogar erleichtert gewesen. Warum fühlt sich dieser nagende Schmerz dann jetzt so anders an?

„Ich koche einen Sterz, hast Du noch Hunger?", höre ich mich sagen, weil ich diese hingebungsvolle Aufmerksamkeit für seine SMS nicht ertrage und irgendetwas sagen muss, um sie zu unterbrechen.

Er lächelt mechanisch und sagt „super", dann tippt er konzentriert weiter. Als ich in der Küche bin und meine Einkäufe auspacke, höre ich seine fassungslose Stimme „einen Sterz?".

In der Küche beginnen meine Hände wie von selbst zu arbeiten. Sie nehmen den großen, gusseisernen Topf, den wir hier im Haus schon vorgefunden haben und stellen ihn mit Wasser gefüllt auf den Herd. Ich schütte Salz hinein und schaue dem Wasser dabei zu, wie es zu kochen beginnt. Das hat etwas Hypnotisches. Das Wasser scheint heller und dünnflüssiger zu werden und auf dem Boden des Topfes bilden sich Wirbel, wie kleine Baby-Tornados, die langsam mehr werden. An den Rändern beginnen Luftbläschen zu hüpfen, das Wasser wird immer lebendiger und ungeduldiger. Ich rühre den Maisgries hinein und schaue ihm beim Eindicken zu. Der ganze Vorgang beruhigt mich.

Ich wünschte, dass Tristan zu mir in die Küche käme und mich nochmals fragte, wie es mir geht. Dass ich ihm erzählen könnte, was in mir vorgeht. Gleichzeitig sträube ich mich dagegen. Das Gefühl, in den letzten Monaten eine Last für ihn geworden zu sein, die er bereit zu tragen ist, weil er verantwortungsvoll sein möchte, beklemmt mich.

Der Sterz leuchtet gelb und verheißungsvoll. Ich röste ihn ein wenig in Butter an, stäube Zimt und Zucker drüber und hole das Apfelmus aus der Vorratskammer. Daran muss ich mich auch erst gewöhnen, dass es hier eine Vorratskammer gibt. Der Vorteil an so einem alten Gemäuer ist, dass die hinteren Räume selbst im Sommer angenehm gekühlt sind. Der Nachteil, dass man ständig warme Socken braucht, weil sonst die Füße dauertiefgekühlt sind.

Als ich ins Wohnzimmer schaue, um Tristan zu sagen, dass das Essen fertig ist, sehe ich, dass er auf dem

Sofa eingeschlafen ist. Skurriler Weise halten seine Hände während des Schlafens das Handy fest umklammert und das Handy, die Hände und der Bauch bewegen sich im Rhythmus der Atmung auf und ab.

Florians Bauch war definiert und hatte einen ausgeprägten „Six-Pack“, der mich gelegentlich schon sehr beeindruckte. Der Bauch von Tristan ist zwar flach und samtig, aber von Six-Pack ist weit und breit keine Spur zu sehen.

Dafür ist er sehr kuschelig und sein Anblick löst in mir Erinnerungen an Momente der Geborgenheit aus. Ich hole mir den Teller Sterz aus der Küche, löffle ein bisschen Apfelmus drauf und mache es mir im Lehnsessel gegenüber der Couch bequem. Ich koste vorsichtig von der gelben, kuchenähnlichen Masse und bin hingerissen. Warum habe ich bisher ohne Sterz gelebt, ich glaube, nie etwas Besseres gegessen zu haben. Ich beschließe, ab sofort von Sterz zu leben. Umso mehr, als es ein sehr einfaches, schnelles Gericht ist, dass man sogar im Zustand totaler Erschöpfung noch zubereiten kann.

Während ich genüsslich das Essen in mich reinstopfe, beobachte ich Tristan beim Schlafen. Widersprüchliche Gefühle durchfluten mich. Zärtlichkeit, Zuneigung. Der Wunsch ihn gehen lassen zu können, keine Last mehr zu sein. Die Wut darüber, dass da eine andere ist, die sich zwischen uns drängt und gleichzeitig das

Wissen, dass ich diejenige war, die zuerst einen unsichtbaren Dritten in unsere Beziehung mitbrachte.

Das wohlige, volle Gefühl des Sterzes in meinem Bauch und das anstrengende Gefühlschaos lassen mich sanft einschlummern. Anders als Tristan, schaffe ich es nicht Teller und Besteck im Schlaf festzuhalten. Das letzte, was ich noch mitbekomme, ist deren Gleiten auf den Sessel.

3 Der Traum

Florian steht neben einem kleinen Segelboot an einem wunderschönen, palmenumwachsenen Sandstrand und ich laufe auf ihn zu. Es ist anstrengend, weil ich dauernd im Sand durchtrete und wieder zurückrutsche. Ich schwitze und keuche, aber ich weiß, dass ich nicht aufgeben darf und schließlich schaffe ich es. Ich nehme Florians ausgestreckte Hand und fühle mich glücklich. Gemeinsam mit ihm drehe ich mich um und schaue Richtung Land. Dort stehe ebenfalls ich. Eine andere Version von mir. Hinter dem anderen Ich breitet sich ein Dorf aus, das überhaupt nicht zum Strand und zum Meer passt. Es sieht aus wie ein Alpendorf, mit Weiher und Giebeldächern. Mein Strand-Ich winkt meinem Dorf-Ich zu und schiebt gemeinsam mit Florian das kleine Segelboot aufs Meer, dann springe ich hinein und wir segeln auf die Sonne zu, die gerade im Meer versinkt.

Mein Dorf-Ich sieht mein Strand-Ich und Florian am Horizont verschwinden und dreht sich, um auf ein kleines Haus am Weiher zuzugehen, vor dem Tristan steht. Mein Herz klopft und ich laufe immer schneller, bis ich ihm in die Arme falle. Eine unglaubliche Erleichterung durchfährt mich. Ich habe ihn gefunden. Endlich.

Ich wache auf und spüre, dass mich der wirkliche Tristan in den Armen hält und Richtung Schlafzimmer trägt. Sein warmer Atem streicht über meinen Kopf, ich schmiege meine Wange an seinen Oberkörper und schnuppere heimlich, genieße das Gefühl der Geborgenheit. Er riecht so gut. Hat er früher auch so gerochen? Nicht denken - nur spüren. Ich lasse die Augen fest geschlossen, um den Moment nicht zu verderben. Ich spüre seine Muskeln, wie sie sich durch die Anstrengung, mich zu heben, bewegen. Scheiß auf den Six-Pack von Florian – das hier fühlt sich echt, stark und sexy an. Er legt mich auf unser gemeinsames Bett, deckt mich zu und streicht mir die Haare aus dem Gesicht. Dann bleibt er einen Moment ruhig stehen. Vielleicht sieht er mich an, ich kann es leider nicht sehen. Ich versuche den Atem nicht anzuhalten und gebe ein kleines Schnarch Geräusch von mir, damit er nicht auf die Idee kommt, dass ich wach bin. Dann verlässt er zu meinem Bedauern das Schlafzimmer.

4 Ruth

„Und, wie hat sich das für Sie angefühlt, Florian am Horizont verschwinden zu sehen?". Meine Therapeutin Ruth sieht mich mit ihren durchdringenden, ungeschminkten Augen an. Sie sitzt kerzengerade in ihrem Lehnsessel, genau in der Mitte zwischen den beiden Armlehnen, die Beine nebeneinandergestellt, ein Klemmbrett mit meiner Kundenakte auf dem Schoss. Ein Musterbild an Symmetrie. Man könnte meinen, dass das zwanghaft wirkt, aber für mich hat es etwas Beruhigendes. Völlige Mitte in all meinem Chaos. Ein lebendes Lineal.

Sie ist klein, schmal und drahtig, wie eine russische Leistungsturnerin. Alles an ihr wirkt funktional, auch der Kurzhaarschnitt, der deutlich von Grau durchzogen ist. Die Kleidung ist klassisch, unspektakulär. Eine dunkelgraue, schmal geschnittene Hose, eine hellgraue Bluse und eine dunkelblaue Baumwolljacke. Das einzig Bunte an ihr ist der kleine, grüne Edelsteinanhänger, der an einer zarten Silberkette um den Hals hängt. Die Füße stecken in dunkelblauen, flachen Ballerinas. Ich kann mir nicht vorstellen, dass diese Frau je Absätze tragen würde. Ich glaube, es wäre eine Beleidigung für ihre Erdgebundenheit. Liederlicher Tand. Keine Ahnung, wie ich auf so eine altmodische Beschreibung komme, aber sie passt. Doch bei all dieser Präzision und Kontrolliertheit ist da auch echtes, menschliches Interesse. Keine aufgesetzte, überschwängliche Wärme, die vom eigentlichen Thema ablenkt. „Es geht Ihnen schlecht? Warum? Was brauchen Sie, damit es Ihnen besser geht?"

Ich bin dankbar, sie gefunden zu haben. Seit ich aus dem Krankenhaus entlassen wurde, absolviere ich einmal wöchentlich eine Sitzung bei ihr. Auch wenn ich nicht unbedingt das Gefühl habe, der Lösung meines inneren Knotens näher zu sein, gibt sie mir doch die Sicherheit, dass noch alles im Rahmen und halbwegs unter Kontrolle ist. Auch die Regelmäßigkeit tut mir gut. Donnerstag vormittags Sitzung bei Frau Knopp. Zu Beginn meines Ausnahmezustandes habe ich nur gemerkt, dass wieder eine Woche vergangen war, weil ich wieder bei Ruth saß. Ruth Knopp. Sogar ihr Name ein Sinnbild von Effizienz. Ruth wiederholt geduldig ihre Frage, weil ich sie wohl seit geschlagenen zwei Minuten angestarrt habe.

„Florian?". Ich versuche mich zu konzentrieren. Natürlich, auch Florian ist in dem Traum vorgekommen, den ich Ruth gerade geschildert habe. Aber in meinem Kopf dreht sich alles um meine Gefühle im Zusammenhang mit Tristan. „Flooo … er … ich". Ich rapple mich aus den Tiefen meines Couchsessels hoch, vielleicht hilft das bei der Antwort. „Also … ich … er … eigentlich gut. Er sah glücklich aus. Zufrieden, dass er am Horizont verschwinden konnte. Und ich war es auch". Ich denke nach und versuche mich an meine Gefühle in dem Traum zu erinnern. Ja es stimmte, ich war zufrieden gewesen, ihn mit dem anderen Ich aufs Meer hinaus segeln zu sehen.

Ruth sieht mich mit einer Mischung aus Unglauben und Begeisterung an und sie rutscht in ihrem Sessel ein wenig nach vor, wobei ich das erste Mal das Gefühl habe, dass sie nicht mehr komplett in der Mitte sitzt. Das verunsichert mich.

„Das ist gut, Lena!", sagt Ruth und fast schwingt so etwas wie Begeisterung in ihren Worten. „Das ist ein großer Fortschritt".

„Aha", sage ich und sehe nicht ganz, was sie meint. Außerdem irritiert mich diese neue emotionale, ungemittete Ruth. Ihr Lob verunsichert mich, weil ich das Gefühl habe, dass sie mich für eine Leistung lobt, von der ich nicht einmal weiß, dass ich sie erbracht habe. Ich möchte lieber über meine Gefühle für Tristan sprechen, als ich ihn vor dem Haus am Weiher sah. Darüber, wie unglaublich erleichtert ich war, ihn gefunden zu haben. Dieses Erleichterungsgefühl hatte ich sogar noch in mir, als ich am frühen Morgen kurz aufgewacht war und den realen Tristan neben mir im Bett gesehen hatte. Ich habe meine Hand in seine gestohlen und bin mit einem tiefen Entspannungsgefühl in einen traumlosen Schlaf zurückgesunken. Ich möchte darüber sprechen, was das alles bedeutet. Und ich hätte gerne meine Lineal-Ruth zurück, die konnte ich bei meinen inneren Monologen besser ausblenden.

„Möchten Sie einen Tee?“, fragt Ruth und steht auf, um aus der Thermoskanne heißes Wasser in eine bereitgestellte Tasse zu gießen. „Eigentlich nicht“, denke ich. „Mir ist zu warm für Tee“. Aber ich bemerke, dass es Ruth eher darum geht, selber Tee zu trinken. Sie wirkt aufgeregt und vielleicht braucht sie diesen Tee, um ihre gelassene Mitte wieder zu erlangen. Dabei will ich sie auf gar keinen Fall stören, deswegen nicke ich. Was tut man nicht alles, damit es seiner Therapeutin gut geht.

Ruth rührt energisch in ihrer Tasse. Selbst wenn sie Zucker hineingetan hätte, was nicht der Fall ist, wäre der schon längst zerschmolzen. „Wissen sie noch, was Sie zu mir zuerst gesagt haben, als sie in meine Praxis gekommen sind?“.

„Herr Dr. Friedrich schickt mich?“, versuche ich mich zu erinnern. Diese Phase meines Lebens ist in meiner Erinnerung nur bruchstückhaft vorhanden.

„Nein. Sie sagten: Ich möchte meinen toten Ex-Freund vergessen“. Ruth hebt den Teelöffel triumphierend aus der Tasse und legt ihn klirrend auf ihre Untertasse. Es herrscht Stille und Ruths aufmerksamer Blick erforscht mein Gesicht. Wenigstens sitzt sie wieder in der Mitte.

Schweren Herzens ziehe ich meinen Focus aus dem Tristan-Universum ab und widme mich der Angelegenheit um meinen toten Ex-Freund Florian. Das ist gar nicht leicht. Es ist als müsste ich durch einen dicken Kunststoff-Vorhang hindurch auf diese Erinnerungen schauen. Es stimmt, was Ruth sagt. Der Tod von Florian war der Auslöser für meinen Zusammenbruch. Jetzt bin ich wieder in der Erinnerung. Aber es fühlt sich so an, als würde ich in einem Buch über ein fremdes Leben lesen.

Seufzend schlage ich das Buch auf und die Seiten werden langsam klarer.

5 Ein Sommerflirt

Das erste Mal begegnete ich Florian auf einem Segeltörn in Kroatien. Einige Kollegen der Werbeagentur, in der ich seit zwei Jahren arbeitete, hatten eine VierwTagestour auf einer Yacht in Kroatien organisiert. Wir waren um die vierzehn Leute. Alle jung, schön, dynamisch und ein bisschen oberflächlich.

Ich hatte mir gerade frisch meine Haare mit Strähnchen blondiert und war superschlank. Anders als bei einigen meiner Kolleginnen, von denen ich wusste, dass ihre Essgewohnheiten mehr als fragwürdig waren, lag das bei mir teilweise an meiner natürlichen Veranlagung und teilweise daran, dass das Leben einfach zu aufregend war, um die Zeit mit Kochen oder Essen zu verplempern.

Meine Tage drehten sich darum, welche angesagte neue Band gerade in welchem Club spielte und was es noch für abgefahrene Freizeit-Beschäftigungen gab, die man alle ausprobieren konnte. Kiten, Canyoning, Bungee-Jumping. Meist war ich in einem Zustand aufgeregter Euphorie. Auch die Arbeit in der Agentur war ein Traum. Ich hatte einen begehrten Job als Graphikerin in einer renommierten Agentur ergattert. Ich durfte zeichnen und wurde sogar dafür bezahlt. Unser Büro lag in der Wiener Innenstadt. Nach der Arbeit, die bei uns Kreativen selten vor elf Uhr anfing, konnte man ohne Umstände in die nächste Bar einfallen. Dort wurden die neuesten Cocktails getestet und geraucht. Damals war Rauchen noch cool. Später zogen wir dann weiter in diverse Clubs, wo Live-Musik gespielt wurde. Auch hier wurde geraucht, was heute kaum mehr vorstellbar ist. Deswegen rochen in der Früh die Haare fast immer nach Geselchtem und mussten jeden Morgen gewaschen und geföhnt werden, was wiederrum verhinderte, dass ich vor elf Uhr in der Arbeit sein konnte. Mein Leben war wunderbar.

Zu diesem Zeitpunkt traf ich Florian. Florian liebte das Meer. Es war seine große Liebe, sein Leben. Und dieser Liebe ordnete er alles unter. Er war die rechte Hand des Skippers unserer Charteryacht und prinzipiell für das Bespaßen der Segelgäste zuständig. Diesen Job übte er mit großer Ernsthaftigkeit aus. Denn für ihn war es eine Mission, den Menschen das Leben am Wasser näherzubringen.

Florian sah aus wie der Surfer Boy höchstpersönlich. Er war schlank, drahtig, mit einer gleichmäßig gebräunten Haut, die typisch ist für die Mittelmeersonne. Seine mittellangen Haare waren von Sonne und Salzwasser gebleicht und lockten sich um sein schlankes Gesicht. In seinen Augen spiegelte sich das türkisgrüne Meer. Meist hatte er knielange Badeshorts auf den Hüften und ein ledernes Band mit Muscheln um den Hals, sonst nichts. Mit seinen bloßen, ebenso gebräunten Füßen, auf denen die weißgebleichten Zehennägel blinkten wie frischpoliert, lief er behände über das Deck, um die Segel zu trimmen, die Kurbel der Schoten zu bedienen, den Anker zu lichten oder den Passagierinnen den Rücken einzucremen. Er verströmte unaufgeregte Gelassenheit und war zu jedem/jeder freundlich aufmerksam, aber nicht mehr. Was ich sah, gefiel mir alles, bis auf das Eincremen der anderen. Und ich war sicher nicht die Einzige unserer Gesellschaft, bei der das so war. Doch im Unterschied zu den anderen, schaffte ich es nach einiger Zeit, seine Aufmerksamkeit zu erregen.

Abends saßen wir gemeinsam, unsere Beine über den Bootsrand baumelnd, an der Reling, genossen die eine oder andere Flasche Plavac und redeten. Der sanfte Wind auf der Haut, das Plätschern der Wellen am Bootsrand und das schwimmende Mondlicht auf dem Meer bildeten die romantische Kulisse für unsere Annäherung. Seine Geschichten über sein freies, abenteuerliches Leben berauschten mich und vielleicht auch die Tatsache, dass ich von all den hübschen Mädels die Auserwählte war. Er taufte mich Kalypso nach seiner Lieblings-Meeres-Nymphe aus der griechischen Mythologie und ich nannte ihn heimlich meinen Meergeist.

Es war gar nicht so einfach, auf der voll besetzten Yacht Momente der Intimität zu finden. Dafür war es umso aufregender, wenn wir es schafften. Wir schliefen miteinander an jeder nur erdenklichen Stelle. In der engen Kabine, die bei jeder kleinen Bewegung knarzte und ächzte und uns nur durch eine hauchdünne Platte von den anderen trennte. Im Meer, an der Ankerkette hängend, während der Rest der Gesellschaft auf der anderen Seite des Bootes badete. Mitten in der Nacht, während Florians´ Nachtwache an Deck über den Köpfen meiner Arbeitskollegen. Wir waren sehr erfinderisch und es war unheimlich aufregend. Ich fühlte mich so lebendig wie nie zuvor. Ich denke nicht, dass sich irgendwer an Bord darüber im Unklaren war, was zwischen uns lief. Aber es wurde auch nicht offen ausgesprochen. Immerhin war das ja doch irgendwie ein Firmenevent. Am Ende der vier Tage war ich verliebt bis über beide Ohren und hatte einen ausgewachsenen Sonnenbrand.

Der Abschied war bittersüß, aber vermutlich wäre unsere Geschichte ein Urlaubsflirt geblieben, wie das oft der Fall ist. Man nimmt sich vor, in Verbindung zu bleiben, dann kehrt der Alltag ein und langsam verblasst die Erinnerung. Die Wochen danach hatte ich bei meiner Arbeit oft einen breiten Grinser in meinem Gesicht, und meine aktuellen Kundenprojekte litten ein wenig unter meiner mangelnden Konzentration. Giovanni, der kleine, schwule, ständig leicht hyperventilierende Leiter unserer Kreativ-Abteilung, der eigentlich ein Fan meiner Arbeit war, verdrehte die Augen und meinte, er hätte jetzt genug Segelschiffe und springende Delphine gesehen. Die Zeiten, in denen ich die wenigen Fotos anschmachtete, die ich von Florian hatte, wurden seltener und ich war dabei, die Geschichte als abgeschlossen zu betrachten, da klingelte eines Tages das Telefon und Florian war dran.

Er begrüßte mich mit „Guten Morgen Kalypso“, so als hätten wir uns gestern verabschiedet und kam gleich zur Sache. Er hatte das Angebot, für einen Kunden ein Segelboot von Italien nach Griechenland zu überstellen und fragte, ob ich ihn nicht begleiten wolle. Drei Wochen lang, nur wir beide allein auf dem Meer. Ich weiß nicht, wie Florian das machte, aber seine Euphorie war ansteckend und so saß ich vier Wochen später in einem Zug nach Italien, um mit einem Mann, den ich kaum kannte, drei Wochen lang allein durch das Mittelmeer zu segeln.

6 Der Bürgermeister

Ich sitze im Besprechungszimmer des Bürgermeisters und fühle mich wie vom Blitz getroffen. Als ich von meiner Sitzung mit Ruth zurückgekommen war, wartete Tristan zu Hause auf mich, um mich gleich wieder zur Hoftür hinaus zu komplimentieren. „Johanna, die Wirtin vom ‚Braunen Bären', hat angerufen und gesagt, dass die Sitzung beim Bürgermeister für das Mittelalterfest auf drei Uhr vorverlegt wurde." Er klopfte mir auf die Schulter. „Du hast mir gar nichts davon erzählt, dass Du mitmachst. Das ist toll, das hilft uns sicher, hier Fuß zu fassen." Er gibt mir einen Kuss auf die Stirn und schiebt mich in Richtung Gemeindeamt. Ich hasse diese Küsse auf die Stirn, sie geben mir das Gefühl, ein kleines Kind zu sein. Ich bin vielleicht gesundheitlich und mental nicht ganz am Posten, aber ich bin kein Kind. Außerdem fühle ich mich überfordert von der Vorstellung, bei diesem Projekt mitzumachen. Ich möchte gerne noch über die Sitzung bei Ruth nachdenken und über Florian und meine Gefühle für Tristan und über den Traum. Aber Tristan wirkt so zufrieden, dass ich meinen Einspruch hinunterschlucke und brav auf das Gemeindeamt trotte, als wäre ich ferngesteuert. Tristan geht neben mir her, ich weiß nicht warum. Will er sichergehen, dass ich beim Gemeindeamt ankomme? Warum eigentlich? Vielleicht wäre es eine Erleichterung für ihn, wenn ich stattdessen in den naheliegenden Fluss stürze und davonschwimme. Dann könnte er von vorne anfangen. „War´s gut bei Frau Knopp, hm?“, fragt er und schaut gleichzeitig auf die Uhr, um anzudeuten, dass er schon zu spät für seinen nächsten Termin dran ist. Ich nicke und schaue ihn von der Seite an. Ich hätte gerne, dass er mich sieht. Aber in letzter Zeit schaut er immer an mir vorbei oder über mich drüber. Ich bin ein Geist geworden.

Jetzt sitze ich an dem Billig-Möbelhaus-Tisch des Gemeindesaals, gleich neben Alice, die mir aufmunternd und gleichzeitig schuldbewusst zulächelt. Gegenüber sitzt Johanna, die Wirtin, die sehr geschäftig mit dem Kugelschreiber auf ihren Schreibblock klopft. Neben Ihr stehen zwei dicke Ordner mit dem Aufdruck „Mittelalter Festival Planung“. Am vorderen Ende sitzt Herr Faber, ich glaube, er ist der Azubi des Bürgermeisters, zumindest habe ich die Mädels in der Qigong Gruppe mal über ihn tratschen gehört. Er sieht adrett aus. Seine Haare wirken als wären sie gestern frisch geschnitten und gescheitelt worden. Er hat ein junges, rundliches Gesicht. Ebenmäßig, aber ausdruckslos. Seine blauen Augen sind ebenso frei von Gefühlen. Man könnte nicht einmal sagen, dass sie kühl sind, denn das wäre schon eine Emotion. Sein Körper ist schlank und vermutlich gut trainiert. Er trägt einen schmal geschnittenen Anzug, der etwas overdressed wirkt für diesen Anlass. Er hält die Arme verschränkt und blickt auf den Tisch vor sich. Man könnte ihn durchaus als gutaussehend beschreiben, aber irgendwie ist er mir unheimlich. Ich kann nicht sagen, woher dieses Gefühl kommt, denn weder sein Äußeres noch das, was er tut, gibt mir Grund dafür. Es ist als wäre sein Körper umgeben von einer dunklen Lichtglocke. Sehr schräge Wahrnehmung. Ich sehe noch einmal genauer hin und da verflüchtigt sich die Vision. Vielleicht sollte ich demnächst einmal einen Check-up bei Dr. Friedrich machen.

Daneben sitzt Fritz Wachowski, der Kunsthandwerker des Ortes. Er ist weniger ansehnlich als der junge Faber, aber weitaus anziehender. Er hat ein bunt geblümtes Hemd an, welches wohl ein Blinder entworfen haben muss und eine Leinenhose mit Espadrilles, die auch schon bessere Zeiten gesehen haben. Ich fühle mich sofort zu ihm hingezogen und lächle ihm zu. Er winkt mir zu und etwas Helles, Wellenförmiges strömt mit dem Winken zu mir herüber.

Ich merke, dass ich durchatme und mich entspanne, da geht die Tür auf und der Bürgermeister kommt herein. Gefolgt von seiner platinblonden Ehefrau, die aussieht wie Doris Day. Offensichtlich ist der Bürgermeister gewohnt, seinen Auftritt zu zelebrieren. Er tritt in den Raum und bleibt an einem gut beleuchteten Punkt zwischen zwei Fenstern in einem natürlichen Lichtkegel stehen. Dort breitet er seine Arme aus wie ein Showmaster, um sein Publikum, also uns, zu begrüßen. „Guten Morgen, meine Damen und Herren, entschuldigen Sie die kleine Verspätung. Wichtige Geschäfte.“ Womit er uns klar zu verstehen gibt, dass wir weniger wichtig sind. Er blickt mit geübter Geste in die Gesichter der Anwesenden und bleibt an meinem hängen. Auch er hat blaue Augen, wie sein Azubi Faber. Sie sind scharf und voller Kalkül. Ich fröstle. Sein Blick fährt über meine Haare, mein Gesicht und meinen Körper und bleibt dabei etwas zu lange an meinen Brüsten hängen. Er dreht den Kopf leicht zur Seite und Doris Day, die offensichtlich als seine Sekretärin fungiert, raunt ihm fast unsichtbar etwas ins Ohr. Ich möchte gerne wegschauen, aber im Moment fühle ich mich wie ein hypnotisiertes Kaninchen.

„Wen haben wir den hier Neues in unserer Runde, Sie müssen Frau Doktor Liebhard sein“, stellt er mit geübtem Politikerlächeln fest, als ob ihm alleine durch eine Eingebung mein Name zugeflogen wäre. Er geht beschwingten Schrittes auf mich zu und ich sehe mich gezwungen aufzustehen. Er streckt mir seine Handfläche entgegen und mit einem Widerstand, der mich selbst überrascht, lege ich meine Hand hinein. Eiseskälte durchläuft meinen Körper, als sich unsere Hände berühren und ich sehe etwas wie einen dunklen Schatten, der rechts über seinem Kopf wabert. Ich zwinkere und merke, dass auch der Bürgermeister etwas stutzt. Kurz und fast unmerklich, dann hat er wieder seine Fassung gewonnen und setzt sein joviales Schauspiel fort, indem er sich über meine Hand beugt und einen Handkuss andeutet. „Meine Verehrung, Frau Doktor. Wir sind hier alle glücklich, dass wir so einen hervorragenden Arzt wie ihren Gatten für unsere Gemeinde gewinnen konnten. Herzlich Willkommen in Eggenberg."

Ich mustere ihn aus der Nähe. Es sieht gut aus. Sein braunes Haar ist ebenso akkurat geschnitten wie das von Faber und leicht zurückgegelt. Sein kantiges Kinn drückt Entschlossenheit aus und die breiten Schultern stecken in einem weißen Hemd mit aufgekrempelten Ärmeln, was Tatkraft symbolisiert. Eine makellose Anzughose und frisch polierte Schuhe runden das gepflegte Erscheinungsbild ab. Ich schätze ihn auf Mitte 30, relativ jung für einen Bürgermeister und die Vermutung liegt nahe, dass dies nicht seine letzte Station im Politikzirkus sein wird. Er geht wieder zurück zu seinem Platz an den Kopf des Tisches und eine unheimliche Erleichterung durchflutet mich. Auch weil der Schatten über seinem Kopf bei genauerem Hinsehen nicht da ist. Ich nehme mir nochmals vor, die nächsten Tage Herrn Dr. Friedrich aufzusuchen, um mir stärkere Medikamente verschreiben zu lassen. Dr. Friedrich hatte mir schon erklärt, dass es immer wieder auch zu Rückschlägen kommen könne, denn das Nervengerüst erhole sich nicht in einem linearen Zustand. Offensichtlich war es jetzt soweit. Ich finde es beruhigend, dass er mich darauf vorbereitet hat, bin jedoch generervt von diesen seltsamen Halluzinationen, die ich davor nicht gehabt habe. Ein wenig bange ist mir, dass ich doch noch den Verstand verliere. Etwas, das Tristan ohnehin schon seit längerem zu befürchten scheint.

Der Bürgermeister beginnt die Sitzung und Johanna berichtet mit leicht geröteten Wangen über die Fortschritte in der Planung des Fests. Alice wird, wie bereits in den Vorjahren, die Kinderstation übernehmen. Ich merke, wie sich ihre Begeisterung in Grenzen hält, sie aber tapfer nickt. Ich wundere mich, denn ich hatte bisher den Eindruck, dass Kinder für sie das Größte sind. Fritz Wachowski betreut den Stand der Gemeinde für Kunsthandwerk. Man kann dort töpfern und schnitzen lernen und natürlich Kunsthandwerk erwerben. Ein junger, rotgesichtiger, leicht übergewichtiger Bursche namens Tobias vertritt den örtlichen Theaterverein und wird sich als Gaukler betätigen. Er stottert, während er spricht, was ihn mir sympathisch macht, aber nicht unbedingt die Qualität der Theatergruppe unterstreicht. Der Bürgermeister hört Johanna aufmerksam zu und bedankt sich für ihre hervorragende Arbeit. Ich sehe, wie „Doris Day" den Mund verzieht, so als hätte sie Zahnschmerzen, und sich das zweite Glas Wein einschenkt.

Die Worte des Bürgermeisters wirken gut einstudiert und poliert und sind in einem Tonfall vorgetragen, der nach Deklamation klingt. So als sollten auch mögliche Zuhörer im Nebenraum keine Silbe davon versäumen. „Wer braucht denn den Herrn Bürgermeister, wenn wir so eine hübsche und charmante Organisatorin haben, nicht wahr?“, lächelt er Johanna an und blickt dann zustimmungsheischend in die Runde. Johanna wird noch ein wenig röter und kichert wie ein Schulmädchen. So habe ich sie noch nie erlebt. In unserem Qigong-Kurs hat sie eine eher herbe Ausstrahlung. Auch ihr Dekolleté war noch nie so tief. Und der Bürgermeister nimmt jedes Stück Rundung davon anerkennend zur Kenntnis. Wenn ich „Doris“ wäre, würde ich mir glaube ich Härteres einschenken als Wein. Sogar mir wird übel von seinem Gehabe und ich überlege, ob ich mich wegen Unwohlseins entschuldigen kann. Da kommt die Sprache auf die Wahrsagerin.

Johanna führt an, dass ich als möglicher Ersatz für die vermisste Wahrsagerin Anais in Frage käme. Der Blick des Bürgermeisters ruht auf mir. „Das ist eine wunderbare Idee. Vielleicht kann mir ja Frau Doktor Liebhard die Prognose meiner nächsten Wahlkampagne vorhersagen“, sagt er mit anzüglicher Stimme und schon wieder habe ich das Gefühl, dass ich mich waschen möchte. Er lacht und sein Azubi, Johanna und einige andere lachen mit. Wobei ich bei Johanna einen Anflug von Eifersucht erkennen kann.

Die Ehefrau des Bürgermeisters wirft mir einen überraschten, eindringlichen Blick zu, aber als sie merkt, dass ich sie beobachte, wendet sie ihre Aufmerksamkeit wieder Flasche und Glas zu.

Der Bürgermeister mustert mich ebenso nachdenklich und fragt „Weiß man schon etwas über den Aufenthaltsort von Fräulein Anais?“. Etwas in seiner Haltung verändert sich. Er spielt mit seinem Kugelschreiber, als ob er ihn erwürgen wollte. Dabei sieht er mir gerade in die Augen. In diesem Moment weiß ich, dass er ein gefährlicher Mensch ist. Etwas ist zwischen uns hin- und hergegangen als wir uns ansahen und in mir kriecht eine Angst hoch, die ich nicht begründen kann. Ich sitze wie festgenagelt und zwinge mich, den Blickkontakt mit dem Bürgermeister abzubrechen und stattdessen den freundlichen Kunsthandwerker Wachowski anzuschauen. Der zwinkert mir zu und das entspannt mich ein wenig. „Reiß Dich zusammen Lena, es müssen schließlich nicht alle in der Gemeinde wissen, dass der Doktor eine Verrückte geheiratet hat“, schelte ich mich in Gedanken.

„Es gibt das Gerücht, dass sie nach Albanien gereist ist, angeblich hat sie familiäre Wurzeln dort. Aber man weiß es nicht genau. Jedenfalls ist das Zelt der Wahrsagerin und das Zubehör im Gemeindedepot. Es dürfte also kein Problem für Frau Liebhard sein, die Rolle zu übernehmen. Ich kann ihr auch ein wallendes Kleid leihen, wenn sie kein geeignetes hat“, setzt Johanna ihre Ausführungen fort und lächelt zähnefletschend in meine Richtung.

„Das glaube ich ihr sofort, dass sie Dich gerne in einen ihrer unförmigen Kaftans stecken würde“, flüstert mir jetzt Alice zu und ich habe Mühe nicht laut rauszulachen. Ich habe Alice an meiner Seite schon wieder fast vergessen. Jetzt blicke ich sie dankbar an. Warum ich wohl ihre Anwesenheit so oft vergesse, frage ich mich. Sie ist so ein netter Mensch, aber irgendetwas an ihr lässt sie durchsichtig erscheinen. Ein Geist. Wie ich es bin, wenn mich Tristan ansieht. Es findet noch ein kurzes Gespräch mit den übrigen Anwesenden statt. Ein Mann sieht unserem Qigong-Lehrer Shantu sehr ähnlich, vermutlich sein Bruder. Er wird die mittelalterliche Backstube betreiben. Der Azubi Faber bekommt noch die Anweisung, die PR für das Fest zu koordinieren. Offensichtlich bringt das Mittelalter-Festival einiges an Touristen in die Gemeinde und ist eine gute Einnahmequelle. Der Bürgermeister erläutert, wie weit diese Tradition bereits zurückgeht und dass es Aufzeichnungen aus dem 16. Jahrhundert gibt, die bereits einen ähnlichen Markt erwähnen. Er spricht, als hätte er ein Werbeprospekt auswendig gelernt. Und aus dem glasigen Blick der Anwesenden kann ich erkennen, dass er diese Ansprache schon des Öfteren von sich gegeben hat.

Ich bin unheimlich erleichtert, als das Meeting endlich zu Ende ist. So schnell ich kann, starte ich auf die Ausgangstüre zu. Als ich hinter dem Bürgermeister vorbeilaufe, höre ich noch, wie er Faber zuraunt: „Die Sache mit der depperten Hellseherin hätt ma damals am Scheiterhaufen gelöst". Ich halte die Luft an, damit er mich auf keinen Fall hinter sich bemerkt. Aber der Faber hat mich bemerkt und ebenso, dass ich das Gesagte gehört habe. Er lacht trocken, als hätte der Bürgermeister einen guten Witz gemacht, aber der kalte Hauch auf meinem Rücken erzählt mir etwas anderes. Ich knalle die Tür auf und flüchte ins Freie. Draußen laufe ich bis zu einer großen Platane und stelle mich hinter ihren dicken Stamm, um tief einzuatmen. Ich schaue auf mein Handy, suche die Nummer von Herrn Dr. Friedrich und drücke auf die Wahltaste.

7 Der Alptraum

Am nächsten Morgen fühle ich mich wieder besser. Tristan ist schon aus dem Haus. Wir haben gestern kaum miteinander gesprochen. Ich wollte nicht, dass er mich in meinem aufgebrachten Zustand sieht, habe mich unter dem Vorwand einer Migräne ins Bett zurückgezogen und mir eine Schlaftablette gegönnt. Keine Träume, keine Sehnsüchte, kein Schmerz. Jetzt fühle ich mich ausgeruht und guter Hoffnung. Ich werde es schaffen. Voller Kampfgeist schaue ich mich zuerst im Haus und dann im Garten um. Nirgendwo komische Schatten oder Lichter zu sehen. Das ist gut. Vielleicht hatte ich gestern wirklich eine Migräne mit etwas Augenflimmern. So etwas soll es ja geben. Ich habe darüber gelesen, es nennt sich Aura-Migräne.

Frau Schuster, die Assistentin von Herrn Dr. Friedrich, hat mir für morgen einen Termin versprochen, als ich ihr meine Symptome geschildert habe. Bis dahin werde ich durchhalten. Ich koche mir einen Haferbrei mit Rosinen und Nüssen zum Frühstück und zupfe draußen im Garten ein paar Pfefferminzblätter aus dem alten Gemüsebeet, die ich mit heißem Wasser aufgieße. Nichts davon hätte ich vor einem Jahr getan, aber ich versuche einfach nicht mehr über diese seltsamen Veränderungen nachzudenken. Wenn es alle anderen nicht beunruhigt, warum dann mich. Herr Doktor Friedrich meinte, dass ein seelischer Schock die Persönlichkeit verändern kann. Und ich hatte mindestens zwei davon.

Ich löffle draußen im Hof auf der Bank meinen Brei und genieße den frischen Geschmack des Pfefferminz-Tees, während ich überlege, was ich mit dem heutigen Tag anfangen soll. Die Sonne wärmt schon milde mein Gesicht und hier im Hof hört man nur das Rascheln der Blätter und das Trillern der Vögel. Sie sind eindeutig auf der Balz, denn sie versuchen sich gegenseitig zu übertrumpfen mit ihren wunderschönen Klangfolgen.

Ich lächle und stelle positiv fest, dass ich mich heute auch nicht so müde und dumpf in meinem Kopf fühle wie normalerweise. So als wäre ich mehr in meinem Körper und weniger in einer nebligen Wolke. Ich habe Lust, etwas zu unternehmen.

Ich überlege, ob ich das blaue Fahrrad kaufen soll, dass im Supermarkt am schwarzen Brett angeboten wurde. Dann könnte ich damit kleine Touren in die nähere Umgebung unternehmen und vielleicht meine Kondition ein wenig aufmöbeln. Oder ich könnte Alice besuchen und sie wegen Anais ausfragen. Die Worte des Bürgermeisters fallen mir wieder ein. Mit der „depperten Hellseherin“ meinte er vermutlich Anais. Theoretisch könnte er auch über mich gesprochen haben, aber das glaube ich nicht. Wir kennen uns kaum. Außerdem wäre ich ja die „depperte Arztgattin“ witzle ich innerlich. Ich frage mich, was Anais getan hat, dass der Bürgermeister sie gerne am Scheiterhaufen sähe. Zu schwierige Gedanken für den heutigen Tag, entscheide ich kurz darauf. Dr. Friedrich sagt immer, man muss nicht jedem Problem nachgehen. Man kann es auch beiseite stellen, in ein schönes Töpfchen, und bei Gelegenheit wieder hervorholen. Ich habe bereits zahlreiche, bunte Töpfchen vor meiner geistigen Tür stehen, die ich nicht mehr zu öffnen gedenke. Vielleicht gräbt sie irgendwann ein Archäologe aus.

Ich entscheide mich für den Fahrradkauf. Aber vorher möchte ich noch einmal das verwilderte Gemüsebeet inspizieren, aus dem ich heute Morgen die Minze geholt habe. Ich gehe zum alten Schuppen gegenüber dem Haus und öffne das grüne, alte Holztor. Es klemmt am Boden, aber wenn man es leicht anhebt, dann schwingt es auf. Hier war ich, so glaube ich, noch kein einziges Mal. Ich weiß nicht, ob es Tristan schon gesehen hat, vielleicht bei der Kaufbesichtigung.

Die Wände sind gefüllt mit alten Werkzeugen, Sensen, Sicheln, alten Holzrechen und vielen Geräten, die ich nicht kenne. Durch eine kleine Öffnung an der hinteren Wand strömt Licht herein und beleuchtet die leicht verstaubte, aber heimelige Atmosphäre. Irgendjemand hat hier liebevoll und ordentlich viele Jahre gewerkt, das kann man sehen. Aber die zahlreichen Spinnweben bezeugen, dass das schon eine Weile her ist. Ich suche und finde eine kleine Harke und eine Handschaufel und verlasse vorerst dieses kleine Paradies für Heimwerker.

Durch ein ebenso schiefes Holztor gelange ich in den Garten. Dornröschen würde sich hier wohl fühlen. Auch hier nimmt die Natur schon seit einigen Jahren ungestört ihren Lauf. Rechts und links erheben sich riesige Hecken, die von Ranken und Lianen überzogen sind. Einige davon sind mit dichten, schwer duftenden Fliederkerzen übersäht. Dazwischen fällt eine wilde Blumenwiese sanft zum Bach ab, der sich am unteren Ende des Gartens entlang schlängelt. Die Wiese ist übersät mit Primeln, Schlüsselblumen, Veilchen und Löwenzahn. Am hinteren Ende nahe dem Bachs überschattet eine große, knorrige Linde diesen Teil des Gartens. Darunter kuschelt sich eine schiefe, halbvermoderte Gartenbank an die Linde, als wären sie schon lange gute Freunde. Ein schöner Platz zum Nachdenken. In der Mitte des Gartens gibt es ein niedrig umzäuntes Gemüsebeet. Der kleine Lattenzaun war wohl früher weiß, ist aber größtenteils abgeblättert. Es fehlt die eine oder andere Latte halb oder auch ganz, was ein bisschen aussieht wie Zahnlücken. An manchen Stellen sieht man die Überreste zersprungener Tontöpfe. In einem Eck befindet sich der Kräutergarten.

Ich beuge mich über die Kräuter und streife mit meinen Handflächen darüber. Ein wunderbar würziger Geruch strömt mir entgegen. Ich atme ihn tief durch die Nase ein und schließe die Augen. Thymian, Minze, Melisse, Salbei. Eine Orgie an ätherischen Ölen kitzelt meine Nase. Ich beginne, die Pflänzchen, die ich als Unkraut identifiziere, auszurupfen und auf einen Haufen zu legen. Irgendwo muss es hier sicher auch ein Komposthaufen geben, auf den ich sie später legen werde. Die meisten Kräuter kenne ich und ich verbiete mir kategorisch darüber nachzudenken, warum das so ist Weil eines klar ist, in meinem Stadtloft hatte ich kein Kräuterbeet. Hin und wieder koste ich ein Blättchen und freue mich über den aromatisch frischen Geschmack. Am hinteren Ende sehe ich eine ganze Garde kleiner Brennnessel Pflänzchen, die ich pflücke. Ich nehme mir vor, daraus heute Abend einen frischen Spinat zu kochen. Nach zwei Stunden Zupfen und Hacken sieht der Kräutergarten richtig gepflegt aus. Ich überlege, ob ich kleine Schilder besorgen soll, mit denen ich die Kräuter beschrifte.

Ich könnte mit dem Fahrrad zu einem Gartenzubehör fahren und dort einkaufen. Lächelnd bringe ich die Schaufel und die Hacke zurück in den Schuppen und wundere mich über meine Unternehmungslust. So habe ich mich schon lange nicht gefühlt.

Ich gehe in die Küche, wasche mir die Erde von meinen Händen und putze die schwarzen Ränder unter meinen Fingernägeln hervor. Dabei überlege ich, was ich anziehen soll. Der Kasten ist voll mit Kleidern, die mich nicht wirklich ansprechen. Ganz hinten im Eck finde ich ein kornblumenblaues Sommerkleid, an das ich mich gar nicht erinnere. Ich ziehe es an und betrachte mich vor dem Spiegel. Es ist sehr hübsch, mit einer Knopfleiste vorne und Ärmeln, die beinahe die Schultern frei lassen. Der Rock ist aus einem fließenden Stoff mit kleinen, weißen Blumen bestickt. Das tiefe Blau passt gut zu meinen roten Haaren. Ich habe keine Ahnung, wann ich es gekauft habe und ob ich es schon je getragen habe, aber ich fühle mich hübsch darin und diesen Zustand gab es auch schon länger nicht mehr bei mir. Jetzt muss ich nur noch dieses wilde, rote Haarnest auf meinem Kopf bändigen. Ich flechte mir einen dicken Zopf und bin zufrieden mit dem Endergebnis. In der Kommode finde ich Geld, das ausreichen müsste, um das alte Fahrrad zu erstehen. Dann mache ich mich auf den Weg zum Supermarkt.

Die Wurst-Mann-Frau thront hinter ihrer Theke, als hätte sie sich dort nie wegbewegt. Ich schiele heimlich, ob es hinter der Theke vielleicht ein verstecktes Lager gibt, in dem sie wohnt, kann aber nichts Auffälliges entdecken. Ich begrüße sie ehrfurchtsvoll und werde huldvoll bedient. Ich kaufe 20 dag Speck für mein Spinatvorhaben heute Abend. Dann suche ich noch Erdäpfel, einen Becher Rahm und ein paar Zwiebel zusammen. Wie immer ist es geisterhaft still in dem Laden. Obwohl ich schwören könnte, dass die Kasse eben noch unbesetzt war, lehnt jetzt die hagere Kassiererin in ihrem Drehstuhl und blättert in einer dieser Zeitschriften, die ständig das ultimative Drama verkünden. „Schreckliches Unglück um xxx!“ „Wird xxx je wieder lächeln?“. Die Namen sind völlig auswechselbar und wenn man ein Monat später davon liest, ist nichts davon wahr. Ich habe sie im Krankenhaus alle durchgeblättert. Sie passten gut zu meiner Hoffnungslosigkeit.

Die Hagere schiebt mit ihren langen, dünnen Armen und einem Seufzer meine Produkte durch den Scanner und nennt mir die Rechnungssumme. Immerhin hat der Laden schon einen Scanner, das würde man gar nicht vermuten. Das bietet natürlich eine gewisse Arbeitsentlastung, denke ich und grinse, als ich meinen Blick durch die leere Halle gleiten lasse. Die Hagere lächelt zurück und auf einmal sieht sie gar nicht mehr so grimmig aus. Nur ein wenig müde vom Leben. Ich gebe ihr das Geld und verabschiede mich.

Der Zettel mit dem blauen Fahrrad hängt noch auf dem schwarzen Brett. Ich reiße einen der Schnipsel mit der Telefonnummer ab und tippe die Adresse in mein Handy ein. Sie befindet sich in einem Ortsteil, in dem ich bisher noch nie war. Nicht, dass ich überhaupt schon viel in der Gemeinde herumgekommen wäre. Ich schätze, dass ich circa 20 Minuten zu Fuß dorthin brauche und entscheide, dass ich mich heute stark genug dafür fühle.

Aus einem Impuls heraus reiße ich auch noch einen Schnipsel von der Anzeige der Geistheilerin herunter. Wenn Herr Doktor Friedrich kein passendes Medikament für mich findet, kann ja vielleicht sie meine Halluzinationen wegputzen.

Nachdem ich meine Einkäufe zu Hause abgeliefert und ein kleines Nickerchen gemacht habe, rufe ich die Telefonnummer des Fahrradanbieters an. Nach einigen Malen des Klingelns meldet sich eine müde, leise Frauenstimme. „Jo?“ Die Stimme kommt mir vage bekannt vor, aber ich weiß nicht woher. Ich stelle mich vor und frage, ob das Fahrrad, welches auf dem schwarzen Brett des Supermarkts angeboten ist, noch zu haben sei. Dann höre ich länger nichts und frage mich, ob die Verbindung unterbrochen wurde. „Ahso … jojojo, des is no do“. Pause. „Kommen´s um sechse“. Dann wird die Verbindung abgebrochen. Ich schaue erstaunt in mein Telefon und frage mich, ob ich nochmal anrufen soll. Sie hat gar nicht gesagt, was das Ding kosten soll. Ich entscheide mich also einfach hinzugehen. Vielleicht ist es ja eine alte Dame, die am Telefon nicht so gut hört.

Um viertel vor sechs mache ich mich mit den Weg. Mir fallen das erste Mal die vielen, gut erhaltenen alten Gebäude des Ortes auf. Manche tragen Tafeln, auf denen das Alter festgehalten ist. „16. Jahrhundert“ steht auf einem besonders hübschen Eckhaus. Die schiefen, weiß gestrichenen Mauern verleihen dem Gebäude etwas Lebendiges. Sie schmiegen sich an ihre Umgebung an, sind unten dicker und welliger als oben, so als wären sie gewachsen und nicht gebaut worden. In den Nischen nisten kleine Vögel und aus der einen oder anderen Ritze lugt eine Pflanze. Es gibt kaum rechte Winkel, aber gerade das macht das Haus so sympathisch. Ich genieße den Spaziergang und nehme mir vor, etwas über die Geschichte des Ortes herauszufinden. Nach circa 20 Minuten biege ich in eine kleine Straße ein. Sie besteht aus mehreren, ähnlich aussehenden Häusern mit steilen Giebeldächern, die aus den 50er Jahren stammen könnten. Damals gab es diese Arbeitersiedlungen, die wesentlich wohnlicher waren als die heutigen Betonburgen. Obwohl die Häuschen ähnlich aussehen, kann man doch die unterschiedlichen Vorlieben der Bewohner erkennen. Das Häuschen am Ende sieht verwahrlost aus. Dort wartet angeblich mein Fahrrad.

Ich läute an und warte. Nichts passiert. „Schade, doch umsonst“, denke ich und will mich zum Gehen umdrehen, da höre ich ein Schlurfen hinter der Türe. Mehrere Türketten werden zur Seite geschoben und dann öffnet sich die Türe. Ich bin völlig verdattert. Vor mir steht die dürre, verdrießliche Kassiererin aus dem Supermarkt. „Hallo, ich komm wegen dem Fahrrad.“

„Jojo“ Ihr Vokabular ist offensichtlich begrenzt. Sie dreht sich um und deutet mir, ihr zu folgen. Na gut, einigen wir uns auf wortkarg. Bei der Querung des Vorzimmers schnauft sie als würde sie einen Berg erklimmen. Ich habe auch eine Ahnung warum. Es riecht hier überall stark nach abgestandenem Zigarettenrauch. „Wie schön, eine von Tristans zukünftigen Patienten", denke ich zynisch. Die Couch im Wohnzimmer sieht gut bewohnt aus. Der kleine Tisch ist übersät mit vollen Aschenbechern. Aber die Wand ist liebevoll geschmückt mit Fotos. Auf manchen ist die Frau zu sehen und eine jüngere Version ihrer selbst. Ein Mädchen, das etwas molliger als die Mutter daherkommt und sehr unternehmungslustig in die Kamera blickt. Ihr Stil hat etwas Aufreizendes. Die Röcke sind sehr kurz und der Push-up BH leicht überdimensioniert, die Schminke um einen Tick zu stark. Aber im Grunde genommen ein normales, junges Mädchen. Ich frage mich, ob ihr das Fahrrad gehört.

Die Kassiererin leitet mich durch einen Seiteneingang an eine Treppe, die zum Keller führt, wo ich schon das blaue Fahrrad von dem Foto erkenne. Es sieht gut in Schuss aus. Das hätte ich gar nicht erwartet. „Wie schön", sage ich. „Gehört das Ihrer Tochter?"

Sie blickt mich überrascht an und ich sehe einen Schmerz durch ihre Augen fahren, der mich an meinen eigenen erinnert. Sie nickt mit dem Blick auf das Fahrrad geheftet. „Jojo, des hot der Jaqui gehört." Sie schnäuzt sich in ein abgenudeltes Taschentuch und ich bin mir fast sicher, dass es Jacqui nicht gut geht. Aber weil heute ein leichter Tag sein soll, frage ich nicht nach und überlasse sie ihrer einsamen Trauer.

Wir einigen uns auf 100 Euro als Verkaufspreis und ich bekomme sogar die Fahrradpumpe mit dazu. „I foahr nimma so vü“, fügt die Frau erklärend hinzu, klopft sich wie zur Erklärung eine Zigarette aus einem Packerl und steckt sie sich in den Mundwinkel.

Erleichtert stehe ich mit meinem neuen Fahrrad ein paar Minuten später vor der Türe. Ich pumpe die Reifen auf und besteige mein neues Gefährt. Es passt perfekt. Sogar die Farbe harmoniert mit meinem Kleid. Voll Elan trete ich in die Pedale und fühle mich frei und dynamisch. Nach einiger Zeit beginne ich zu keuchen. Der Gegenwind macht mir zu schaffen und mir wird bewusst, wie wenig ich mich in der letzten Zeit bewegt habe. Doch das Pumpen des Bluts durch meine Adern fühlt sich gut und lebendig an.

Als ich in den Hauptplatz einbiege, stockt mein Herz. Am oberen Ende steht Tristan mit einem Mann in ein lebhaftes Gespräch vertieft. Er hat seine Arzttasche neben sich abgestellt und gestikuliert, um seine Erzählung zu unterstreichen. Dann lachen sie gemeinsam. Tristan hat einen schwarzen V-Ausschnitt-Pullover und eine Jeans an. Er sieht unglaublich attraktiv aus. Ich werde langsamer und schlucke. Soll ich auf ihn zufahren? Soll ich winkend vorbeifahren, um sie nicht zu stören? Ich möchte ihn nicht in Verlegenheit bringen.

In diesem Moment dreht er sich in meine Richtung und sieht mir beim Radfahren zu. Zuerst schauen beide Männer lächelnd zu mir herüber, dann ändert sich etwas in Tristans Blick. Seine Augen werden größer und sein

Mund steht leicht offen. Scheinbar ist das Letzte, was er erwartet hat, dass die Radfahrerin seine Frau ist.

Ich radle auf die beiden zu und steige ab. „Hallo Tristan.“ „Hallo Lena.“ Seine wunderbaren, warmen, braungrau gesprenkelten Augen gleiten über mein Kleid, meine Hüften, meine Haare und bleiben bei meinen Augen hängen. Mir ist ganz warm. So hat er mich ganz lange nicht angesehen. Wie ein Mann, der eine Frau ansieht, die ihm gefällt. Ich kann es ganz leicht in seinen Augen lesen, denn in Tristans Augen spiegeln sich seine Gefühle stets unverhüllt. Auch die unangenehmen. Er fährt sich durch die Haare und dreht sich zu dem Mann, neben ihm um, ohne jedoch den Augenkontakt mit mir abzubrechen. „Jürgen, das ist meine Frau, Lena. Lena, das ist Jürgen. Er ist von der Bezirkspolizei“. Oh, das überrascht mich jetzt. Jürgen sieht nicht aus wie ein Polizist, eher wie ein Hippie. Seine Haarpracht hat bessere Tage gesehen, aber so wie viele Männer, bei denen das der Fall ist, hält er an dem bisschen Haar verzweifelt fest und stopft sie in ein dünnes Rattenschwänzchen, das von einem Gummiringerl am Hinterkopf festgezurrt ist. Die Stirn breitet sich unbarmherzig in Richtung Kopfmitte aus. Die Mundpartie ist durch gestrüppartigen Haarwuchs verziert, den man mit gutem Willen als Bart bezeichnen könnte. Aber der Mund selbst ist sympathisch. Entspannt, bereit zu lächeln. Auch seine Augen lächeln, als er mir die Hand drückt „Freut mich Lena“, sagt er, „schon viel von Dir gehört." Ich erröte, denn ich kann mir nicht vorstellen, dass das viel Gutes war.

Ich drehe mich zum Fahrrad und sage: „Ich war gerade auf dem Weg nach Hause, wollte Euch nicht stören." Da spüre ich, wie Tristan meine Hand nimmt, um mich aufzuhalten. „Nein, nein, ich wollte auch gerade gehen." Er verspricht Jürgen, ihn bald anzurufen und sie verabschieden sich. Seine warme Hand glüht in meiner und ich spüre sie in meinem ganzen Körper. Er dreht mich zu sich und zieht mich an sich, um mir einen beiläufigen Begrüßungskuss zu geben, wie das Ehepaare normal tun. Nur, dass er nicht beiläufig ist. Nicht für uns. Wir küssen uns schon lange nicht mehr zur Begrüßung. Ich spüre seine warmen, weichen Lippen auf meinen, rieche seinen Duft und spüre ein paar Bartstoppeln an meiner Wange kratzen. Mein Herz springt und klopft. Der Kuss ist viel zu schnell vorbei. Aber er sieht mich immer noch an und das macht mich glücklich.

„Du siehst anders aus", sagt er. „Anders?", denke ich und frage mich, ob das gut oder schlecht ist. „Wem gehört denn das Fahrrad?", fragt er und streicht mit seinen großen Händen darüber, um es zu erforschen. Das ist typisch für ihn. Tristan schaut Dinge oft mit den Händen an. Ich kann mich noch gut daran erinnern, als er mich öfter „anschaute" und bekomme eine Gänsehaut bei diesem Gedanken. „Mir", sage ich triumphierend, „Ich habe es gekauft."

„Ein gutes Stück“, sagt er bewundernd. „Hast Du noch Platz für einen Passagier?“ Ich nicke und hoffe, dass meine puddingartigen Beine die zusätzliche Last bewältigen. Aber zur Mühle geht es zum Glück leicht bergab. Ich steige auf und Tristan schwingt sich auf den Gepäcksträger. Mit seinen Händen umfasst er meine Hüften und das hat nicht nur etwas mit Stabilität zu tun. Die Wärme seiner Hände lässt meinen Bauch kribbeln. Gemeinsam holpern wir über das Kopfsteinpflaster durch die warme Abendluft auf unser neues Zuhause zu. Für kurze Zeit ist die Welt ziemlich in Ordnung.

Zuhause lehne ich das Fahrrad an die Hauswand und wir betreten in Eintracht das Wohnzimmer. „Hast Du Hunger?“, frage ich, weil ich auf gar keinen Fall will, dass sich unsere Wege trennen oder er wieder in den Arzt-Patientinnen-Modus kippt. Er lächelt. „Klar. Was gibt es denn heute Ausgefallenes? Wieder Sterz?“, zwinkert er. „Lass Dich überraschen“, lächle ich zurück. Unser neuer Umgangston ist mir ein wenig unheimlich. „Ich geh noch schnell duschen, wenn das ok ist“, sagt er und zieht sich den Pulli schon über den Kopf. Ich schaue seinem nackten Rücken lüstern hinterher und hege kurz den verrückten Gedanken, zu ihm in die Dusche zu steigen. Aber ich trau mich nicht, also beginne ich in der Küche, Brennnessel-Spinat mit Braterdäpfeln zuzubereiten.

Als ich die Pfanne ins Wohnzimmer trage, sehe ich meine Reflexion im Spiegel. Meine Wangen sind gerötet, meine Haare stehen in alle Richtungen, meine Augen strahlen. Kein Wunder, dass mich Tristan anders findet. Tristan lümmelt schon auf der Eckbank. Seine Haare sind verstrubbelt und handtuchfeucht und er hat ein altes T-Shirt mit ein paar Löchern an. Früher hätte ich das unsexy gefunden, aber heute finde ich ihn unwiderstehlich und frage mich, was mit mir los ist.

„Wie war Dein Tag heute?“, erkundige ich mich und fühle mich wie eine Ehefrau aus den 60er Jahren.

Tristan beginnt von Müttern zu erzählen, die mit ihren Babys überfordert sind und über eigenartige Fotos von Körperteilen, die er von Patienten auf sein Handy zugeschickt bekommt, die sich auf diese Weise eine Ferndiagnose erhoffen. Und von älteren Patientinnen, die ihn unter dem Vorwand eigenartiger Schwächezustände zu sich rufen, in der Hoffnung auf ein halbes Stündchen Gesellschaft mit ihm. Ich bemerke, wie ihm trotz all dieser Skurrilität seine Arbeit gefällt und das freut mich. Zumindest muss ich nicht verantworten, dass er wegen mir einen Job macht, der ihm nicht liegt. „Das schmeckt großartig“, sagt er und deutet auf den Teller. „Was ist das?“

„Brennnessel-Spinat aus unserem Garten“, antworte ich, verlegen ob seines Lobs. Er schüttelt den Kopf und schaut mich an. „Woher hast Du nur all diese neuen Rezepte? Ich kann mich nicht erinnern, dass Kochen eine Leidenschaft von Dir war.“ Er schaut mich an und ich schaue ihn an und plötzlich ist die Luft zwischen uns ganz dicht und knisternd. Tristans Augen sind dunkel und unergründlich. Ich spüre, dass er mit sich kämpft. Ich kann es ihm nicht verdenken. Ich bin selbst verunsichert. Wohin soll uns das führen? Bis vor kurzem standen alle Zeichen auf Trennung und das ständige Auf und Ab unserer Beziehung hat uns beide ausgelaugt. Sein Blick fällt auf meine Lippen und ich bekomme Angst.

„Was wollte denn der Polizist von Dir?", frage ich, um abzulenken. Tristan wirkt enttäuscht und erleichtert zugleich. Er seufzt und stochert in den Bratkartoffeln herum „Eine scheußliche Sache. Ein Missbrauchsfall … " Er schüttelt den Kopf. „Erzähl mir lieber, wie Du das Rad gefunden hast." Ich erzähle von dem Kräutergarten und der Annonce, dem Fahrrad und der traurigen Fahrradverkäuferin/ Kassiererin. Er nickt und sagt: „Das ist Frau Sedlacek. Ihre Tochter Jaqueline hat sich vor einem Jahr das Leben genommen. Ist in den Fluss gesprungen." „Oh Gott, die Arme", denke ich. Kein Wunder, dass sie neben der Spur war. Ich male grüne Muster mit meinem Spinat auf den Teller, da höre ich Tristans Gabel fallen und als nächstes spüre ich seine Hand in meinem Nacken. Er zieht meinen Kopf zu sich und küsst mich mit einer Leidenschaft, die mir den Atem raubt. Er beginnt bei meinem Gesicht und setzt seine Spur meinen Hals hinab fort. Ich schwitze. Er nimmt mich an der Hand und zieht mich in Richtung Schlafzimmer. Ich fahre mit meinen Händen unter sein T-Shirt und streichle seine warme, seidige Haut. Wir landen auf dem Bett und beginnen uns gegenseitig auszuziehen. Er fährt mit seinen Händen über meinen Körper und ich winde mich und stöhne. Eine Welle durchfährt mich. Ich habe das Gefühl zu brennen.

Ich brenne wirklich. Mein Körper steht in Flammen. Ich rieche verbranntes Fleisch und der Schmerz ist unerträglich. Ich sehe einen Blitz und Tristans Gesicht ist verzerrt und sieht fremd und unmenschlich aus. Ich schreie „Neiiiin!“ und mein gellender Schrei hallt in meinen Ohren, als sich das Fenster der Vision wieder schließt. Ich spüre Tränen über mein Gesicht strömen. Tristan kniet über mir auf dem Bett und starrt mich schockiert an. Dann verschließt sich sein Gesicht und ich höre ihn wütend murmeln. „Ich habe mich schon gefragt, wann er wieder auftaucht.“ Mit einem Ruck steht er auf, zieht sich an und verschwindet aus dem Zimmer. Ich bin zu Stein erstarrt. Was ist gerade passiert? Ich möchte ihn zurückrufen und mit ihm darüber reden. Aber ich habe Angst. Bin ich dabei, verrückt zu werden? Ich weiß, dass er glaubt, dass Florian der Grund für meinen Ausbruch ist und das stimmt nicht. Aber die Frage ist, ob die Wahrheit besser ist. Wer will schon eine Frau, die beim Sex Wahnvorstellungen entwickelt. Was, wenn ich ihm was antue? Habe ich ihn geschlagen? Ich bin verzweifelt. Keine Ahnung, was ich nun tun soll. Ich weine. Wieder einmal. Ich hasse mich.

Die darauffolgende Nacht ist der reinste Horror. Trotz Schlaftablette habe ich wilde Träume. Abwechselnd träume ich von Florian und Tristan. Wobei Tristan nicht aussieht wie Tristan. Er hat einfache, grobe Kleidung an und lange Haare. Dazwischen wache ich schweißgebadet auf und bilde mir ein, Tristan mit verzweifeltem Gesicht am Bettrand sitzen zu sehen.

Als ich am nächsten Morgen aufwache, fühle ich mich tonnenschwer. Ich bin alleine im Bett, was mich nicht wundert. Ich fühle mich leer und sinnlos. Ich will nicht mehr. Ich kann nicht mehr. Ich möchte schlafen und nie mehr aufwachen.

8 In der Klinik

Aber ich muss. Ich habe einen Termin mit Dr. Friedrich um 11:00 Uhr am Vormittag und den darf ich auf keinen Fall versäumen. Ich wälze mich aus dem Bett und habe das Gefühl, zentnerschwere Beine bewegen zu müssen. Vielleicht bin ich krank, überlege ich. Aber auch das wäre egal. Ich zwinge mich, zu duschen und mich anzuziehen. Heute ist es wieder der übergroße Schlabberpulli und die Schlabberhose dazu. Zu mehr kann ich mich einfach nicht durchringen. Die Haare quetsche ich irgendwie in ein Gummiringerl. Ich entschließe mich, auf das Frühstück zu verzichten, denn Kauen wäre mir einfach zu anstrengend. Im Computer suche ich nach Busplänen nach Wien. Besonders viel Zeit habe ich nicht. Ich schnappe mir meine vorbereitete Tasche und gehe zur Tür hinaus. In diesem Moment höre ich hinter mir Tristans Stimme. „Wo willst Du hin?“

Ich drehe mich völlig überrascht um und sehe Tristan in der Küche stehen. Er sieht mindestens so abgekämpft aus wie ich. Seine Haare stehen zu Berge, unter den Augen zeichnen sich dunkle Ringe ab und er wirkt ungewöhnlich blass. Seine Augen sind gerötet. Mein Herz zieht sich zusammen. „Ich habe einen Termin bei Dr. Friedrich und muss mich schon beeilen, weil ich sonst den Bus versäume“, antworte ich.

„Ich weiß, dass Du einen Termin bei Dr. Friedrich hast“, sagt er in einem Tonfall als spräche er zu einem schwierigen Kind. „Du glaubst doch nicht, dass ich Dich nach der gestrigen Nacht alleine dort hinfahren lasse.“ Er dreht sich zur Vorzimmerkommode und steckt seinen Autoschlüssel, sein Handy und seine Brieftasche ein und kommt zur Tür heraus. Ich bin fassungslos und weiß nicht, was ich sagen soll. Ich glaube nicht, dass ich das durchstehe, zwei Stunden neben Tristan im Auto zu sitzen und sein vorwurfsvolles Schweigen auszuhalten. „Ich kann wirklich mit dem Bus fahren. Das geht schon“, versuche ich zu argumentieren. Tristan schließt nachdrücklich die Türe ab. „Ich habe schon alle Termine an Dr. Schweiger weitergeleitet. Ich bringe Dich hin, da gibt es keine Diskussion.“ Er nimmt mich an der Hand und führt mich zum Auto, das vor dem Haus parkt. Aber heute ist keine Wärme, kein Prickeln, keine Sonne, Mond und Sterne. Heute ist er der Arzt, der verhindern will, dass seine verrückte Patientin verlorengeht.

Als er versucht, mich anzuschnallen, stoppe ich seine Hand. „Bitte! Ich kann das selbst.“ Wir fahren los und es ist so schlimm, wie ich es mir vorgestellt habe. Hier sitze ich neben dem besten Mann, den man sich vorstellen kann, liebevoll, sexy, intelligent, verantwortungsvoll und ich habe es versaut, wie man es nur versauen kann. Das ist schlimm genug. Aber darüber hinaus verhindere ich durch meinen völlig unkontrollierbaren Wahnsinn, dass er sich einer anderen zuwenden kann, die ihn glücklich macht. Mein Schuldbewusstsein erdrückt mich. Aber es gibt noch eine Steigerungsstufe für meine persönliche Hölle. Seit gestern weiß ich, dass ich hoffnungslos verliebt bin in meinen Ehemann. Etwas, das mir sehr lange nicht bewusst war. Mir ist wirklich nicht mehr zu helfen. Vielleicht hat Herr Dr. Friedrich ein Einsehen und leistet Euthanasie.

Zwei Stunden später sitze ich in der mir so vertrauten Klinik. Neben mir sitzt Tristan, der in ein mir unbekanntes Gedankenloch starrt. Er ist immer noch blass, aber seine Augen sind weniger gerötet.

Dr. Friedrich kommt lächelnd auf mich zu. Ich stehe auf und möchte ihm die Hand geben, stattdessen falle ich ihm weinend in die Arme. „Nun, nun", klopft er mir tröstend auf den Rücken und empfiehlt Tristan bis auf Weiteres die Kantine aufzusuchen. Ich erzähle Dr. Friedrich alle meine Symptome, meine visuellen und körperlichen Wahrnehmungen und er nickt aufmerksam, was seinen Seehund-Schnauzbart zum Wippen bringt. Das Wunderbare an Dr. Friedrich ist, dass man ihm das Schlimmste erzählen könnte und er würde einem immer noch das Gefühl vermitteln, dass es sich um nichts Ärgeres als um einen kleinen Schnupfen handelt.

„Ich habe Angst, verrückt zu werden", beende ich meine Schilderungen und spüre, wie ich mich langsam beruhige und es mich erleichtert, diese Befürchtung laut auszusprechen. Dr. Friedrich nickt und lächelt leicht. „Das ist ein gutes Zeichen, Lena. Denn Verrückte befürchten selten, verrückt zu sein. Eher untermauern sie ihre verrückten Theorien mit faktischen Begründungen. Was auch immer Sie quält, wir werden es gemeinsam ergründen und dann sehen, wie wir am besten damit umgehen. Einverstanden?“ Ich bin so unheimlich erleichtert über diese Worte, obwohl mir absolut keine andere Erklärung für meine Zustände einfällt. Aber ich vertraue Dr. Friedrich. Er ist ein ungewöhnlicher Arzt. Und er kennt sich besser mit Verrückten aus als ich.

„Ich glaube es könnte hilfreich sein, Ihrem Mann zu sagen, dass es sich bei den Bildern um ihn gehandelt hat, denken Sie nicht?“, meint Dr. Friedrich. Ich nicke, obwohl ich Tristan lieber gar nicht sagen möchte, dass ich solche Bilder habe. Ich möchte einfach normal sein.

„Wir werden ein paar Tests machen. Ein Schädel-CT und ein paar psychologische Untersuchungen. Ich glaube nicht, dass es sich um eine echte Psychose oder sogar Schizophrenie handelt. Aber wir wollen alles ausschließen. Ich glaub es wäre gut, Sie einige Tage bei uns zu behalten. Was denken Sie?“

Das halte ich für eine sehr gute Idee, denn ich wüsste nicht, wie ich Tristan die nächsten Tage in die Augen schauen sollte. Vielleicht finde ich hier die Lösung.

Dr. Friedrich ruft Tristan an und ein paar Minuten später ist er bei uns. Er nickt, als ihm Dr. Friedrich erklärt, welche Untersuchungen er mit mir vorhat. Dann fragt er mich, ob er mir irgendetwas von zu Hause bringen soll. „Nein danke, ich habe alles mit, was ich brauche“, antworte ich. Dann flüstere ich: „Es tut mir so, so leid … ich...“ Ich stottere ein wenig herum, um die richtigen Worte zu finden und ihm meine Vision zu erklären. Da küsst er mich auf die Stirn und sagt nur: „Das wird schon.“ Ich zucke zusammen, so als hätte er mich geschlagen.

9 Der Segelturn

Gerade werde ich in die Magnetresonanz-Röhre geschoben, wo man mein Gehirn auf Anomalien durchleuchten wird. Am Vormittag hatte ich Gespräche mit unterschiedlichsten Spezialisten, von denen einige, anders als Dr. Friedrich, wohl doch der Meinung sind, dass bei mir die eine oder andere Schraube locker ist. Ich kann es ihnen nicht verübeln.

Ich fürchte mich ein wenig vor den Medikamenten, die man mir wieder verschreiben wird, weil ich mich gut noch daran erinnere, wie müde und benebelt mich die letzten Medikamente gemacht haben. Aber ich bin fest entschlossen, sie trotzdem zu nehmen, wenn mich das gesund macht. Vielleicht haben ja Tristan und ich dann noch eine Chance.

Meine Gedanken schweifen ab, während ich das dumpfe Dröhnen und Klopfen der Maschine durch die Ohrschützer höre und die letzte Sitzung mit einer Klinik-Therapeutin geht mir durch den Kopf. Ähnlich wie Ruth scheint sie die Ursache meiner Verwirrung bei meiner Ex-Beziehung zu verorten und daher haben wir ein langes Gespräch über Florian geführt.

Ich erinnere mich an Florians und meine zweite Begegnung am Bahnhof von Pesaro. Ich sah ihn schon von weitem, genau wie ich ihn in Erinnerung hatte. Er hatte zusätzlich zu seinen sonnengebleichten Shorts ein weißes Leinenhemd übergeworfen. Seine Füße, die noch abgebrannter aussahen, als ich sie in Erinnerung hatten, steckten in Billig-Flip-Flops. Um seinen Hals baumelte der Muschelanhänger. Er schlenderte mir mit einem breiten Lächeln entgegen und als wir uns gegenüberstanden, zog er an einem meiner Zöpfe mein Gesicht an seines und küsste mich. Dann nahm er mit einer Hand meinen Seesack, den ich extra für diesen Trip nagelneu in einem Luxus-Segelzubehör-Shop erstanden hatte und warf ihn sich über die Schulter, ohne ihn eines Blickes zu würdigen. Mit der anderen nahm er meine Hand und wir schlenderten wortlos gemeinsam über den fast menschenleeren Bahnhofsplatz des kleinen Provinzstädtchens. Das Gras an den Straßenrändern war weiß gebleicht, der Asphalt löchrig, von zu viel Hitze aufgeweicht, die Luft darüber flimmerte. Auf einem Stück roter Erde unter einer Pinie lag ein Hund, seitwärts auf dem Boden ausgestreckt, fast wie tot. Bei genauem Hinsehen atmete er flach. Sonst war weit und breit niemand zu sehen. Der ganze Ort schien den Atem anzuhalten.

Florian hatte sich einen kleinen Fiat Panda geliehen, der bis zum Dach mit Proviant vollgestopft war. Wir fuhren zur örtlichen Marina und bestiegen unser Zuhause für die nächsten 2 Wochen. Es war eine beeindruckende Bavaria 50 Cruiser, die einem deutschen Geschäftsmann gehörte, der den Standort seines Boots verändern wollte, aber nicht die Zeit hatte, selbst nach Griechenland zu segeln. Das Boot bot Platz für acht Personen, es war also unheimlich geräumig für uns beide. Ich räumte meinen Seesack in eine der Kajüten und zog mir einen Bikini und eine kurze Hose an. Viel Kleidung war ja zum Glück nicht notwendig. Dann half ich Florian, unseren Proviant zu verstauen. Einiges landete im Kühlschrank, aber der Großteil unter diversen Seitenboards und Kisten. Florian erklärte mir die Funktionsweise der Toilettepumpe, wie man den Herd bediente und einige andere technischen, Details. Wir hätten auch noch eine Nacht im Hafen verbringen können, aber das war absolut nicht Florians Ding. Noch in der Abenddämmerung segelten wir zur Hafeneinfahrt hinaus.

Die Brise war gerade stark genug, dass wir mit den normalen Segeln eine angenehme Geschwindigkeit hatten und während Florian steuerte, saß ich am Boden zwischen seinen Beinen, genoss seine Nähe und den sanften Fahrtwind. Das Meer färbte sich zunächst in den Farben des Sonnenuntergangs und dann nach und nach dunkelblau, bis es schwarz wurde. Der Mond war noch nicht aufgegangen. Über uns funkelten tausende Galaxien und Millionen Sterne.

Unsere erste Nacht verbrachten wir in einer kleinen, einsamen Bucht. Der harzige Geruch der heißen Piniennadeln wehte hin und wieder zu uns herüber durch die offenen Fenster unserer Kajüte, in der wir die vergangenen Monate der Trennung wieder aufholten. Die Wellen schaukelten, die Metallbeschläge klackerten sanft und das Konzert der Zikaden vervollständigte das beruhigende Geräuschkonzert.

Viele Buchten und Sonnenuntergänge folgten. Ein Tag verschmolz mit dem anderen. Manchmal, wenn wir eine schöne, sandige Bucht fanden, übernachteten wir auf einer Decke am Strand. Hin und wieder fischten wir und grillten einen Fisch über dem Feuer. Ganz selten trafen wir andere Segler. Ich kam mir vor, als wären wir die einzigen Menschen auf der Welt. Adam und Eva auf den Meeren. Ich erinnere mich besonders gut daran, wenn Florian schwamm. Er sah aus wie ein glücklicher, besonders verspielter Seeotter, glitt schwerelos durch das türkisblaue Wasser, verschwand unter der Oberfläche und tauchte nach einer beängstigend langen Dauer erst wieder auf. Es fehlte ihm nur noch ein Fisch im Maul. Ich war mir sicher, dass er heimlich unter Wasser zu atmen gelernt hatte. Hin und wieder, wenn er zum Anker runtertauchte, weil dieser sich verheddert hatte, oder wenn sich etwas in der Schraube des kleinen Elektromotors verfangen hatte, blieb er ewig verschollen. Selten tauchte er auf, um Luft zu holen. Als ich ihn einmal darauf ansprach, meinte er, der Trick läge darin, den Körper optimal zu entspannen, um so wenig Sauerstoff wie möglich zu verbrauchen.

An den Abenden erzählt er von den Routen, die er schon besegelt hatte und von alten Seefahrer-Völkern in der Südsee, deren einfachen, effizienten Bootsbau und Navigationsfähigkeiten er bewunderte. Dass diese frühen Seefahrer am grünlichen Leuchten einer Wolke die Spiegelung einer Lagune und so das Herannahen einer Insel erkannten, lange bevor sie direkt zu sehen war. Dass sie am Geschmack des Windes seine Richtung herauslasen und auch die große, langsame Meeresdünung als Navigationshilfe benützten, wenn die Sterne einmal verdeckt waren. Dabei glänzten seine Augen und er sprühte vor Lebendigkeit. Das Meer war für ihn eine „Sie“ und eindeutig ein Lebewesen. Ich hatte durchaus manchmal eifersüchtige Anwandlungen auf meine Nebenbuhlerin. Ich versuchte das Meer mit seinen Augen zu betrachten. Ich liebte die unterschiedlichen Farben, je nach Tiefe des Wassers und nach Tageszeit, zwischen grün, türkis, azurblau und dunkelblau und den salzig würzigen Geruch, den man in der Nase hat, wenn ich auftauchte und einatmete. Aber für mich blieb es einfach Wasser, in dem ich mich wesentlich schwerfälliger bewegte als er.

Unser Tagesrhythmus war geprägt von Wind und Meer. Navigieren, Tagesroute festlegen, Kurs setzen. Windpausen oder gelegentliche Schlechtwetterfronten nutzen wir für kleine Reparaturen, Kochen, Abwaschen, Schlafen, Reden. Florian redete nicht wahnsinnig viel, aber wenn er sprach, dann war es fast immer über das

Meer und das Segeln. Wenn ich über die Bands sprach, die ich bewunderte, und über die Unternehmungen, mit denen ich und meine Kollegen uns die Zeit vertrieben, oder auch manchmal über die Fragen, mit denen ich mich in meiner Arbeit beschäftigte, hörte er mir lächelnd zu, mit der milden Gleichgültigkeit eines Vaters, der seinem Kind beim Spielen zuschaut.

Manchmal kam mir im Vergleich zu ihm mein Lebenskonzept banal vor. Ich spürte den Sog, der von seiner kompromisslosen Absolutheit ausging und gleichzeitig die Angst, dass mich diese Lebensweise überfordern würde.

Als die drei Wochen auf ihr Ende zugingen, begann ich das erste Mal darüber nachzudenken, wie unsere gemeinsame Zukunft aussehen könnte. Wir waren in einer einsamen Bucht vor Anker gegangen, ein bisschen geschwommen und hatten danach langsam und faul miteinander geschlafen. Jetzt lag ich nackt auf ihm und Florians Hand streichelte automatisch über meinen Rücken. Er atmete tief und war kurz vor dem Einschlafen. Typisch weiblich, dachte ich, dass dies ein guter Zeitpunkt wäre, um ein Beziehungsgespräch zu beginnen.

„Florian?“, flüsterte ich.

„Mhm?“, brummte er.

„Wie soll es denn jetzt weitergehen? Wenn dieser Turn zu Ende ist?“

Florians Hand hörte auf zu streicheln und er verschränkte seine Arme hinter seinem Kopf, damit er mir in die Augen sehen konnte. „Es gäbe einen Amerikaner, der einen Katamaran von Deutschland in die Karibik überstellt haben möchte. Der Turn wäre natürlich länger und auch wettertechnisch etwas anspruchsvoller, aber ich denke Du bist jetzt soweit“, sagte er und ich konnte spüren, wie seine Begeisterung ihn immer mehr aufweckte.

Ich setze mich auf. „Aber ich habe mehr als meinen halben Jahresurlaub bereits aufgebraucht“, erwiderte ich und setzte mich auf. Ich dachte, er hätte meine Frage nicht wirklich verstanden, obwohl ich geschmeichelt war, dass er mich für eine Atlantik-Querung als Segelpartnerin in Betracht zog.

„Dann kündige“, sagte er völlig entspannt und zog mich wieder auf seinen Körper und fing an mich aufreizend zu streicheln. Ich strampelte mich wieder frei und stand auf, um mir ein T-Shirt anzuziehen. Dieses Gespräch benötigte definitiv Kleider.

„Ich kann nicht einfach kündigen“, sagte ich leicht verärgert, während ich mir das T-Shirt über den Kopf zog. „Ich habe viel investiert, um diesen Job zu bekommen. Es ist eine der größten Werbe-Agenturen in Österreich und in letzter Zeit bekomme ich wirklich tolle Kunden zugeteilt. Hinter mir stehen zig Grafiker, die sich alle zehn Finger abschlecken würden, meine Stelle einzunehmen. So was bekomm ich nie wieder."

Florian schaute begeistert auf meine nackten Rundungen, die unter dem T-Shirt hervorlugten. Ich zog es nach unten, damit er nicht abgelenkt war. „Dann fliegst Du einfach von den Kanarischen Inseln zurück und den Rest segle ich alleine", sagte er, verschränkte seine Arme wieder hinter dem Kopf und räkelte seinen unheimlich perfekten, nackten Körper in der Abendsonne.

„Du willst alleine über den Atlantik segeln?" Ich unterbrach mich, weil das nicht der Punkt war. „Es geht nicht darum, wann und wo ich mit dir segeln gehe, sondern darum, wie unser gemeinsames Leben in Zukunft ausschauen kann."

Florian sah aus wie das Vorspiel höchstpersönlich und mir war sonnenklar, dass sich in seinem Hirn nicht mehr genug Blut befand, um eine sinnvolle Diskussion zu führen, weil es sich schon in einem anderen Körperteil angesammelt hatte. Daher tat ich das einzig Sinnvolle, setzte mich auf ihn drauf und verschob unsere Zukunft auf später.

Der letzte Tag unserer Reise war angebrochen. Wir waren schon lange in griechischen Gewässern. Paros, unsere Zielinsel, war schon seit dem frühen Morgen zu sehen. Es war ein heißer Tag und im Moment tuckerten wir langsam mit unserem Elektromotor durch die spiegelglatte Ägäis. Ich saß vorne alleine auf dem Bug und schaute, wie das Schiff das grünblaue Wasser unter mir in zwei Hälften zerschnitt. Ich hoffte, dass sich vielleicht nochmal Delphine zeigen würden, aber im Moment schien alles noch zu schlafen. Ich war wehmütig und konnte mir absolut nicht vorstellen, wieder Schuhe zu tragen. Außerdem hatte ich Angst vor unserem Abschied. Florian saß am Steuer, sein Blick auf den Horizont gerichtet. Seine Augen blau wie immer, aber vielleicht nicht ganz so leuchtend wie sonst. Oder vielleicht wünschte ich mir das nur.

Zwei Tage zuvor hatte ich das Thema Zukunft noch einmal angesprochen. „Du könntest ja auch zu mir nach Wien kommen und Dir da einen Job suchen", schlug ich vor. „Wenn Dir wirklich etwas an mir liegt", fügte ich trotzig hinzu. „Es gibt auf der Alten Donau eine Segelschule. Vielleicht könntest Du da ja unterrichten." Da habe ich das erste Mal gesehen, wie sich seine Augen eingetrübt haben. „Ich kann das nicht. Ich hab das schon probiert. Ich kann so nicht leben", war seine kurze Antwort.Diese Absolutheit machte mich wütend. Auch hasste ich das Gefühl, dass er offensichtlich einfacher ohne mich sein konnte als ich ohne ihn. Es verunsicherte mich. Liebte er mich denn gar nicht? War es ihm überhaupt nicht wichtig, ob es für uns eine Zukunft gab?

„Findest Du das nicht ein bisschen melodramatisch? Wien ist hinsichtlich des Rankings, was Lebensqualität betrifft, schließlich ganz weit vorne. Ich möchte wissen, was daran so toll sein soll, tagaus, tagein allein am Meer herum zu schippern, ohne Kultur oder menschliche Gesellschaft, ohne sinnvolle Beschäftigung." Florian kurbelte ein bisschen, um die Position des Segels zu verbessern, aber noch eher, um der Frage auszuweichen.

Ich war mir nicht sicher, ob ich ihn verletzt hatte. In diesem Moment wäre mir jede Emotion lieber gewesen als diese Gummiwand.

„Sag etwas", schubste ich ihn an. Und als er nicht reagierte, schlug ich ihn noch einmal auf seinen Rücken. Er drehte sich um und hielt meinen Arm mit seiner Hand mühelos in der Luft fest. Er schaute mir in die Augen und diesmal strahlten sie nicht. „Es tut mir leid, ich kann verstehen, dass diese Lebensweise nicht für jeden das Richtige ist. Aber für mich ist sie es. Ich dachte, Du verstehst das." Ich begann zu weinen und er nahm mich in die Arme und tröstete mich. Aber ich konnte spüren, dass zwischen uns eine dünne Wand entstanden war. In Paros war unser Abschied kurz und schweigsam. Zu viele Gefühle, zu wenig Zeit, um sie zu besprechen. Ich war zornig auf Florian und unendlich traurig. Gleichzeitig war ich wütend auf mich selbst. Warum nur hatte ich mich auch in einen nautischen Einsiedler verlieben müssen. Das hätte ich doch wirklich besser wissen müssen. Der Knoten in meinem Bauch war riesig, genährt von der Angst, ihn nie mehr wieder zu sehen. Fast noch größer war das Knäuel unausgesprochener Worte in meinem Hals. Ich saß wie gelähmt im Flieger nach Wien und fühlte mich, als wäre ich allein ins kalte Weltall katapultiert worden, von meiner Sonne ausgestoßen, zur ewigen Kälte verdammt.

10 Bonto-Saurer

Ich sitze auf meinem neuen Lieblingsplatz im Hof und rühre seit einer halben Stunde meinen Tee. Er ist schon lange kalt und es gibt auch keinen Grund ihn zu rühren. Die Beschäftigung mit meiner Vergangenheit ermüdet mich immer schrecklich. Es ist dieses Ein- und Auftauchen in die Erinnerung, die ich am anstrengendsten finde. Als wäre es ein physischer Gewaltakt. Ehrlich gesagt sehe ich auch nicht den Sinn darin, mich immer wieder mit meinen Gefühlen zu Florian zu konfrontieren. Vorbei ist vorbei.

Tristan hat mich gestern Abend nach vier Tagen Klinik abgeholt. Die Rückfahrt war fast genauso schrecklich wie die Hinfahrt. Wir haben kaum gesprochen. Er fragte mich nach der Diagnose und den Medikamenten, die ich verschrieben bekommen hatte. Ansonsten hat er sich komplett von mir zurückgezogen. Noch mehr als vor unserer Desaster-Nacht, die ich ab jetzt „Armageddon“ nenne. Ich bin ihm nicht böse. Im Gegenteil. Ich wünsche mir, dass er glücklich wird. Es zerreißt mir das Herz, denn eine Stimme in mir schreit „wir gehören zusammen“, aber ich werde diese Stimme ab jetzt ignorieren. Weil ich ihn liebe.

Neben mir auf der Bank liegt die kleine, dezent bedruckte Packung Tabletten und wirkt völlig harmlos.

Auch der Name des Medikaments könnte für alles Mögliche geeignet sein. Ich habe die Packung schon mindestens fünf Mal hin- und hergeschoben. Ich weiß nicht, warum ich so einen Widerstand gegen diese Dinger habe. Der Arzt in der Klinik hat mir sehr unwirsch erklärt, dass ich mich nicht so anstellen und das Zeug endlich schlucken solle. „Manchmal braucht man einfach eine Krücke für die Psyche", sagte er. „Wenn sie ein gebrochenes Bein hätten, würden sie auch nicht ohne Gehhilfe rumhumpeln." Dr. Friedrich hat mir freundlich zugezwinkert und geflüstert: „Die Dinger sind wirklich lecker."

Das klingt alles logisch, aber etwas in mir sträubt sich. Die Chemie wird direkt in meinem Hirn wirken und wer garantiert mir, dass mich das nicht dauerhaft verändert. Wer sagt mir, dass ich je wieder dieselbe sein werden, nachdem ich den Stoff geschluckt habe. Verdammt ich weiß nicht genau warum, ich mag sie einfach nicht.

Ich versuche mich zu erinnern, ob ich vor dem „Armageddon" irgendwelche Pläne hatte und erinnere mich dunkel daran, dass ich Alice besuchen wollte. Diesen Plan jongliere ich in meinem Kopf hin und her und spüre, dass mich die Überlegungen zu Alice ablenken. Ich wollte sie fragen, was Anais getan hat, um sich den Hass des Bürgermeisters zuzuziehen. Außerdem sollte ich mich auch langsam darum kümmern, was ich als Wahrsagerin des Mittelalter-Festivals für Aufgaben hätte, denn das Fest ist schon in ein paar Wochen. Mir graut. Wenn ich Glück habe, lande ich vorher in der geschlossenen Anstalt. Dennoch, Alice besser kennenzulernen, ist eine gute Idee. Ich habe das Gefühl, sie kann eine Freundin genauso gut brauchen wie ich. Wer weiß.

Ich fühle mich immer noch sehr schwer an, wenn ich mich bewege, aber langsam gewöhne ich mich an den Mühlstein, der irgendwo unsichtbar an mir dranzuhängen scheint. Ich verschiebe die Tabletten auf morgen und packe ein paar Sachen zusammen. In der Speisekammer stehen allerlei Lebensmittel-Geschenke, die Tristan von seinen PatientInnen geschenkt bekommt. Ich schaue, ob Alice irgendetwas davon gefallen könnte und sehe einen Johanniskraut-Tee. Ich nehme ihn in die Hand und spüre eine warme, beruhigende Schwingung ausströmen, die meinen zusammengekrampften Magen entspannt. Das ist mir jetzt schon ein paar Mal bei Dingen aufgefallen, die ich in der Hand hatte, dass sie in meinem Körper Empfindungen auslösen. Leichtigkeit oder Schwere oder Wärme. Langsam gewöhne ich mich auch daran. Dagegen braucht man keine Tabletten, bekräftige ich meine Entscheidung, sie noch nicht zu nehmen.

Ich nehme mein Fahrrad, dass seit „Armageddon" an der Schuppenwand lehnt und fahre zum Tor hinaus. Durch den Fahrtwind auf der Haut lässt das Betäubungsgefühl ein wenig nach. Ich fahre zu dem Haus, das mir Alice einmal gezeigt hat und läute. Ich hätte vorher anrufen sollen und erkenne erst jetzt, wie aufdringlich es ist, einfach bei ihrem Haus aufzukreuzen. Zu spät. Alice öffnet die Haustüre und lächelt erstaunt. Kurz danach schiebt sich ein kleines ca. fünfjähriges Mädchen in die Türe, das Alice unheimlich ähnlich sieht. Sie hat den Finger in der Nase stecken und sieht mich neugierig an.

„Hallo“, begrüße ich Alice, und winke verlegen. „Entschuldige, dass ich Dich so überfalle, aber ich hatte – hm – das Bedürfnis – nach einem Frauengespräch und dachte, vielleicht magst Du mit mir einen Tee trinken oder so. Ich hätte auch schon den passenden Tee“, sage ich und halte mein Mitbringsel in die Höhe.

Alice nickt zögerlich, aber erfreut und sagt: „Oh … ja sicher … gern, komm doch herein.“ Sie beugt sich zu dem Mädchen und streicht ihr liebevoll über den Kopf. „Ines, das ist Lena, sie ist heuer die magische Frau am Mittelalterfest.“ Ines beäugt mich schwer beeindruckt, aber auch ein wenig ängstlich.

Ich trete ein und flüstere dem Mädchen zu. „Ich bin eine gute Fee, keine böse.“ Obwohl, wenn ich an meine Rolle in Tristans Leben denke, vielleicht doch eher die böse Fee. Aber das muss die kleine Ines noch nicht wissen.

Das Vorzimmer wirkt hell, freundlich und belebt. „Es schaut ein wenig wild aus“, entschuldigt sich Alice und beginnt, während sie neben mir hergeht, Spielsachen aufzuklauben, die überall verstreut herumliegen. „Das finde ich gar nicht“, sage ich und verfluche mich, dass ich so unsensibel hereingeplatzt bin. „Außerdem macht Dich so ein bisschen Unordnung mir sehr sympathisch. Du solltest mal mein Chaos sehen.“ Ich denke an den Inhalt meines Kleiderschranks, der immer noch über das ganze Schlafzimmer verstreut liegt, aus lauter Verzweiflung nichts zum Anziehen zu finden, in dem ich mich wohlfühle. Das blaue Kleid liegt seit Armageddon in der Zimmerecke.

„Ich mach das Wasser heiß, geh Du schon mal ins Wohnzimmer“, sagt sie und schiebt mich sanft in die hintere Richtung des Hauses. Aus dem Augenwinkel sehe ich, dass die Küche wirklich chaotisch aussieht. Ich höre Ines und Alice miteinander plaudern und lachen und gehe ins Wohnzimmer.

Das Wohnzimmer ist sehr gemütlich eingerichtet. Es öffnet sich mit einem großen Panoramafenster zu einem kleinen Garten. Der Boden ist übersät mit Spielsachen. In der Ecke hockt ein kleiner Knirps, der mich mit süßen, großen, traurigen Augen mustert und an einem Dinosaurier kaut.

Mein Herz zieht sich bei seinem Anblick zusammen. Er wirkt so verloren, wie ich mich gerade fühle, und so setze ich mich zu ihm im Schneidersitz auf den Boden. „Schmeckts?“, frage ich. Er hält mir das eingespeichelte Plastiktier hin, als wolle er mir eine Kostprobe anbieten und sagt „Bonto Saurer“. Ich nehme mir einen zweiten

Saurier, der am Boden liegt und streichle ihn. Der kleine Junge beobachtet mich mit Argusaugen. Ich spreche mit verstellter Stimme: „Ich bin der T-Rex und hätte auch gerne ein Spuckebad." Er lächelt mich völlig hingerissen an und kichert. Ich glaube er wartet, dass ich den T-Rex ablutsche. „Aber vorher will ich noch gerne einen Bonto-Saurer verspeisen, mjam, mjam." Ich tue als wollte ich den Brontosaurier auffressen und der Kleine quietscht aufgeregt, springt auf und läuft durch das Wohnzimmer. Ich jage ihn mit meinem T-Rex und wilden Kaugeräuschen durchs Zimmer und bemerke, wie mich das Spiel belebt. Auch der Kleine ist jetzt wie ausgewechselt und lacht laut. Und so laufen wir im Kreis, bis wir beide völlig außer Atem sind.

Wir sind völlig in unsere wilde Jagd vertieft, als Alice plötzlich mit dem Tee hereinkommt. Das lenkt meinen Spielgefährten so ab, dass er gegen die Wand donnert und völlig verdutzt nach hinten kippt. Kurz herrscht Stille, dann sehe ich schon die Unterlippe zittern und kurz später weint er herzzerreißend.

Das wirklich Eigenartige ist Alices Blick. Sie sieht ihn völlig distanziert an und macht keine Anstalten, ihn zu trösten. Ich bin verwirrt, weil ich sie vorher gerade noch so liebevoll mit ihrer Tochter sprechen gesehen habe.

Ich robbe zu dem kleinen, unglücklichen Knirps und ziehe ihn auf meinen Schoß. Ich streichle ihn und er kuschelt sich ganz fest an mich. Er schluchzt noch stoßweise, aber schon weniger heftig. Ich lege meine Hand an die Stelle auf seiner Stirn, wo er an die Wand gerannt ist, und habe auf einmal eine eigenartige Wahrnehmung. Ich spüre, wie der Knochen sich komprimiert anfühlt, kleiner und dichter, als er eigentlich sein müsste. Ich merke, wie der Junge ruhiger wird, lasse meine Hand auf dem Kopf und wiege ihn hin und her. Ganz langsam beginnt der Knochen sich luftiger und lichter anzufühlen und unter meiner Hand in alle Richtungen hin zu zerfließen. Am Schluss spüre ich eine Ausdehnung und sehe so etwas wie Helligkeit um die Stirn herum. Ich schaue meine Hände an und versuche zu verarbeiten, was ich da gerade gespürt habe. Oder habe ich mir das nur eingebildet?

Der kleine Bub mustert mich mit großen Augen und ich bin mir fast sicher, dass er es auch gespürt hat. Aber ich kann ihn ja schlecht fragen „Und hast Du das Licht aus den Händen der verrückten Tante kommen gesehen?“ Jedenfalls scheint er vergessen zu haben, dass ihm etwas weh tut. Er greift sich sein Spielzeug und hockt sich wieder in die Ecke, in der ich ihn ursprünglich gefunden habe. Seine Mami hat er die ganze Zeit kaum angeschaut.

Ich setze mich zu Alice auf die Couch und hoffe, dass sie von dem Spuk nichts mitbekommen hat. Aber die Sorge ist unbegründet. Fast scheint es, als sei ihr Sohn für sie nicht im Raum. Sie beginnt zu plaudern, als wäre eben nichts gewesen. „Wie geht es Dir? Ich habe gehört Du warst im Krankenhaus.“ Die Stille Post im Ort scheint gut zu funktionieren. Ich überlege, wie viel von meinen Problemen ich Alice anvertrauen kann. Ich wünschte mir, dass ich eine Freundin zum Reden hätte, aber ich möchte auch Tristan nicht kompromittieren.

„Es geht schon wieder“, beginne ich und sehe ein wissendes Lächeln auf ihren Lippen erscheinen. „Also eigentlich nicht so gut.“ Ich seufze: „Ich hatte vor zwei Jahren eine schwere Phase“, überlege ich weiter, wie ich meinen Zustand beschreiben kann, den ich ja eigentlich selbst nicht verstehe.

Alice nickt. Und ihr Blick sagt mir, dass sie meine Gefühle versteht, und zwar auf eine Weise, wie es nur Menschen können, die durch ein eingreifendes Erlebnis verändert wurden. Wir blicken uns in die Augen und es ist, als würden wir uns auf einer anderen Ebene austauschen. Dann schaut sie auf ihre Hände. „Ich habe auch mal etwas erlebt, das mich aus der Bahn geworfen hat.“ Ihre Stimme wird brüchig. „Es ist schwer. Manchmal … “ Ihre Augen schweifen hinaus in den Garten und sie spricht nicht weiter, sondern scheint sich in ihren Gedanken zu verlieren.

Eine tiefe Traurigkeit erfasst mich und ich bin mir auf einmal nicht sicher, ob das meine eigene oder die von Alice ist.

„Ich wollte Dich etwas wegen der Wahrsagerin fragen“, sage ich, obwohl ich nicht einmal mehr weiß, warum mich das eigentlich interessiert. Aber die Stille ist bedrückend und um unser beider Fassung zu bewahren, bedarf es glaube ich eines Themenwechsels. „Weißt Du, wo Anais ist?"

Alice schaut mich an, als wäre sie auf einem anderen Planeten gewesen. „Anais? ...Nein. Keiner weiß, wo sie ist. Angeblich ist sie verreist nach Albanien", plappert sie nach, was schon Johanna, die Wirtin, gesagt hat.

„Wie lange kennst Du sie schon?", frage ich. „Was macht sie eigentlich, wenn sie nicht Wahrsagerin auf dem Mittelalter-Festival ist?"

Alice denkt nach. „Hm, ich kenn sie so circa sechs Jahre. Damals ist sie hierhergezogen. Sie war schon immer ein wenig schräg, aber eigentlich sehr nett. Und sie ist zwar keine Wahrsagerin, aber sie sagt, sie arbeitet mit Energien und Wesen. So ganz genau hab ich das nicht verstanden."

„Warst Du je bei ihr?" Jetzt bin ich doch neugierig geworden. „Du weißt schon, um Dir helfen zu lassen".

Alice schnaubt und schüttelt den Kopf: „Ich glaube nicht, dass irgendwelche Wesen mir bei meinem Problem helfen können. Das könnte wohl nur eine Waffe." Sie verstummt, als hätte sie zu viel gesagt. Sie beginnt das Geschirr einzusammeln und sagt: „Ich muss jetzt leider noch ein paar Sachen erledigen, weil Thomas bald nach Hause kommt."

„Oh ja, natürlich, entschuldige. Wie heißt eigentlich Dein kleiner, süßer Sohn nochmal?“, frage ich, während ich mich zum Gehen erhebe.

„Tommy“, sagt sie zögerlich, „wie sein Vater“. Und dann ist klar, dass meine Audienz beendet ist.

Ich verabschiede mich und winke dem kleinen Buben im Eck zu, der noch immer an seinem Dinosaurier knabbert und mir hinterherschaut. Dann verlasse ich das Haus. Ich frage mich, ob ich Alice mit meinen Fragen verärgert habe.

Ich radle den Fluss entlang und denke über den kleinen Tommy nach. Und in meinen Augen steigt das Bild von einem anderen Baby hoch. Nein, nur das nicht, bitte. Ich trete in die Pedale, als wäre der Teufel hinter mir her und komme völlig verschwitzt zu Hause an.

Als ich die Türe zum Hof öffne, sehe ich den Bürgermeister und Tristan in unserem Hof sitzen. Am liebsten würde ich sofort kehrt machen und wieder flüchten. Aber erstens wüsste ich nicht wohin und zweitens haben sie mich schon gesehen. Der Bürgermeister zieht den Mundwinkel in die Höhe und hebt ein Glas Wein in die Höhe, als wollte er mir zuprosten. „Da ist sie ja, die hübsche Frau Doktor.“ Ich hoffe nicht allzu durchgedreht auszusehen und stelle kompliziert mein Fahrrad ab, damit ich noch einen Moment habe, um mich zu sammeln.

Ich sehe Tristans forschenden Blick auf meinem Gesicht und ihm zumindest entgeht es nicht, dass etwas mit mir nicht stimmt. Anderseits entspricht das ohnehin seiner Erwartungshaltung. Ich begrüße den Bürgermeister, der mir seine Hand hinhält, obwohl ich ihn am liebsten ignorieren würde. Ich finde seine Gegenwart noch unangenehmer als beim letzten Mal.

„Wir haben gerade über das Mittelalter-Festival gesprochen und was für eine bildhübsche Wahrsagerin Sie abgeben werden“, erklärt mir der Bürgermeister in einem intimen Ton, der mich zum Würgen bringt. Außerdem hält er meine Hand viel zu lange fest.

„Oh, ja, mhm. Darf ich Ihnen vielleicht eine Knabberei zum Wein anbieten?“, frage ich verzweifelt, um mich in das Haus stehlen zu können. Die halbleere Flasche Blauburgunder und die gerötete Nase des Bürgermeisters verraten mir, dass er eine Unterlage gut gebrauchen könnte.

„Oh, nein nur keine Mühe“, säuselt der Bürgermeister. „Ich wollte den Herrn Doktor auch nicht zu lange aufhalten. Er muss sich ja um die Kranken und Siechenden kümmern, hahaha. Ich soll ihnen übrigens von Johanna ausrichten, dass sie diese Woche zu einer Anprobe ins Gemeindeamt kommen können, Frau Doktor.“

Ich nicke und wundere mich. Dass Johanna den Bürgermeister wegen der Anprobe zu mir schickt, halte ich für höchst unwahrscheinlich.

Der Bürgermeister erhebt sich, schlägt die Hacken zusammen und wendet sich an Tristan. „Überleg Dir meinen Vorschlag, es wäre uns eine Freude, Dich in unseren Reihen zu begrüßen." Dann verbeugt er sich, schnappt wieder meine Hand und schmust sie mit seinen schwammigen Lippen ab. Ich bemühe mich, mein Würgen zu unterdrücken. Es dürfte nicht seine erste Flasche heute sein, denn beim Hinausgehen schwankt er deutlich.

Ich sehe Tristans nachdenklichen Blick auf seinen Rücken geheftet. „Ihr seid per Du?", frage ich. „Offensichtlich", antwortet Tristan zögerlich und sieht mich dann an. Er ist dabei, mich nach meinem Zustand zu fragen, aber das kann ich jetzt unmöglich zulassen, also unterbreche ich ihn und frage „Was sollst Du Dir überlegen?"

„Es gibt so einen informellen Stammtisch hier in der Gemeinde, den der Bürgermeister um sich schart. Und er hat mich dazu eigeladen. Offen gestanden habe ich wenig Lust teilzunehmen, aber es scheint mir auch keine gute Idee, ihn vor den Kopf zu stoßen, wo wir doch neu hier sind. Ich habe das Gefühl … " Sein Blick wird nachdenklich, dann überlegt er es sich aber und mustert wieder mein Gesicht. Sein Blick wird ganz weich und er streicht mir über die Wange. „Du siehst erschöpft aus."

Nein bitte nicht. Nur keine Zärtlichkeit jetzt, sonst breche ich sofort in Tränen aus. Ich drehe mich hektisch um und rufe „Ich koch uns was Feines fürs Abendessen, gut?"

„Was ist das nur mit dem Kochen neuerdings?“, höre ich Tristan murmeln, dann sehe ich aus dem Augenwinkel, dass er sich auf die Bank fallen lässt und sein Glas mit Rotwein vollfüllt. Er sieht müde aus.

11 Das Glitzern

Ich befreie die Tulpe aus dem Unkraut, wie ich die Qigong- Übung heimlich nenne, natürlich heißt sie anders, aber meine Metaphern helfen mir, mich an den Ablauf der Übungen zu erinnern.

Erstaunlicherweise fällt es mir heute relativ leicht, mich zu konzentrieren. Das hätte ich gar nicht gedacht, angesichts der intensiven Sitzung mit Ruth am Vormittag. Der Grund für meinen Fokus ist, dass ich das Qi heute das erste Mal in einer Stärke spüre, die meine ganze Aufmerksamkeit bindet. Wenn ich meine Hände nach oben schiebe, spüre ich wie sich ein dichter Luftzug vor den Handflächen bewegt. Und in mir drinnen strömt eine glitzernde Lichterkette die Wirbelsäule entlang nach oben. Ich bin völlig fasziniert und fühle eine tiefe Entspannung und Zufriedenheit. Shantus rotwangiges Bäckergesicht strahlt und nickt mir aufmunternd zu. Sieht er das Glitzern? Wenn ich ehrlich bin, habe ich seine Anweisungen bisher nicht besonders ernst genommen. Ich bin in den Kurs gegangen, um mir die Zeit zu vertreiben und vielleicht ein paar Leute aus dem Ort kennen zu lernen und Tristans ständige Fragen nach meiner Tagesbeschäftigung beantworten zu können. Jetzt frage ich mich, ob ich ihn nicht unterschätzt habe. Ich lächle zurück.

Nach der Stunde fühle ich mich erfrischt und ertrage sogar Johannas griesgrämige, massige Gestalt, die sich zielstrebig vor mir aufbaut. „Morgen um fünf im Gemeindeamt zur Anprobe?“ Sie hat sich heute ein Tuch um die Hüfte gebunden, das nicht so elegant aussieht, wie sie das wohl beabsichtigt. Sie erinnert ein bisschen an einen Sumo-Ringer. Ich seufze und nicke. Mit Sumoringern ist nicht zu spaßen.

Als ich mich auf den Heimweg mache, höre ich Alice hinter mir her laufen und wir teilen uns zunächst stumm unseren Heimweg. Als wir uns an der Kreuzung verabschieden, dreht sie sich nochmal um und fragt mich „Hättest Du Lust, mit mir morgen in die Stadt zum Shoppen zu fahren?. Ich bräuchte ein paar Sachen.“

Ich bin überrascht, aber ich freu mich. „Das ist eine gute Idee. Ich brauch ohnehin etwas zum Anziehen.“

Alice wirkt erleichtert. „Super, dann hol ich Dich morgen um neun Uhr ab, ok?“

12 Die Shopping-Tour

Wir sitzen in einem kleinen, gemütlichen Café und kratzen gerade die letzten Krümel Kuchen von unseren Tellern. Ich merke, wie mir die lebhafte Atmosphäre heute guttut. Unter meinem Sessel stehen zwei Einkaufssackerln mit einem Kleid, einer Jeans und einer weißen Bluse. Das Kleid hat einen sehr speziellen Grünton, der zu meiner Augenfarbe passt und wahrscheinlich hätte ich es früher glatt übersehen.

Alice ist heute auch wie ausgewechselt. Sie wirkt fröhlicher und leichter als zu Hause. Gerade eben haben wir über die Teilnehmer unserer Qigong-Gruppe gelästert und dabei so richtig schön hässlich gelacht, als wären wir alte Freundinnen. Das tut gut. Ich finde zum Lästern braucht es einen gewissen Grad an Vertrautheit. Außerdem hat mir Alice erzählt, dass sie jetzt einen Töpferkurs bei Fritz Wachowski, dem Kunsthandwerker, macht. Das freut mich, denn ich habe das Gefühl, dass es ihr guttut, zu Hause einmal rauszukommen. Irgendetwas stimmt dort nicht. Ich frage mich, wie es um die Beziehung zu ihrem Ehemann steht. Eigentlich weiß ich absolut nichts über ihn.

Wir beschließen, uns für die nächste Stunde zu trennen. Alice möchte etwas alleine besorgen und ich möchte noch einen Sprung in einem Esoterik-Laden vorbeischauen, wo ich lieber auch ohne Alices prüfende Blicke wäre.

Wir zahlen und ich lasse mich von meinem Handy zu dem Esoterik-Laden führen. Das Geschäft ist hell und sympathisch, anders als ich es mir vorgestellt hatte. Ich lasse meinen Blick über die Bücherwand schweifen und bin überrascht über die Vielfältigkeit des Angebots. Feng-Shui, Pendeln, Yoga, Astrologie, Channeling bis hin zu Gesprächstechniken mit Engeln werden angeboten. Mir war nicht bewusst, welches Ausmaß an Fachliteratur es zu diesen Themen gibt. Ich nehme einen Tensor in die Hand, der mit einem hübschen Edelstein besetzt ist, mit einem goldenen Ring am Ende eines Metallstabs. Er wippt lustig auf und ab und fühlt sich an, als wäre er ein Lebewesen mit eigenem Charakter. Er erinnert mich an die Zauberstäbe von Harry Potter. Daneben hängen Pendel, Amulette, Wünschelruten und anderes Energetik-Zubehör. Ich nehme mir das ein oder andere Buch heraus und überfliege die Seiten. Vieles wirkt plausibel, manches eher verrückt. Ein Buch beginnt mit einer Abhandlung, dass wir alle von Außerirdischen abstammen, und in völlig abgefahrene Machtkämpfe unterschiedlicher Gottwesen verstrickt sind, ohne es zu merken. Schon beim Drüberlesen fühle ich die Anwandlung einer Persönlichkeitsabspaltung.

Mein Blick bleibt an einem Buch über Wiedergeburt und Rückführung hängen und zögernd greife ich danach. Hinter mir höre ich das zarte Bimmeln des Türglockenspiels.

Ich versuche mich in das erste Kapitel zu vertiefen, in der die Autorin über die indische Lehre der Widergeburt spricht, aber ich fühle mich beobachtet. Ich drehe meinen Kopf und sehe einer Fremden in die Augen.

Sie hat auffallend große Augen und von hier aus scheint es, dass sie zwei unterschiedliche Farben haben. Ihre stark gekräuselten, grauen Haare sind wie ein Nest zusammengesteckt. Es ist so üppig, dass eine mittelgroße Vogelfamilie Platz darin fände. Sie tut, als wäre sie mit dem Austesten einer Wünschelrute beschäftigt, aber ich kann ihre Neugierde förmlich riechen. Ich nicke ihr zu und habe das eigenartige Gefühl, sie zu kennen, obwohl ich gleichzeitig sicher bin, sie noch nie gesehen zu haben.

Ihre Lippen formen ein Wort. „Magdalena". Das trifft mich wie ein Schlag. Das Buch fällt mir aus der Hand. Ich beuge mich hinunter, um es aufzuheben, und als ich wieder aufblicke, sehe ich nur noch das Schließen der Eingangstüre. Ich laufe auf die Straße, kann sie aber nirgends entdecken. Mir wird bewusst, dass ich immer noch das Buch umklammert halte. Eine Anzeige wegen Ladendiebstahls würde mir gerade noch fehlen, deswegen husche ich rasch ins Geschäft zurück. Die Verkäuferin scheint aber tiefenentspannt zu sein. „Ich nehme das Buch", sage ich und halte es ihr hin. Es hat eine kleine

Delle. Dann laufe ich wieder zur Tür hinaus und suche die angrenzenden Straßen nach der Fremden ab.

Wer war die Fremde und warum hat sie meinen Namen gekannt? Also zumindest eine alte Form davon. So wie sie mich angesehen hat, hat sie mich gemeint. Ich glaube nicht, dass es eine Verwechslung war. Und warum kam sie mir so bekannt vor? Ich überlege, ob ich sie vielleicht aus dem Krankenhaus kenne. Die Zeit damals war so verschwommen, dass sie durchaus meine Wege hätte kreuzen können, ohne dass ich mich daran erinnere. Außerdem würde es dieses Gefühl von Überdrehtheit erklären. Vielleicht ist sie ja aus einer Anstalt entlaufen. Diese Antwort würde mich erleichtern, aber etwas in mir drinnen weiß, dass das nicht die Wahrheit ist.

Ich laufe ohne besonders Ziel durch die Straßen, als ich Alice aus einem Geschäft kommen sehe. Ich möchte ihr schon zuwinken, doch die Aufschrift des Ladens und der Ausdruck in Alice Gesicht lassen mich stocken. „Waffen und Jagdzubehör“ Was macht die zarte, kinderliebende Alice in so einem Geschäft? Sie hat keinen Einkaufssack in der Hand, aber ihre Handtasche wäre groß genug, um eine Waffe darin unterzubringen. Ihr Blick hat etwas Wildes, Gejagtes. Ich ziehe mich in einen Hauseingang zurück, ohne zu wissen warum.

Was mach ich nur? Will sie wirklich jemanden erschießen oder erstechen? Gibt es irgendeine andere Erklärung, warum sie in ein Waffengeschäft gehen sollte?

Ein Kostümfest ihrer Kinder? Ist ihr Mann Jäger und sie hat seine Waffe zur Reinigung gebracht? Mein Hirn sucht verzweifelt nach Erklärungen. Langsam wird dieser Stadtausflug anstrengend. Ich spüre die altbekannte Müdigkeit in mir aufsteigen. Aber die Tatsache, dass ich sie jetzt erst spüre, sagt mir, dass ich sie eine Zeitlang verdrängt habe

Ich nehme die gegenteilige Richtung von Alice und steuere so langsam wie möglich auf unseren Treffpunkt zu. Als wir aufeinander treffen, beschließen wir beide, dass es Zeit sei, nach Hause zu fahren. Die Heimfahrt ist wesentlich einsilbiger als die Hinfahrt. Ich überlege, ob ich Alice mit meiner Beobachtung konfrontieren soll. Oder ob ich ihr von der Fremden erzählen soll. Ich schiebe die Entscheidung auf. Vielleicht kann mir Ruth sagen, was ich tun soll. Dieser Gedanke lässt mich endgültig zusammenschrumpfen. Jetzt brauche ich schon bei jeder kleinen Entscheidung die Hilfe meiner Therapeutin. Wie armselig. In Gedanken versunken schlendere ich auf den Hauptplatz zu. Mein Hirn ist voll mit Fragen und als ich am anderen Ende des Platzes unter den Platanen Tristans vertraute Gestalt mit einer Frau sehe, bin ich wie vom Donner gerührt. Da steht er neben dem Brunnen und hält die Hand einer hübschen, blonden Frau, circa in meinem Alter. Mein Herz stottert.

Ist das diejenige, in die sich Tristan verliebt hat? Und wenn ja, wer ist sie? Mein Herz hat keine Unsicherheit, es weiß Bescheid. Und gerade eben befindet es sich im Sturzflug. Ich möchte nicht hinsehen, aber ich kann meine Augen nicht abwenden. Wie bei einem schlimmen Unfall, von dem man nicht wegsehen kann.

Er hält ihre Hand und lächelt sie auf eine Art und Weise an, die keinen Spielraum für Interpretation lässt. Er mag sie, interessiert sich für sie. Und es gibt Nähe zwischen ihnen. Sie zieht ihn zu sich und gibt ihm einen langsamen Kuss auf die Wange. Immerhin nicht auf den Mund. Aber es kann natürlich sein, dass sie sich das in der Öffentlichkeit nicht trauen.

Endlich schaffe ich es, mich abzuwenden und verlasse langsam im Rückwärtsgang den Hauptplatz. Ich lehne mich an eine Steinmauer und spüre, wie Tränen über meine Wangen strömen. Ich bete, dass mich die beiden nicht gesehen haben. Über Umwege schleppe ich mich schließlich nach Hause und bin froh, dass Tristan noch nicht da ist, als ich ankomme. Anderseits bedeutet das natürlich, dass er immer noch bei „IHR" ist. Ich wanke ins Schlafzimmer und sehe dort die Tabletten auf dem Nachttisch liegen, die Dr. Friedrich mir verschrieben hat. Am liebsten würde ich die ganze Packung auf einmal schlucken, wenn ich die Sicherheit hätte, dann nichts mehr fühlen zu müssen. Aber ich nehme die vorgeschriebene Dosis und lege mich aufs Bett.

Ich sage mir, dass es gut so ist. Dass Tristan wieder glücklich sein soll. Aber in mir schreit und tobt eine lautere Stimme, die das nicht erträgt. Ich greife in die Schublade und hole eine Schlaftablette raus, weil ich mir sonst nicht zu helfen weiß. Dann wird es still.

13 Gähnende Leere

Ich knie im Garten beim Gemüsebeet und reche langsam und rhythmisch mit der kleinen Gartenkralle die Erde meines Gemüsebeets um. Seit der ersten Einnahme der Tabletten ist eine Woche vergangen. Eine Woche, die ich durchgehend in meinem Pyjama verbracht habe. Eine Woche voller Nebel, - in meinem Kopf - nicht im Garten. Im Gegenteil, draußen ist ein wunderbarer Frühsommer angebrochen, den ich zwar sehe, aber nicht spüren kann.

Die Wirkung der Tabletten hat allmählich eingesetzt, wie mir das Herr Dr. Friedrich erklärt hat. Der seelische Schmerz ist dumpfer geworden und auch alle anderen Wahrnehmungen. Ich kämpfe mich durch die Tage. Ich mache Frühstück. Dann lege ich mich hin, weil ich mich erschöpft fühle. Dann grabe ich ein bisschen im Garten. Nach einer halben Stunde lege ich mich wieder hin. Mittags koche ich mir einen Sterz, denn zu mehr fehlt mir die Kraft. Dann schlafe ich wieder ein paar Stunden. Und am Nachmittag grabe ich noch ein Stündchen im Garten herum, bevor ich mich wieder hinlege. Über die Woche gesehen habe ich doch ein beträchtliches Stück Garten umgegraben und überlege, was ich dort wohl anbauen soll.

Ich frage mich, ob das die gewünschte Wirkung der Tabletten ist. Diese völlig Apathie. Zugegeben, ich hätte nicht die Motivation, mir etwas anzutun, oder jemand anderem, weil ich mich einfach zu erschöpft fühle. Aber dass meine Lebenslust zugenommen hätte, kann ich auch nicht behaupten. Der Schmerz ist betäubt. Und das ist der Hauptgrund, warum ich mich nicht traue, sie wieder abzusetzen.

Tristan und ich haben kaum ein paar Worte gewechselt, seit dem Tag, als ich ihn mit IHR gesehen habe. Ich spüre seine sorgenvollen Blicke, aber ich schaffe es nicht, ihn zu konfrontieren oder ihm länger in die Augen zu sehen.

Qigong hab ich sausen lassen und die Sitzung mit Ruth habe ich auch abgesagt, obwohl sie vermutlich gut für mich gewesen wäre. Aber die Aussicht, zum Bus gehen zu müssen, eine Fahrkarte kaufen zu müssen und mit anderen Menschen im Bus zu sitzen, hat mich schlichtweg überfordert.

Im Bett fühle ich mich geborgen und ich überlege immer wieder, wie angenehm es wäre, einfach nicht mehr aufzuwachen. Wie es wohl auf der anderen Seite ist. Würde ich merken, dass ich sterbe? Würde ich vorher aufwachen oder einfach hinübergleiten. Gäbe es ein Leben danach? Würde ich dort Florian wiedersehen?

Der Gedanke an Florian schießt wie ein heißer, leuchtender Pfeil in meine dunkle Höhle. Ruth sagt, dass ich meine Geschichte mit Florian zu Ende erzählen muss, um meine Seele wieder zu erobern. Eigentlich habe ich absolut keine Lust, wieder in dieses zähe, alte Leben einzutauchen. Aber ich hab ein schlechtes Gewissen, dass ich alle meine Pflichttermine sausen habe lassen und deswegen schleppe ich mich in meinem Pyjama zum Schreibtisch, krame mein Tagebuch heraus und beginne zu schreiben.

14 Verloren in Wien

Die Rückkehr in mein normales Leben war diesmal schwierig. Obwohl es Sommer war, fand ich meine Kleidung beengend. Die Luft in der Stadt war mir zu stickig, die Autos zu laut, die Sonne zu stechend. Nachdem ich zwei Nächte lang keine Minute geschlafen hatte, schleppte ich meine Matratze auf den Balkon, wo ich mit dem Blick auf die Sterne endlich die ersehnte Ruhe fand.

Meine häufig verquollenen Augen versteckte ich hinter riesigen Sonnenbrillen von Gucci, die mir in der Arbeit den Beinamen Ray (nach Ray Charles) einbrachten. Mir fiel auf, dass die Menschen in Wien ständig unheimlich gestresst waren. Auf dem Weg zur Arbeit ging ich an einem Mann vorbei, der in angestrengtem Tonfall und mit todernster Miene in sein Handy sprach. „Es gibt nur noch zwei Parkplätze hier, die werden bald weg sein." In meiner Fantasie sah ich am anderen Ende der Leitung eine Frau, die ein Blaulicht auf ihrem Dach montierte und jegliche Verkehrsregeln missachtend mit ihrem Auto durch die Innenstadt raste, um einen der beiden Parkplätze zu ergattern, weil sonst - ja was eigentlich? - passierte.

Auch in der Arbeit fiel mir das erste Mal dieser Zeitdruck auf, unter dem ständig alle standen, meist eher selbstauferlegt als durch die Sache selbst. Ich kam mir vor wie ein Eingeborener, der das erste Mal die „Zivilisation" besucht und deren Absurdität mit einer Klarheit wahrnimmt, die einem normalen Menschen verborgen bleibt. Eine Arbeitskollegin stand vor einem Drucker und beschimpfte ihn, als wäre er ein bockendes Maultier, keine Maschine. „Du fettes Scheiß-Trumm, immer wenn ich es eilig habe, lässt Du Dir eine neue Fehlfunktion einfallen. Fuck, blöde Kacke, echt!"

Ich fragte mich, ob ich vor meinem Segeltrip auch so unterwegs gewesen war. Ich konnte mich nicht erinnern. Nach und nach begann ich Florian zu verstehen, was meine Sehnsucht nach ihm nur vergrößerte.

Meine Mutter rief mich öfter an als sonst. Sie schien zu spüren, dass es mir nicht gut ging. Aber wir hatten schon länger kein offenes Gesprächsverhältnis und ich erzählte ihr, dass ich in der Arbeit viel zu tun hätte.

Auch meine Freundin Bria aus der Agentur wusste nach einiger Zeit nichts mehr mit mir anzufangen. Anfangs versuchte sie mich noch auf diverse Events und Partys mitzuschleppen. Aber da war es mir einfach zu laut und hektisch.

Ich flüchtete mich in meine Zeichnungen. Ich zeichnete wie besessen. Ich ging früher in die Agentur, wo es noch still war, und arbeitete fast durchgehend an meinen Grafiken. Zu Hause zeichnete ich mit der Hand weiter. Es war als könnte ich mit dem Zeichenstift meine Gefühle in das Papier umleiten. Als gäbe es da einen unsichtbaren

Strom in meinem Arm, durch den die schmerzhaft angestauten Gefühle sich auf das Papier entladen konnten. Das tat mir gut.

Es wirkte sich positiv auf meine Arbeit aus. Giovanni, mein Chef, war begeistert. „Also ich weiß nicht, was der ragazzo mit Dir gemacht hat, aber ich bin ihm dankbar. Deine Grafiken sind bellissima. Der Sportartikel-Hersteller war hingerissen von deinem Logo. Brava Lena!“ Giovanni war eigentlich kein Italiener, sondern ein schwuler Korneuburger namens Johannes, aber er liebte Italien und die ausdrucksvolle Körpersprache der Italiener.

Ich begann einige Zeichnungen aufzuheben, die meisten waren abstrakt, Ausdruck meines Gefühlslebens. Manche waren düsterer als andere, so richtig fröhlich war keine davon. Als Giovanni eines Tages überraschend bei mir auftauchte und ein paar der Zeichnungen sah, war er völlig aus dem Häuschen. „Madonna mia, Du musst eine Ausstellung machen. Das ist miraviglioso.“

Es wurde Herbst und mein Nest am Balkon wurde langsam zu kühl, also zog ich schweren Herzens in mein Schlafzimmer zurück. Ende November hatte ich gemeinsam mit Bria und Giovanni tatsächlich eine kleine Ausstellung organisiert. Die Vorbereitung darauf hatte mich so intensiv beschäftigt, dass mein Gefühlszustand ein bisschen besser geworden war. Hin und wieder ging ich mit meinen Kollegen abends in eine Musikbar. Und auch wenn ich im Büro und zu Hause nach wie vor barfuß herumlief, so begann ich auch wieder meine schickeren Schuhe abends auszuführen.

Am Abend der Ausstellung zog ich mir ein fließendes, schwarzes Designerkleid an, das ich vor kurzem neu erstanden hatte. „Künstler tragen schwarz", hatte Giovanni angeordnet, als ich darüber jammerte, dass ich für die Ausstellung nichts anzuziehen hätte. „Geh und kauf Dir etwas, das sexy ist." Das Kleid hatte einen Neckholder-Ausschnitt und einen sehr tiefen Rücken, sodass sich kein BH damit ausging. Dazu hochhackige Sandaletten mit ein paar Glitzersteinen und einen Armreifen mit Kaurimuscheln drauf. Das einzige Erinnerungsstück an Florian, das er mir bei einem kleinen Kunstmarkt auf einer griechischen Insel gekauft hatte. Er hatte geflaxt, dass Paare, wenn sie länger zusammen sind, sich optisch anpassen. Und da ich in Schwimmbermudas nicht so gut aussah wie er, wäre dieser Armreif Ausdruck unseres Partnerlooks.

Ich schminkte mich sorgfältig und steckte meine frisch blondierten Haare in einem absichtlich zerzausten Dutt am Hinterkopf fest. Dann machte ich mich auf den Weg zu der kleinen Galerie, in der ich die letzten Abende bis weit nach Mitternacht gearbeitet hatte.

Bria und Giovanni waren schon da, als ich ankam. Bria sah mit ihren dicken, schwarzen Brillen und dem akkurat geschnittenen, schwarzen Bob mit Stirnfransen aus wie ein weiblicher Andy Warhol und passte perfekt in die Szene. Sie stand gerade mit Giovanni vor einem meiner Bilder mit dem bezeichnenden Titel „Schmerz". Giovanni hatte einen dunklen Dreiteiler an und sah sehr distinguiert aus. Ich stellte mich zu ihnen und sagte: „Meine Güte, alle schwarz, ist jemand gestorben?"

Bria quietschte, völlig aus ihrer Intellektuellen-Rolle gefallen, „Oh mein Gott, Süße, die Bilder sind großartig. Du wirst reich und berühmt."

Nach und nach füllten sich die Räumlichkeiten. Meine Mutter kam an, mit einem selbstgebackenen Kuchen, der mir ein bisschen peinlich war, weil er so gar nicht zu dem minimalistischen Buffet passte. Allerdings nur so lange, bis sich die Besucher voll Eifer draufstürzten, weil er so lecker war. Sie umarmte mich und flüsterte mir ins Ohr, wie stolz sie auf mich wäre, und dass ich mehr essen solle, weil ich zu dünn sei.

Dann ging der Trubel so richtig los. Giovanni hielt eine kleine Ansprache über mein beachtliches Talent. Ich wäre am liebsten zur Hintertüre hinausgeschlichen, blieb aber tapfer neben ihm stehen und lächelte so gut ich konnte. Die halbe Werbeagentur war da, aber auch viele unbekannte Gesichter, die offensichtlich in der Besucherkartei des Galeristen verzeichnet waren. Ich sah, wie das eine oder andere Bild mit einem „Verkauft"-Schild versehen wurde und fühlte mich das erste Mal seit langem fast normal. Ich hatte das Gefühl, wieder auf der Erde angekommen zu sein.

Gerade in dem Moment öffnete sich die Eingangstüre und Florian trat ein. Die Welt stand still. Meine Beine, die eben noch so fest auf der Erde gestanden hatten, verwandelten sich in eine breiartige Substanz, mein Bauch zog sich zusammen und mein Herz schmerzte und hüpfte zugleich. Unsere Blicke sogen sich aneinander fest und die Gravitation zog uns quer durch den Raum aufeinander zu. Auch in seinen Augen konnte ich Schmerz und Erleichterung zugleich sehen. Das ließ jeden Widerstand, den ich vielleicht noch haben hätte können, dahinschmelzen. Er zog mich in seine Arme und drückte mich so fest, dass ich kaum Luft bekam, aber selbst das war nicht nah genug. Dann sahen wir uns minutenlang in die Augen.

Die Galerie, die Kollegen, die Ausstellung, die Welt waren auf einmal hinter unserem Horizont verschwunden. Am liebsten wäre ich auf der Stelle mit ihm abgehauen an einen Ort, wo ich ihn in Ruhe anschauen, berühren und küssen konnte. An einen Ort, wo man keine Kleidung brauchte.

Das fiel mir als nächstes auf. Florian in Kleidern. Er sah sehr ungewohnt aus. Er hatte eine nicht sehr modisch geschnittene Jeans an und einen Strickpulli, der ebenfalls ein bisschen altbacken daherkam. Alles sah aus, als hätte er es sich zusammengeborgt und er stach damit deutlich aus dem sonst sehr schicken Publikum hervor.

Ich sah mich um und bemerkte, dass wir von mehreren Seiten betuschelt wurden. Einige Mädels aus der Agentur hatten ihn erkannt. Bria sah eher wütend aus. Kein Wunder, ihrer Meinung nach war er für meinen fatalen Geisteszustand in den vergangenen Monaten verantwortlich. Giovanni kam auf uns zu und begrüßte Florian. „Du bist also der sagenhafte Florian. Freut mich, Dich kennenzulernen." Es stellte sich heraus, dass Florian in der Agentur angerufen hatte, um mich zu sprechen und Giovanni ihm von der Ausstellung erzählt hatte. „Was sagst Du zu unserer Künstlerin?"

Florian schaute lächelnd zu mir herunter und nahm mich an der Hand. „Ich hoffe, dass mich die Künstlerin in ihre Kunst einführt." Mir wurde heiß und kalt, weil hundert Prozent der Bilder sich um mein persönliches Drama namens Florian drehten. „Vielleicht merkt er ja nichts davon", hoffte ich im Stillen, natürlich völlig vergebens. Nachdem wir alle, eins nach dem anderen, betrachtet hatten, ohne zu sprechen, zog er mich an sich und sagte: „Sie sind wunderschön, Kalypso, aber so traurig. Es tut mir unendlich leid."

Damit war es geschehen um meine Contenance, der Damm brach und alle meine Tränen begannen zu strömen. Und der Staudamm war riesig. Ich zog Florian hinter mir her zur Tür hinaus, während die Tränen weiter ungehemmt über meine Wangen schossen. Dort stellte sich Bria in meinen Weg und sagte: „Tu das nicht, Lena, er macht dich kaputt."

„Das verstehst Du nicht", flüsterte ich und drängte mich an ihr vorbei ins Freie. „Rufst Du uns ein Taxi?", bat ich Florian und er pfiff und winkte einen Wagen herbei, während ich versuchte, meine Weinorgie zu beenden. Ich gab dem Taxifahrer meine Adresse und dann küssten wir uns. Zu Hause angekommen, rannten wir die Treppe hinauf, rissen uns die Kleider vom Leib und fielen im Vorzimmer übereinander her. Ich klammerte mich an ihn wie eine Ertrinkende und flüsterte immer wieder seinen Namen und er streichelte mich pausenlos. Endlich ging die Klammer in meiner Brust auf und ich fühlte mich wieder eins mit ihm. Meine Sonne hatte mich wieder in ihre Umlaufbahn aufgenommen. Völlig rätselhaft, wie ich je denken konnte, ohne sie existieren zu können. Kein Planet konnte das. Ich würde kündigen, ich würde mit ihm von einer Insel zur nächsten hüpfen und eines Tages würden wir mit unserem Boot in einen Sonnenuntergang segeln, aus dem es keine Widerkehr gab.

„Bist Du hier, um mich mitzunehmen?", fragte ich ihn, als er in der Früh endlich die Augen aufmachte, nachdem ich schon eine halbe Stunde lang versucht hatte, ihn wach zu starren. Er brauchte ein wenig, um sich an seine Umgebung zu gewöhnen, dann sah er mich, brummte und zog mich zu sich, um mit seinen Fingern wieder seine Kreise auf meiner Haut zu ziehen. „Nein, ich habe einen Job in Wien bei einem Yacht-Ausstatter."

Ich verschluckte mich „Du hast einen Job? In Wien?" Völlige Ungläubigkeit meinerseits. „Du weißt aber schon, dass man da Kleider anhaben muss? Und Schuhe?"

„Wirklich? Oh, davon haben sie aber bei der Bewerbung nichts gesagt. Das gilt sicher nur für die anderen". Er lachte vergnügt und sah mich aufmerksam an. „Freust Du Dich?"

Ich war mir nicht sicher, denn ich hatte einen Meergeist eingefangen, der nun wegen mir in einer Flasche leben wollte. Keine Ahnung, ob das gutgehen konnte und ob ich dafür verantwortlich sein wollte. Aber ich nickte. „Hauptsache, wir sind zusammen."

„Es stellt sich natürlich die Frage, was Du ab jetzt zeichnen sollst, wenn ich bei Dir bin", sinnierte er mit ernstem Gesicht. „Ich will schließlich keine aufstrebende Künstlerkarriere zerstören", streichelte er mich dabei schon wieder auf enervierend aufregende Weise.

„Mein nächstes Bild könnte auch „Verhungert" heißen." Florian lachte auf und sagte, „Ja allerdings. Du brauchst dringend ein bisschen Fleisch auf die Knochen. Sonst bläst dich die nächste Bora von Bord." Eine kurze, schwere Stille folgte, denn es war uns beiden klar, dass es demnächst keinen Windstoß des berühmten Meerwindes geben würde.

Wir gingen im „Motto am Fluss“ frühstücken, einem Lokal direkt am Donaukanal. Es war ein schöner, klarer und windstiller Herbstmorgen und der Fluss zeigte sich von der besten Seite. Die Sonne spiegelte sich in den trägen Strudeln des Flusses und die metallenen Beschläge der Brückengeländer reflektierten das fast grelle Herbstlicht der Sonne und malten Lichtpunkte in das Wasser. Ich hatte den Plan, sämtliche Gewässer in Wien und Umgebung zur Hilfe zu rufen, um Florians Entzugserscheinungen zu schmälern.

15 Falten in der Zeit

„Lena?", Tristans Stimme reißt mich aus meiner Konzentration. Offensichtlich hat er mich nicht das erste Mal gerufen, denn er steht direkt hinter mir. Ich versuche so gut es geht zu verbergen, was ich geschrieben habe, denn ich kann mir gut vorstellen, wie Tristan darauf reagieren würde, dass ich mich wieder einmal mit meinem Florian-Drama beschäftige. Aber ich weiß natürlich nicht, wie lange er schon hinter mir steht und ob er mitgelesen hat. Deswegen drehe ich mich sicherheitshalber nicht um, sondern frage nur „Ja?"

Ich kann seine Frustration förmlich spüren und auch seinen inneren Kampf aus Rücksichtnahme auf meinen „Zustand", seine Gefühle für sich zu behalten. Seit Armageddon sind mittlerweile zwei Wochen vergangen und jedes Mal, wenn er nach Hause kommt, schlafe ich entweder oder hänge leblos in meinem Pyjama in einer Ecke des Hauses rum. Er hat eine Engelsgeduld.

„Johanna hat jetzt das fünfte Mal diese Woche angerufen und gefragt, wann Du zur Anprobe kommst. Kannst Du mich bitte anschauen, wenn ich mit Dir rede?". Jetzt ist doch ein bisschen Frustration durchgekommen. Ich lächle. Ein ungeduldiger Engel ist mir eh lieber, da komm ich mir selbst nicht so minderwertig vor. Dann drehe ich mich mit dem Schreibtischsessel in seine

Richtung und sehe ihn an. Ich glaube, das erste Mal seit einer Woche. Er sieht dünn aus. Und müde und abgekämpft. Meine Hand möchte sich ausstrecken und ihn berühren. Aber sie ist so schwer und müde und zu langsam. Denn Tristan hat sich bereits auf der anderen Seite des Raums auf einen Sessel fallen lassen.

„Wenn Du die Sache mit dem Mittelalter-Festival nicht machen möchtest, dann solltest Du es ihr sagen", bemüht er sich jetzt wieder um einen einfühlsameren Tonfall. Ja, ich würde sehr gerne die Anprobe absagen. Ich möchte das Festival absagen. Ich würde gerne mein aktuelles Leben absagen. Aber der Gedanke abzusagen und zu erklären, warum ich das nicht machen will, erscheint mir im Moment anstrengender als der Gedanke, ein Kleid anzuprobieren. „Nein, nein, ich gehe zur Anprobe", nuschle ich und hole Luft, um zu fragen, wie es Tristan geht. Warum er so erschöpft aussieht. Und wer verdammt noch mal die blonde Frau auf dem Hauptplatz war. Doch als ich soweit bin, meine Gedanken zu formulieren, ist Tristan schon bei der Türe draußen.

Ich habe den Eindruck, dass diese Tabletten Falten in der Zeit verursachen. Manchmal erscheinen mir Momente ewig lang, dann wieder habe ich das Gefühl, Zeit zu überspringen, so wie gerade eben.

So entschlossen wie möglich beginne ich mein Handy zu suchen. Ich weiß nicht, wann ich es das letzte Mal hatte. Ich versuche mich zu erinnern, während ich im

Bett und auf dem Tisch suche und mich dann langsam ins Wohnzimmer vorkämpfe. Da hängt meine Handtasche und ganz dunkel keimt die Erinnerung an meinen Ausflug mit Alice in die Stadt auf. Ich krame in der Tasche und finde das Buch, das ich in dem Esoterikladen gekauft habe. „Wiedergeburt – finde Dein Leben". Keine Ahnung, ob ich es je lesen werde. Ich lege es auf die Anrichte und krame weiter, bis ich mein Handy finde. Der Akku ist natürlich völlig leer und so muss ich zunächst ein Ladegerät finden. Aber meine Energie ist schon wieder aufgebraucht und deswegen schleppe ich mich erstmal wieder zu meinem Bett, das Wiedergeburtsbuch in der einen Hand und das Handy in der anderen. Als ich aufwache, ist es mitten in der Nacht. Tristan liegt neben mir und atmet regelmäßig. Mein Handy liegt neben mir auf dem Nachttisch und ist an ein Ladegerät angesteckt. Ich lächle über Tristans Fürsorglichkeit, drehe mich so um, dass ich an seinem Rücken andocke und beginne zu träumen.

16 Das Mädchen Magdalena

Ich träume, dass ich ausgebreitet auf einer wunderschönen Blumenwiese liege. Die kleinen, gelben Blumenköpfe des Hahnenfußes rund um meinen Kopf nicken mir bedächtig zu. Immer wenn der Wind über die Blumenwiese fährt und die Rispen der reifen Gräser sich in einer Welle zu Boden neigen, tanzen die kleinen, gelben Blüten hinterher. Es ist ein wunderbarer Sommertag und ich habe mich davongeschlichen unter dem Vorwand, Schafgarbe zu sammeln.

Ich weiß, dass Agnes, mein Lehrherrin, eigentlich heute den Lavendel destillieren wollte. Aber das Wetter ist einfach zu schön, um in der dunklen Kammer neben dem Destilliergerät zu sitzen und ihm stundenlang beim Tröpfeln zuzusehen.

Ich atme die laue Sommerluft und lausche dem Rauschen der Bäume im Wind. Besonders liebe ich das Rascheln der Pappeln am nahen Fluss. Über mir am Himmel ziehen kleine, weiße, verwaschene Wolken ihre Bahnen. Man kann schon sehen, dass es nicht so friedlich bleiben wird, denn die eine oder andere ziert ein graues Bäuchlein, aus dem sich später Regen ergießen wird. Die Schwalben haben ihn auch angekündet. Über mir fliegen die weißen, fluffigen Samen der Mariendisteln über die Wiese wie kleine Gespenster. Eine unsichtbare Kraft lässt sie, kurz bevor sie den Boden berühren, wieder nach oben schweben, um sie dann weiter quer über die Wiese zu treiben.

Immer wieder schiele ich zu der kleinen Brücke am Fluss, aber alles was ich dort sehe, ist ein kleines Eichhörnchen, das auf dem Holzgeländer sitzt und sich putzt. Einer der Gründe, warum ich mir die Flusswiese zum Rumliegen ausgesucht habe ist, dass um diese Zeit manchmal der Knecht des Reiter-Bauern vorbeigeht, der Tristan. Er gefällt mir. Aber das erzähl ich nur den gelben Blumenköpfen des Hahnenfußes, die mir zustimmend zunicken. Die Agnes würde mir die Leviten lesen, wenn ich ihr meine Gedanken beichten würde. Auch dem Herrn Pfarrer habe ich meine heimlichen Gedanken bei der Beichte nicht gesagt. Ob das eine Sünde ist? Die Hahnenfüße schütteln ihre Köpfe. Das beruhigt mich.

Über mir taumelt ein Zitronenfalter im Zickzack über die Wiese. Er sieht aus wie Hans, der Jäger, wenn er betrunken vom Wirten nach Hause stolpert. Der Zitronenfalter trifft auf einen anderen Schmetterling und sie taumeln gemeinsam weiter. Ich glaube sie tanzen miteinander. Wie schön! Ich wäre gerne ein Schmetterling. Dann könnte ich auch mit Tristan über die Wiese tänzeln. Ich muss lachen, denn ich kann mir den großen, kräftigen Tristan beim besten Willen nicht tanzend vorstellen. Aber vielleicht kann ich ihn ja bald beim Tanz beobachten, denn ich bin heuer fünfzehn geworden und

Agnes hat mir versprochen, dass ich mit fünfzehn zum Tanz auf den Jahrmarkt darf. Ich nähe schon seit Monaten an meinem Kleid.

Der Gedanke daran, dass mir Tristan beim Tanz seine großen, kräftigen Hände auf meine Hüfte legt, lässt mich ganz schwummrig werden. Vielleicht torkeln deswegen die Schmetterlinge so. Weil sie lüsterne Gedanken hegen. Ich erschaudere und blicke mich vorsichtig um, ob mich auch niemand beobachtet. Ich bin überzeugt, man würde es mir ansehen, denn ich habe mein Gesicht einmal in der Spiegelung unseres Wasserbottichs gesehen, nachdem ich über Tristan nachgedacht habe, und meine Wangen waren ganz rot und meine Augen hatten einen fiebrigen Glanz.

Die Blätter der Pappeln rauschen schon bedeutend mehr als zuvor und auch die regenschwangeren Wolken haben sich zu einer großen Wolkendecke verbunden. Nur hie und da blitzt noch ein Stückchen blauer Himmel durch. Die Luft ist schwerer und dichter geworden und die Vögel stiller. Ich glaube es geht bald los.

Schweren Herzens rapple ich mich auf und werfe noch einen Blick zur Brücke hinüber. Kein Tristan. Vielleicht ist er am Heu Einbringen, bevor der Regenguss losgeht. Ich seufze und laufe barfuß über die Wiese zu einer Stelle, von der ich weiß, dass es dort gute Schafgarbe gibt. Mit geübten Pflückbewegungen, wie sie mich Agnes gelehrt hat, ernte ich mit der Handsichel die Kräuter. Sie duften herb und sind von der Sonne aufgeheizt. Der Vollmond steht kurz bevor, es ist der perfekte Zeitpunkt, sie zu pflücken. Ich achte darauf, die Wurzeln stehen zu lassen, damit ich auch im nächsten Jahr wieder zu meinem Pflückplatz kommen kann und danke der Mutter Erde für ihre Gaben. Auch das habe ich von Agnes gelernt. Der Herr Pfarrer würde uns ewige Verdammnis voraussagen, wenn er davon wüsste, weil es ja keine Naturgeister gibt, sondern nur Gottvater und den Herrn Jesus und die Heilige Kirche.

Ich mag den Herrn Jesus, aber die Naturgeister mag ich auch. Ich glaube nicht, dass der Herr Jesus böse wäre, wenn ich mit den Pflanzen spreche, denn wenn ich ihnen gute Worte zuflüstere, blühen und gedeihen sie eindeutig besser. Bei Gottvater bin ich mir nicht sicher. Er ist mir ein bisschen unheimlich und bei allem, was der Herr Pfarrer am Sonntag erzählt, finde ich, dass er oft schlecht gelaunt und ein wenig rachsüchtig wirkt. So wie die Reiter-Bäuerin.

Agnes sagt, manche Menschen haben einfach Angst vor der Natur und der Herr Pfarrer muss nicht alles wissen, auch wenn er das bei der Beichte immer von mir einfordert. Ich glaube Agnes ist ein bisserl gescheiter als der Herr Pfarrer. Vielleicht auch, weil sie weniger von dem Messwein trinkt.

Nicht, dass mich irgendjemand nach meiner Meinung fragen würde. Eigentlich fragt mich - außer bei der Beichte -fast nie jemand um meine Meinung. Agnes sagt, das ist auch gut so, es ist besser, wenn sich die Leute nicht für mich interessieren. Das macht mich manchmal traurig. Meine eigenen Leute haben mich eines Tages bei Agnes an der Türe abgesetzt und sind seitdem nie wieder aufgetaucht. Und weil ich keine richtige Sippe habe, bin ich in der Gemeinde an unterster Stelle. Vielleicht noch ein bisserl vor dem Walther, dem Totengräber. Aber nicht viel.

Ich bin dankbar für Agnes. Sie ist gut zu mir, wenn auch manchmal streng. Aber wahrscheinlich brauch ich das, sonst würde ich liederlich werden, wie die Marie aus dem Nachbardorf, die dann in den Fluss gehen musste. Ich weiß nicht genau, was man tun muss, um liederlich zu werden. Aber ich hab eine dunkle Ahnung, dass es gar nicht so schwer ist.

Der Tristan natürlich, der interessiert sich schon für mich, glaub ich. Ich hab gesehen, wie er in der Kirche zu mir herübergeschielt hat. Und ich glaube auch, dass er absichtlich um dieselbe Uhrzeit über die Brücke geht, weil er mich dann sehen kann. Zumindest hoffe ich das. Da klopft schon wieder mein Herz bei dem Gedanken. Aber das ist sicher noch nicht liederlich, weil Herzklopfen hab ich schließlich auch, wenn ich die steile Wiese mit der Sense mähe.

Da tropfen schon die ersten, dicken Regentropfen auf mich herab. Ich wickle die Schafgarbe rasch in meine

Schürze, damit sie nicht nass wird, und laufe so schnell ich kann über den Waldweg zu Agnes 'Haus.

17 Die Anprobe

Als ich aufwache, ist das Bett neben mir schon wieder leer. Ich kann noch das feuchte Gras riechen, so lebendig sind die Bilder des Traums. Er fühlt sich echter an als mein richtiges Leben im Moment. Ich mag die junge, hoffnungsvolle Frau, von der ich geträumt habe. Wer war sie? War ich jemals so? Ich weiß es nicht mehr, aber ich wünschte mir, wieder mehr vom Leben zu erwarten, so wie sie. Das Einzige, das wir gemeinsam haben, ist unsere Sehnsucht nach einem jungen Mann namens Tristan, denke ich lakonisch.

Es wird wirklich Zeit, dass ich mir bei Ruth einen Termin ausmache. Ich greife zu meinem Handy und beschließe zuallererst mit Dr. Friedrich wegen dieser Tabletten zu sprechen. Vielleicht gibt es ja welche, die besser für mich geeignet sind.

Ich erreiche die Klinik, erhalte aber von einem jungen Arzt die Auskunft, dass Dr. Friedrich auf Urlaub sei und erst nächste Woche zurückkäme. Der junge Arzt wirkt gestresst und ich merke, dass er mich so schnell wie möglich wieder los sein möchte. Es kostet mich einige Überwindung, ihm dennoch von den Tabletten und ihrer Wirkung zu erzählen. Auf meine Frage hin, ob ich sie absetzen solle, antwortet er routiniert: „Nein, auf keinen Fall, Sie müssen dem Medikament Zeit geben, seine

Wirkung zu entfalten. Melden Sie sich noch einmal in einer Woche“. Dann legt er auf.

Die Wut, die ich vielleicht normalerweise empfunden hätte, schafft es nicht, sich durch die Nebeldecke durchzukämpfen und deswegen wähle ich stoisch die nächste Nummer auf meiner Liste. Ich spreche Ruth auf die Mailbox, dass ich gerne diese Woche zu meiner Sitzung kommen würde und lege erleichtert auf.

Ein Teil von mir würde sich gerne wieder hinlegen und angesichts dieser anstrengenden Leistung ausruhen. Aber die Erinnerung an das lebenslustige Mädchen hilft mir, dem Impuls nicht nachzugehen, sondern meine steifen Glieder zu meinem Kleiderschrank zu bewegen. Ich ziehe den größten Schlabberpulli und die älteste Hose heraus, die ich finden kann, und wanke in den Vorraum. Gut gemacht, Lena, lobe ich mich und greife nach dem Hausschlüssel. An einer Himalaya-Expedition teilzunehmen kann kaum anstrengender sein, denke ich. Aber eine gewisse Euphorie macht sich breit, als ich durch die Hoftür in die Welt hinaustrete.

Die Sonne ist unheimlich hell und es ist viel zu warm für meinen Schlabberpulli, aber da kann ich jetzt auch nichts dagegen machen, denn ich erinnere mich nicht mehr, was ich darunter angezogen habe. Ich setze einen Fuß vor den anderen und stelle mir vor, den steilen Grat der Gipfelbesteigung hinaufzusteigen. Es ist wichtig, sich zu konzentrieren und nicht aufzugeben. Nicht aufgeben.

Nicht aufgeben. Mein Mantra führt mich bis vor die Türe des Gemeindedepots.

Die Türe ist groß. Und geschlossen. Und dahinter lauert vielleicht der Yeti. Oder Johanna. Der Yeti wäre mir ehrlich gestanden heute lieber. Ich würde mich in sein zotteliges Fell hineinschmiegen und ein Nickerchen machen.

Tapfer klopfe ich zuerst und probiere dann die Türklinke. Sie öffnet sich. Johanna ist also da. Ich gehe durch das Gewölbe, folge den Schildern und komm zu einem alten Raum, der die Aufschrift „Gemeindedepot" trägt. Ich sage „Hallo?" in den Raum hinein und höre, wie in einem Nebenraum jemand herumräumt. Auf mein zweites „Hallo" hin öffnet sich die Türe und der Azubi des Bürgermeisters kommt heraus.

„Guten Tag, Herr Faber, ich suche die Johanna für die Anprobe", sage ich und komm mir vor wie ein Kind, das vor dem Schuldirektor steht.

Er steht im Eingang und sieht auch heute aus wie aus dem Ei gepellt. Das Haar fein säuberlich kurz geschnitten, gescheitelt und sorgfältig zurecht gegelt. Das Hemd frisch gebügelt und … gestärkt? Ich weiß nicht, wer heutzutage noch sein Hemd stärkt. Die Bügelfalten der Hose könnte man schon als Kunstform bezeichnen. Sein Gesicht sieht auch gebügelt aus. Ich frage mich, ob Faber Botox spritzt oder wie man es schafft, ein derart ausdrucksloses Gesicht zu haben.

„Frau Johanna ist heute nicht hier", sagt er mit seiner leisen, stählernen Stimme. Ich weiß nicht, wie er das schafft, aber ich fühle mich gemaßregelt, weil ich diesen Anprobetermin offensichtlich vermasselt habe.

Ich nicke und gehe rückwärts auf die Türe zu. „Ok, dann werde ich mir einen anderen Termin ausmachen." Ich stolpere über eine Kiste, die ich in meinem Rückwärtsgang übersehen habe und drehe mich zur Türe. Als ich erleichtert wieder im Freien stehe, beginnt mein Gehirn seine Funktion wieder aufzunehmen, zumindest soweit dass diese verfluchten Tabletten zulassen. Ich überlege, ob ich sie nicht ohne Absprache absetzen soll, damit mich nicht alle hier für behämmert halten. Vielleicht wäre es gar keine so schlechte Idee, die Kleider ohne Johannas giftige Blicke auszusuchen. Die Anstrengung, jetzt unerledigter Dinge nach Hause zu gehen und dann noch einmal kommen zu müssen, erscheint mir übermenschlich.

Ich drehe mich um und stolpere meinen Weg zurück in das Depot. Der Raum ist wieder leer. Ich rufe „Herr Faber?" in die Leere und höre meine Stimme wie ein Gespenst über die Wände geistern. Er steht so plötzlich neben mir, dass ich fast einen Satz zur Seite mache.

„Ja, bitte?"

Ich finde er riecht auch nach nichts. Jetzt müsste ich ja seinen Körpergeruch wahrnehmen, so nahe wie er bei mir steht. Aber ich rieche nur den leicht feuchten Modergeruch des Gemäuers. Ich frage mich, ob die Tabletten auch meine Geruchsfähigkeiten beeinflussen.

„Ich wollte fragen, ob es in Ordnung wäre, wenn ich das Kostüm ohne Johanna anprobiere. Ich weiß, dass die Zeit langsam knapp wird. Und … “

Er geht wortlos zu einem Schrank und öffnet ihn. Darin befindet sich eine Unmenge an Kleidern. „Bitte“, deutet er darauf und verschwindet wieder in den Weiten der Gewölbe. Er erinnert mich an das Phantom der Oper, das ich einmal im Theater gesehen habe. Vielleicht lebt der Faber auch hier in den Kellern.

Ich beginne einzelne Kleider herauszuziehen und zu sondieren. Es gibt altertümliche Hosen, Hemden und Kutten und einige hübsche, mittelalterliche Kleider.

Dann stoße ich auf ein rotes Kleid mit bunten Bändern und Schnürungen und ich glaube, das Kleid der Wahrsagerin gefunden zu haben. Es ist mit einem Unterkleid zusammengehängt und mit weiten, weißen, trichterförmigen Ärmeln ausgestattet Ich sehe mich um, vom Faber ist weit und breit nichts zu sehen. Ich streife meinen Schlabberpulli und meine Hose ab und ziehe das Unterkleid über den Kopf. Es riecht ein wenig nach Mottenmittel, aber sonst sauber. Es ist locker geschnitten und daher muss man daran nur wenig ändern. Vielleicht ein wenig den Saum herauslassen für die Länge. Dann nehme ich das rote Kleid heraus und streife es über das Unterkleid. Leider kann ich nirgendwo einen Spiegel sehen und die Schnürung ist am Rücken, daher kann ich es auch nicht wirklich schließen. Aber es passt auch so nicht übel. Es gefällt mir, wie der Stoff um die Beine bauscht. Ich drehe mich hin und her und sehe dem Rock beim Schwingen zu, da spüre ich auf einmal jemanden hinter mir. Dieser verdammte Faber mit seiner Lautlosigkeit.

„Das muss noch geschnürt werden, damit es richtig sitzt", höre ich jetzt eine Stimme an meinem Nacken und spüre zwei Hände, die mit einem Ruck die Schnürung um meine Taille so eng ziehen, dass mir die Luft wegbleibt. Das ist nicht Faber. Das ist der Bürgermeister.

Ich fühle mich wie gelähmt. Hat er mir etwa die ganze Zeit beim Umkleiden zugesehen? Anders als bei Faber kann ich sein Aftershave riechen und den leichten Hauch an Weinseligkeit, der durch seinen Atem zu mir herunterdünstet. Er zieht eine Schnürung nach der anderen fest und mit jeder Schnürung erstarre ich noch mehr. Sind das die Tabletten? Warum kann ich mich nicht bewegen, warum stoße ich ihn nicht weg, warum laufe ich nicht davon? Warum sage ich ihm nicht, dass er seine dreckigen Hände wegnehmen soll?

Ich spüre, dass er mir viel zu nahe steht, sein Atem bewegt meine kleinen Härchen im Nacken und mir ist übel davon. Als er am oberen Ende der Schnürung angelangt ist, streift er mit beiden Händen auf der Seite entlang hinunter zu meinen Hüften. Die Berührung ist völlig unangebracht, aber ich schaffe es nicht, etwas dagegen zu sagen. Hilflos nehme ich wahr, wie er sich von hinten gegen mich drückt und schwer atmet.

Da höre ich ein Hüsteln und das Martyrium hat ein Ende. Mit einem leisen Fluch lässt der Bürgermeister mich so plötzlich los, dass ich fast zusammenklappe.

„Na Faber? Was sagen sie zu unserer neuen Wahrsagerin? Sie wird unserem Mittelalter-Festival alle Ehre machen", bellt er jovial.

Ich schließe die Augen und schäme mich, dass der Faber uns so erwischt hat. Gleichzeitig bin ich froh über seine Anwesenheit, denn nun kann ich mich unauffällig aus dem Staub machen. Ich packe meine Sachen und laufe auf die Tür zu. Ohne mich umzudrehen, sage ich: „Ich nehme das Kleid gleich mit, um einige Änderungen vorzunehmen." Am Ende bricht meine Stimme, aber das ist jetzt auch schon egal. Ich laufe, was das Zeug hält, nach Hause und höre erst zu laufen auf, als ich die Hoftür hinter mir zuknalle, zusperre und mich dagegen lehne.

Ich weiß nicht, wie lange ich dort stehe, aber als ich mich wieder bewege, sind meine Beine ganz steif. Ich stolpere in die Küche und mache mir einen Tee. Ich versuche zu analysieren, was mir gerade passiert ist. Warum habe ich mich nicht gewehrt? Was hätte der Bürgermeister getan, wenn der Faber nicht hereingekommen wäre? Warum hatte er eine derartige Wirkung auf mich? Mein Gehirn ist zu nebelig und zu schwer. Ich schaffe es einfach nicht, einen klaren Gedanken zu fassen. Aber ich muss. Ich laufe ins Schlafzimmer, nehme die Tabletten, schütte sie ins Klo und spüle sie hinunter. „So“, schreie ich ihnen hinterher und fühle mich schon besser.

Als nächstes laufe ich in den Keller und durchsuche verzweifelt die ganzen Sachen, die wir nach unserer Übersiedlung hier erstmal zwischengelagert haben. Irgendwo in der hintersten Ecke finde ich eine Kiste mit der Beschriftung „Malsachen“. Ich ziehe einen dicken Zeichenblock und eine Packung mit Kohlekreiden heraus und gehe in die Küche. Dort setze ich mich an den Küchentisch und beginne zu zeichnen. Meine Hand fährt völlig selbständig über den Zeichenblock und schafft das, was mein Gehirn im Moment nicht vermag. Meine Gefühle in Bilder zu fassen.

Nach circa zwei Stunden manischen Malens merke ich, wie der Druck auf meiner Brust leichter wird und sich der Nebel in meinem Gehirn langsam lichtet. Erschöpfung steigt in mir hoch und ich lege meine Stirn auf den Tisch, um kurz auszuruhen.

Ich weiß nicht, wie lange ich geschlafen habe, aber als ich wieder aufwache, schmerzt mein Nacken und meine Arme sind eingeschlafen. Ich spüre, dass ich beobachtet werde und als ich meinen Kopf drehe, sehe ich, wie Tristan an einem Küchentresen lehnt und mich beobachtet. Ich kann seinen Blick nur schwer deuten.

„Du hast gezeichnet“, stellt er das Offensichtliche fest und mir wird klar, dass er mein Zeichnen mit Florian in Verbindung bringt. Er weiß, dass meine künstlerischen Erfolge meiner schwierigen Beziehung zu Florian geschuldet waren und dass ich danach nie wieder gemalt habe.

„Es ist … beeindruckend“, sagt er und stößt sich vom Tresen ab, um ins Wohnzimmer zu gehen. Jetzt kann ich den Ausdruck deuten. Eine Mischung aus Bewunderung und Traurigkeit. Oh Gott. Wie kläre ich das nun wieder auf? Etwas in mir sträubt sich, ihm meine Begegnung mit dem Bürgermeister zu erzählen. Die Scham darüber, dass ich seine Annäherung zugelassen habe, ohne auch nur ein Wort zu sagen, ist groß. Ich habe mich nie für eine Frau gehalten, der so etwas passieren könnte. Und streng genommen ist ja auch nichts passiert. Mit meinem Tablettengehirn kann ich mir das alles auch eingebildet haben. Vielleicht hat mir der Bürgermeister einfach nur geholfen, das Kleid anzuziehen. Wenn ich ihn konfrontieren würde, würde er vermutlich genau das behaupten. Der Blick auf meine Zeichnungen belehrt mich eines anderen. Aber ich beschließe dennoch, den Zwischenfall für mich zu behalten.

Ich folge Tristan ins Wohnzimmer und frage ihn, ob er Hunger hat. Vielleicht kann ich ja durch ein gutes Essen die Situation retten.

„Geht so“, murmelt er und scrollt in seinem Handy herum, ohne wirklich aufzusehen.

„Könntest Du mir bitte das Kleid aufschnüren?“, frage ich und komme mir kokett vor, ohne dass ich das vorhatte. Jetzt habe ich seine Aufmerksamkeit.

„Ist das das Kleid, das Du als Wahrsagerin tragen wirst?“, fragt er und mustert mich. Ich merke, dass ich ihm wider Willen gefalle. Ich nicke und drehe meinen Rücken zu ihm.

Er streicht die Haare aus meinem Nacken zur Seite und beginnt langsam das Kleid aufzuschnüren. Ich spüre seinen Atem in meinem Nacken und bekomme Gänsehaut am ganzen Körper. Das hatte schon etwas, das Mittelalter, wo man immer einen Mann brauchte, um sich seiner Kleidung zu entledigen. Definitiv erotischer, als wenn man den Schlabberpulli über den Kopf zieht. Als er fertig ist, merke ich, dass er zögert und ein bisschen länger hinter mir steht als eigentlich notwendig. Dann lässt er sich seufzend auf das Sofa fallen. Schade.

Ich steige aus dem Kleid und das Unterkleid raschelt. Eine Chance gebe ich ihm noch und steige aus dem Unterkleid. In meiner leider nicht sehr erotischen Baumwollunterwäsche gehe ich ins Schlafzimmer. Der Teil in mir, der gehofft hat, dass mir Tristan folgt, ist bitter enttäuscht. Aber der größere Teil von mir hat es gar nicht anders erwartet. Ich ziehe mir bequeme Kleidung an, denn vermutlich ist es besser für uns beide, das Pendel nicht wieder in die andere Richtung zu treiben, und begebe mich in die Küche. Dort sammle ich die Zeichnungen ein und betrachte jedes Blatt noch einmal genau.

Tristan hat recht. Sie sind gut. Und ausdrucksstark. Und sie sind vom Stil her völlig anders als meine Zeichnungen früher. Die Strichführung, die Bildkomposition, die Farben. Einfach alles. Ich schlichte sie sorgfältig in die Zeichenmappe und lege sie auf die Seite.

Dann beginn ich mit dem Kochen. Ich habe ein altes Rezept für einen Scheiterhaufen gefunden und mich erinnert, dass den meine Mutter früher hin und wieder gekocht hat. Kurios, wie man so einem himmlischen Gericht einen so grausamen Namen geben kann. Ich mische verschiedene Apfelsorten mit Rosinen und Zimt und schichte sie abwechselnd zwischen alte in Ei, Milch und Zucker gebadete Semmelscheiben. Dabei spare ich auch nicht mit dem Rum. „Liebe geht durch den Magen“, kommt mir ein altes Sprichwort in den Sinn. Ich hoffe der Magen von Tristan ist offen für meine Avancen.

Als er ihn später mit offensichtlichem Genuss verspeist, sieht er mich aus unergründlichen Augen an. Er setzt an, etwas zu sagen, aber dann seufzt er nur und vertieft sich in Arbeitspapiere.

18 Email an Mama

Am nächsten Tag wache ich das erste Mal seit langem wieder mit einem leichteren Gefühl auf. Mein Kopf ist klarer, wenn auch nicht so wie früher, aber das war er ohnehin schon lange nicht mehr. Tristan ist schon weg und ich höre draußen die Vögel zwitschern. Meine Gedanken schweifen kurz zu dem gestrigen Zwischenfall mit dem Bürgermeister, aber ich verscheuche sie gleich wieder. Vielleicht habe ich mir ja alles auch nur eingebildet.

Ich stehe auf und kleide mich ein wenig sorgfältiger als die letzten Tage. Ich ziehe meine neue Hose und Bluse an, die ich gemeinsam mit Alice gekauft habe. Dann koche ich mir einen Tee und hole meine Zeichenmappe hervor. Draußen scheint die Sonne und eine warme Brise weht durch das offene Fenster herein, also schnappe ich mir die Tasse und die Zeichensachen und setze mich in den Hof. Als ich die Kohlekreide in die Hand nehme, piepst mein Handy und ich sehe, dass mir Ruth meinen morgigen Termin bestätigt hat. Der Gedanke daran lässt mein Herz kurz sinken. Ich bräuchte vermutlich einen ganzen Tag mit Ruth, um alle meine aktuellen Probleme zu sortieren.

Dann beginne ich zu zeichnen. Unter meinen Händen beginnt ein Portrait zu entstehen. Zunächst weiß ich selbst nicht, was ich da zeichne. Aber nach und nach wird mir klar, dass es das Konterfei des Bürgermeisters ist. Und doch auch wieder nicht. Das Gesicht sieht ihm sehr ähnlich, doch anders als der Bürgermeister hat der Mann auf der Zeichnung lange Haare, die im Nacken zusammengebunden sind und er trägt einen dunklen Lederwamst über einem weißen Hemd. Seine Beine stecken in einer Kniebundhose und Lederstiefeln. Sein Blick hat etwas Grausames, Zwingendes. Und er ist gedrungener, kräftiger in der Statur. Ich lasse die Kreide fallen und betrachte erschüttert das Bild. Wer ist das? Und warum habe ich ihn gezeichnet?

Rasch stecke ich das Bild in die Zeichenmappe ganz hinten und räume die Stifte und das Papier weg. Den Rest des Vormittags verbringe ich grabend im Gemüsebeet.

Am Nachmittag lese ich eine E-Mail meiner Mutter. Sie schreibt mir einmal in der Woche einen Brief. Mutter schreibt Briefe und nicht Emails. Sie hat sich nicht daran gewöhnt, dass Emails gewöhnlich kürzer und informeller sind. Sie benutzt zwar das Medium Computer, aber beginnt den Brief mit „Meine liebe Lena“ und beendet ihn mit „Deine Mutter“ und er ist gewöhnlich nicht unter drei Seiten lang. Dafür sind ihre SMS meist völlig verstümmelt und voller automatischer Wort-Korrekturen, die den Inhalt oft völlig unverständlich machen. „Wo GEB Es Dr? Ruhe mich an.“ Sie hat mittlerweile akzeptiert, dass meine Antworten nur sporadisch kommen und dann oft kurz und inhaltslos sind. Das weiß ich an ihr zu schätzen, dass sie mich nicht drängt. Seit meinem Krankenhausaufenthalt haben wir uns auf meine Bitte hin kaum gesehen.

Und mit einem Mal habe ich Sehnsucht nach ihr. Ich sehne mich nach meiner Mutter und möchte ihr mein Herz ausschütten. Ich möchte mich auf ihrem Schoß zusammenkuscheln und hin und hergewiegt werden, wie sie das als Kind oft mit mir gemacht hat.

Ich drücke auf „antworten“ und dann beginne ich zu schreiben. Meine Finger werden immer schneller und ich beginne ihr mein ganzes Herz auszuschütten. Ich erzähle ihr von meinen Gefühlen für Tristan und meiner Angst, dass da eine andere ist. Dass ich mir wünsche, unsere Liebe retten zu können. Über meine Müdigkeit und die Frustration, dass ich mein Leben nicht auf die Reihe bekomme. Über die Tabletten und die neue ungewohnte Umgebung. Und über das Erlebnis mit dem Bürgermeister. Als ich fertig bin habe ich das Gefühl, mir einen Berg von der Seele geschrieben zu haben. Aber anstatt auf „senden“ zu drücken, verstaue ich die zehn Seiten lange email erstmal in den Entwürfen. Bevor ich das verschicke, muss ich es unbedingt nochmal durchlesen. Aber vorher ist es Zeit für die wöchentliche Qigong-Stunde.

19 Gerüchteküche

Ich betrete die Garderobe der Gemeindeturnhalle, wo das Qigong mit Shantu stattfindet und spüre sofort, dass etwas in der Luft liegt. Als ich in die Runde der Mädels schaue, nesteln alle irgendwo herum oder schauen zur Wand. Nur Johanna und Alice schauen mich an, mit unterschiedlichen Emotionen. In Johannas Augen lese ich Wut oder Verachtung und Alice ... ? Ich weiß nicht, was ich in ihren Augen sehe. Nichts Positives jedenfalls. Ich drehe mich zur Wand und beginne mich umzuziehen. Ich denke nach, was passiert ist. Als ich mich wieder zurück drehe, sind alle Mädels aus der Garderobe verschwunden. Ich seufze und überlege kurz, ob ich wieder nach Hause gehen soll. Aber einerseits habe ich mich auf die Ablenkung von meinen üblichen Sorgen gefreut, anderseits war ich neugierig, ob ich diesmal das Glitzern in meinem Körper wieder genauso stark spüren könnte, wie das letzte Mal. Und drittens habe ich gehofft, nachher mit Alice sprechen zu können. Ich wollte sie fragen, wie gut sie den Bürgermeister kennt, und ihr vielleicht auch erzählen, was mir passiert ist.

Ich trete ein und das einzig freundliche Gesicht, das mir entgegenblickt ist das von Martin, also Shantu, unserem Qigong-Lehrer. Er scheint sich zu freuen, dass ich da bin und winkt mir zu. Ich stelle mich in den Kreis und beginne mich gemeinsam mit den anderen zu schütteln und aufzuwärmen und dann beginnen wir, unsere Hände wieder in den sanften Mustern zirkulieren zu lassen. Zunächst macht es mein Gedankenkarussell eher schlimmer. Die Stille und die Tatsache, dass ich nicht reden oder mich sonst irgendwie ablenken kann, befeuern die Gedanken. Doch mit der Zeit beruhigen mich die Bewegungen und langsam komme ich in Fluss und beginne auch wieder das Licht zu spüren. Viel schwächer als letztes Mal, aber immerhin. Vielleicht dämpfen ja auch die Nachwirkungen der Tabletten die Wahrnehmung. Am Ende der Stunde bin ich an einem Ort tiefen Friedens angelangt und habe Angst, die Augen zu öffnen, um mich mit der wirklichen Welt zu konfrontieren.

Tatsächlich sehe ich Messer aus Johannas Augen auf mich zufliegen. Bei ihr hat das Qi wohl nicht beruhigend gewirkt. In der Garderobe fängt es dann an. „Wenn Dir dein Doktor nicht reicht, warum suchst Du Dir dann nicht in der Stadt einen Typen, anstatt unsere Männer hier zu belästigen“, schnarrt Johanna in meine Richtung. Ich blicke mich erstaunt um. Doch keine der Mädels sieht mich an. Im Gegenteil, sie machen sich so schnell wie möglich aus dem Staub. Alice’ Miene ist steinern.

„Wie bitte?“, frag ich nach, weil ich nicht verstehe, was Johanna da sagt.

„Das hat der arme Doktor nicht verdient, dass Du ihm Hörner aufsetzt, finde ich.“ Johannas Gesicht ist ein einziges Abbild von Ekel. Sie reißt ihre Handtasche über ihre Schulter und watschelt wütend und selbstgerecht zur Türe hinaus. An der Türe höre ich noch ein gemurmeltes „Schlampe“.

Ich bin sprachlos. Mittlerweile ist die Garderobe fast leer. Nur Alice und noch eine andere Frau stehen drin. „Weißt Du, wovon sie spricht?“, wende ich mich an Alice. Alice öffnet den Mund und ich sehe, wie ein Anflug von Wut in ihren Augen aufflammt. Sie schüttelt den Kopf und stapft ebenso zur Tür hinaus wie Johanna. Kurz hinter ihr die letzte Qigong-Schülerin.

Ich lasse mich auf die Garderobenbank fallen und bin komplett verwirrt. Die Hörner aufsetzen ist eine sehr altmodische Floskel, aber dennoch weiß ich, was Johanna da andeutet. Wenn jemand zurzeit die Hörner aufgesetzt bekommt, dann ja wohl wahrscheinlich ich. Ich zermartere mir das Hirn, welche Falschinformation hier die Runde macht. Natürlich könnte man Florians mentale Präsenz in meiner Ehe als geistiges Fremdgehen bezeichnen, aber ich wüsste nicht, woher Johanna das wissen sollte.

Und dann kriecht ein Verdacht in mir hoch. Kann es etwas mit dem Bürgermeister und seinem Verhalten zu tun haben? War Johanna doch im Depot und hat gesehen, wie der Bürgermeister mich abgegriffen hat? Dann müsste sie ja aber auch gesehen haben, dass die Sache von ihm ausgegangen ist bzw. eigentlich nichts passiert ist.

Anderseits ist offensichtlich, dass Johanna in den Bürgermeister verknallt ist, und alleine die Tatsache, dass er sich für mich interessiert, könnte ihre Eifersucht erklären.

Aber Alice? Alice mag meiner Meinung nach weder den Bürgermeister noch Johanna besonders. Würde sie allen Ernstes glauben, dass ich mich an den Bürgermeister rangeschmissen habe, nur weil es Johanna behauptet? Und wenn ja, warum wäre sie dann so wütend. Ich greife meine Sachen und verlasse gedankenversunken die Schule. Der Ort des Friedens, den ich am Ende der Qigong-Übung bewohnt hatte, liegt weit hinter mir.

20 Ein Fisch am Trockenen

Ich sitze wieder Ruth gegenüber auf meinem vertrauten Sessel. Heute trägt sie ein Ensemble aus Sandfarben mit einem passenden Tuch in Altrosa. Sie lächelt mich an und ich erzähle ihr, dass ich in meinem Tagebuch meine Erinnerungen an Florian weiter niedergeschrieben habe. Sie lobt mich und ermuntert mich weiter zu erzählen. Ich seufze, weil ich eigentlich wirklich nicht das Gefühl habe, dass Florian im Moment mein größtes Problem ist. Da wäre so viel anderes, das ich gerne erzählen möchte. Aber ich vertraue Ruth und ihrem Glauben, dass der Schlüssel für meinen Frieden in der Vergangenheit verborgen liegt.

Ich erzähle von der Zeit, in der Florian in meine kleine Wohnung in Wien bei mir eingezogen war. Es war Herbst und die Zeit mit ihm war schön, aber auch hart. Ich merkte wie Florian mit der Umgebung kämpfte. Mit der Tatsache, jeden Tag Kleider anziehen zu müssen. Ich war mit ihm eines Tages Kleidung kaufen gegangen, nachdem ich bemerkt hatte, dass er nicht mehr als diesen alten Strickpulli und die verschnittene Jeans hatte. Aber ich musste zugeben, selbst mit gut geschnittenen Jeans und einem neuen Pullover sah er aus wie ein Kind, das man in Kleider gesteckt hatte, die es nicht mag.

Wenn wir mit meinen Arbeitskollegen ausgingen, war die Unterhaltung schwierig. Das Aufnahmevermögen der Kollegen, was das Leben am Meer betraf, war nach relativ kurzer Zeit erschöpft. Und Florian seinerseits kannte weder die Musik noch die Firmen, von denen wir sprachen. Auch an Tagespolitik war er nur mäßig interessiert. Also ließen wir diese Treffen nach einiger Zeit wieder sein. Ich hatte das Gefühl, als würde er jeden Tag ein bisschen schrumpfen und der Glanz in seinen Augen wurde auch immer weniger. Natürlich genoss ich seine Nähe. Gleichzeitig hatte ich das Gefühl, dass er mir entglitt und das beunruhigte mich sehr.

Wie prognostiziert, zeichnete ich zu Beginn wesentlich weniger. Auch in der Arbeit ließ mein Eifer nach, denn ich hatte wieder einen Grund am Abend nach Hause zu gehen. Doch nach einiger Zeit, als meine Sorge um Florian und wie es mit uns weitergehen könnte, stärker wurde, begann ich wieder zu kritzeln. Eines Tages hatte ich, ohne mir dessen bewusst zu sein, „Tod eines Meergeists“ unter das Bild geschrieben und als ich das Bild und den Titel noch einmal ansah, war ich geschockt.

Giovanni beobachtete mich mit Argusaugen, sagte aber wenig, solange ich meine Arbeit erledigte. Bria war ziemlich angepisst auf mich und sprach nur das Notwendigste.

Im Grunde genommen lebten Florian und ich in einer Blase. „Eigentlich“, dachte ich eines Tages, „würde es keinen Unterschied machen, wenn wir alleine auf einer Yacht durch die Weltmeere segeln würden. Nur, dass Florian wieder glücklich wäre.“ Ich begann einen Plan zu schmieden.

Eines Abends Ende März kam ich nach Hause und Veränderung lag in der Luft. Florian hatte gekocht. Gegrillten Fisch mit Gemüse und Rosmarinerdäpfeln. Es duftete himmlisch. Er hatte einen romantischen Tisch gedeckt, saß am Balkon und starrte in den Himmel. Es war einer dieser überraschend warmen Märztage, der einen dazu verleitet, zu glauben, dass der Frühling schon da wäre. Kurz bevor der Meteorologe hinterhältig ein paar Wochen tiefen Winters mit Schneefall vorhersagt. Ich ging auf den Balkon und schmiegte mich von hinten an Florian. Er drehte sich um, lächelte mich an und küsste mich. „Hallo meine hübsche Kalypso.“ In seinen Augen war ein Leuchten. Mein Herz wurde weit und leicht angesichts des Lichts in seinen Augen. Wie hatte ich es vermisst. Aber mein Magen ahnte schon, dass es einen Haken gab. Ich hätte gerne „Was gibt´s?“ gefragt, aber ich traute mich nicht, also schnupperte ich und sagte nur: „Das riecht fantastisch. Ist das Teil des Lena-Aufffütterung-Programms?“

Er nickte und wir gingen zu dem kleinen Tisch. Er hatte Kerzen aufgestellt und eine einzelne Rose in einem Wasserglas in der Mitte platziert. Aus der Musikanlage ertönte eine griechische Bouzouki eines Musikers, den wir beide auf unserem Trip kennengelernt hatten. Florian filetierte gekonnt den Fisch und wir stießen mit kleinen

Gläsern mit Retsina, wie man sie auch in Griechenland serviert bekommt, an. „Kannst Du Dich noch daran erinnern, wie unglaublich besoffen Stavros war, als er dieses Lied spielte?“, versuchte ich die leicht gespannte Atmosphäre aufzulockern.

„Ja, unglaublich, wie treffsicher seine Finger trotzdem waren. Er konnte zwar nicht mehr geradestehen, aber ich glaube nicht, dass ich einen falschen Ton gehört habe“, stimmte Florian erleichtert ein. Wir kudderten in Erinnerung an diesen sagenhaften Abend, bei dem wir den Musiker, von dem wir erst später erfahren hatten, dass er eine lokale Berühmtheit war, in einer kleinen Taverne kennengelernt hatten. Er hatte versucht uns den Hasapiko, einen griechischen Volkstanz, beizubringen, und war dabei so komplett aus dem Gleichgewicht geraten, dass er in den Hühnerstall der Nachbarin gekracht war, wo er bis zum Morgen seinen Rausch ausschlief. Bis ihm der Hahn direkt ins Ohr gekräht hatte. Er schwor, dass er seitdem auf dem linken Ohr taub sei. Wir lachten und genossen den Retsina, den Florian irgendwo aufgetrieben hatte. Er schmeckte wunderbar harzig, aber nicht wie in Griechenland. Eigenartig, wie dasselbe Getränk an einem anderen Ort einfach anders schmeckte.

Wir schwiegen eine Weile. Der Fisch schmeckte wunderbar, aber blieb mir trotzdem irgendwie im Hals stecken. Ich schaute Florian in die Augen und versuchte die Frage mental zu stellen.

Er nahm einen tiefen Atemzug und sagte „Lena, wir müssen reden."

Die Erinnerung an die Monate der Einsamkeit und Hoffnungslosigkeit keimte wieder auf und die kalte Angst erfasste mich, dass er mich verlassen wollte. „Das hab ich mir schon gedacht", sagte ich gepresst.

Er griff über den Tisch, nahm meine Hand und streichelte sie mechanisch. „Ich habe ein Angebot bekommen, eine Yacht zu überstellen. Von Australien nach Neuseeland. Es würde nicht so lange dauern und ich komme danach gleich wieder zu dir." Er sprach immer schneller. „Ich möchte ja bei Dir bleiben, aber es ist nur … die Strecke war schon immer ein Traum für mich und es wäre auch finanziell ein gutes Angebot. Und ich habe einfach das Gefühl … " Er unterbrach sich und schaute mich ängstlich an. „Oh Lena, bitte sag was. Wenn Du es gar nicht aushältst, dann bleibe ich."

Ich schüttelte den Kopf. „Ich komme mit", platzte ich heraus. Dann lachte ich hysterisch, aus Erleichterung, dass ich es gesagt hatte.

„Du kommst mit?", fragte Florian fassungslos. Ich nickte frenetisch. „Bist Du Dir sicher? Was ist mit Deinem Job?"

Ich klopfte mir auf die Brust und schüttelte die Hände, damit ich endlich normal reden konnte. Florian rubbelte mir mittlerweile vor Anspannung meine Hand rot.

„Ich habe mit Giovanni gesprochen. Er sagt, ich könnte einige meiner Aufträge auch in Form von Homeworking erledigen. Auch der Galerist hat mir zugesagt, dass er in meiner Abwesenheit eine weitere Ausstellung organisieren würde. Ich könnte also ein paar Monate auf dem Boot arbeiten, wenn ich dann zur Ausstellungseröffnung wieder da wäre und mich gelegentlich per Telefonkonferenz in die Agentur-Meetings einlogge. Offensichtlich hat meine Arbeit mittlerweile einen gewissen Ruf und Giovanni meinte, einige Auftraggeber würden sich darauf einlassen."

Jetzt hatte Florian feucht glänzende Augen. „Du kommst mit? Du kommst mit!" Er kam auf meine Seite des Tisches, riss mich aus dem Sessel und wirbelte mich im Kreis, küsste mein Gesicht, meinen Mund und meine Hände und streichelte wie ein Besessener über meine Haare. „Oh Gott, ich bin so froh. Das ist die beste Nachricht, die ich in meinem ganzen Leben gehört habe. Danke, danke. Ich liebe Dich."

Woaaah!!! Er hatte die 3 Worte gesagt. Das war eine Premiere. Mein Herz glühte und ich wusste, dass es stimmte. Wir gehörten zusammen. „Ich liebe Dich auch", flüsterte ich und war die glücklichste Frau auf Erden.

21 Bodenlos

Auf dem Weg von Ruth nach Hause denke ich über meine Erzählungen nach. Ich hatte vergessen, wie viele schöne Momente ich mit Florian erlebt habe. Hängengeblieben war nur das schreckliche Ende und das, was es mit mir gemacht hat. Ich spüre, dass sich mit dieser Stunde etwas geändert hat. Ich kann mich jetzt auch wieder an all die liebevollen, romantischen und lebensfrohen Momente erinnern, die wir gemeinsam hatten. Das macht mich dankbar und mir wird warm ums Herz. Der kleine, dichte Eisbrocken in meinem Herzen beginnt ein wenig zu schmelzen. Vielleicht bringt ja die Psychotherapie doch etwas. Dafür möchte ich mich belohnen und beschließe, heute Marillenknödel zu kochen. Mal schauen, was unser Pseudo-Ostblockmarkt an Früchten zu bieten hat.

Ich betrete den Supermarkt und werde wie üblich von gähnender Leere empfangen. Irgendwo höre ich eine Fliege summen. Von der Wurst-Mann-Frau und der deprimierten Kassiererin ist weit und breit nichts zu sehen. Ich stelle mir vor, wie sie heimlich in irgendeinem Hinterzimmer Pott rauchen. Fast hege ich schon heimatliche Gefühle für diesen Laden. Wo kann man schließlich heutzutage in solch himmlischer Ruhe einkaufen. Überall berieseln dich unerwünschte Musik und Werbeeinschaltungen, die Dir sagen, dass heute das Käsesortiment besonders günstig ist und Du, weil es bald regnen wird, nicht vergessen solltest, auf das Sonderangebot der Regenschirme zurückzugreifen. Überraschenderweise finde ich sogar Marillen. Sie sind zwar braun gefleckt und eher klein, aber wer weiß. Manchmal schmecken die kleinen unscheinbaren besser als die großen perfekten.

Während ich bei der Kassa vertrauensvoll darauf warte, dass die Damen im Hinterzimmer ihre wichtigen Geschäfte beenden, mustere ich wieder einmal das schwarze Brett. Es hat sich nicht viel verändert. Ein Zettel ist dazugekommen. „Suche gutes Frau, lieb, sauber, gut zum was Unternehmen, muss nicht schlank sein." Mir gefällt, dass er Wert auf Sauberkeit legt.

Dann bleibt mein Blick an dem Angebot der Heilerin hängen, die das Reinigen von Fremdenergien und Rückführungen anbietet. Ich erinnere mich an das Buch über Wiedergeburt, das ich im Energetik-Laden gekauft habe und das immer noch ungelesen auf meinem Nachttisch liegt. Es zieht mich an, aber gleichzeitig bereitet es mir auch Unbehagen. Wer weiß, vielleicht war ich in meinem früheren Leben eine Massenmörderin und werde deswegen jetzt von diesen eigenartigen Visionen heimgesucht. Ich fotografiere die Anzeige aber mit meinem Handy und beschließe anzurufen, um einen Termin auszumachen. Wenn die Dame allzu verrückt klingt, kann ich ja sagen, dass ich mich verwählt habe.

Ich spüre einen Luftzug hinter mir und als ich mich umdrehe, thront die Kassiererin in ihrem Drehstuhl, als würde sie schon stundenlang dort sitzen, um auf mich zu warten. Ich lächle sie an, weil ich mich daran erinnere, dass sie letztes Mal gelächelt hat und siehe da, es funktioniert wieder. „Ein schöner Tag heute, nicht?". probiere ich es mit Konversation. Das war wohl zu gewagt. Sie schaut mich an, als wäre ich von allen guten Geistern verlassen, und zieht meine Produkte über den Scanner, als wöge jedes davon mindestens eine Tonne. Ich packe meine Einkäufe in meine Tasche und verabschiede mich. Hinter mir höre ich ein „Wiederschaun Frau Doktor." Ich bin baff. Die weiß, wer ich bin. ‚Zu Hause verstaue ich meine Einkäufe im Kühlschrank und dann wähle ich die Nummer der Heilerin.

„Hallo?" Die Stimme trifft mich bis ins Mark. Wer ist das? Ich kenne diese Stimme, aber ich kann sie niemandem zuordnen.

„Ja, guten Tag, ich würde gerne einen Termin bei Ihnen ausmachen", sage ich zögerlich und bin mir nicht mehr sicher, ob ich das wirklich will.

Meiner Bitte folgt eine lange Stille. Kurz bevor ich überlege, aufzulegen, antwortet die Stimme. „Komm morgen um 17:00 Uhr." Dann nennt sie eine Adresse in einer nahegelegenen Stadt und legt auf. Keine Frage wer ich bin, was ich genau will, ob ich da überhaupt Zeit habe. Und sie hat mich geduzt. Ich schreibe die Adresse auf den

Küchenblock und male Fragezeichen drum herum, während ich nachdenke, was da gerade passiert ist. Vielleicht ist die Frau ja übersinnlich begabt und weiß schon, was ich will und dass ich morgen um siebzehn Uhr Zeit habe.

Ich verschiebe die Entscheidung, ob ich den Termin wahrnehme, auf morgen und beginne, die Marillenknödel zu kochen. Ich röste Semmelbrösel an, die ich selbst aus den alten Semmeln gerieben habe und mische Haselnüsse und Staubzucker darunter. In die Mitte der Marillen kommt ein Stück Würfelzucker. So hat das meine Mutter immer gemacht. Meine Mutter, der ich immer noch nicht die E-Mail geschickt habe oder die ich endlich einmal anrufen sollte.

Ich bin überrascht, als ich die Eingangstüre höre und Tristan, der in der Stube rumort. Das ist ungewöhnlich, dass er so früh nach Hause kommt. Ich werfe einen kurzen Blick in den Spiegel und bin erleichtert. Zur Abwechslung sehe ich mal nicht aus, als hätte ein wilder Waschbär meine Haare angefallen, weil ich mich für Ruths Termin frisiert habe. Auch das neue Kleid ist okay. Man kann sehen, dass ich in letzter Zeit zugenommen habe, was man unter meiner üblichen Schlabberkleidung nicht bemerkt hat. Und da ich davor im Begriff war, der hageren Kassiererin Konkurrenz zu machen, schadet das auch nicht.

Als ich die Stube betrete, sehe ich Tristan, wie er etwas in seinen Laptop klopft. Ich habe mitbekommen, dass er nach seinen Hausvisiten oft noch abends seine Berichte schreibt. Er wirkt müde, aber nicht unzufrieden. Seine Haare stehen wieder einmal etwas wirr in verschiedene Richtungen und sein Kinn ist mit Dreitagebartstoppeln bedeckt.

Ich sage „Hallo … was hältst Du von Marillenknödeln?“ Auf Tristans Gesicht erscheint ein breites Lächeln. „Echt? Das war als Kind meine Lieblingsspeise. Meine Oma hat das immer für uns gekocht. Mit gerösteten Haselnüssen.“ Ich freue mich, dass ich zufällig das gleiche Rezept gewählt habe und trage die Teller mit den Knödeln herein. Dann rutsche ich auf die Bank neben ihn.

Tristan schiebt den Computer zur Seite und sticht mit seiner Gabel in den Knödel hinein, sodass der Saft der Marille in alle Richtungen quillt. Als er kaut, stöhnt er laut und schließt genüsslich die Augen. „Wahnsinn“, mampft er mit vollem Mund. „Mit Nüssen, Wahnsinn“. Er verschlingt mit völliger Hingabe seine Portion und schielt dann nach meiner. Ich schiebe ihm meinen letzten Knödel hinüber, weil ich sowieso schon satt bin und er verschlingt auch den letzten Knödel mit Genuss.

„Eigentlich hättest Du den essen sollen, bevor Du mich mästest. Du kannst etwas mehr auf den Knochen vertragen“, sagt er und schaut mich das erste Mal seit Wochen richtig an. „Obwohl … Du hast wieder ein bisschen zugenommen, stimmts?“ In jeder anderen Beziehung wäre das eine Killerphrase, aber ich sehe, dass er es genau andersrum meint. Seine Augen streifen mit leichtem Erstaunen über mein Kleid und ich merke, dass ihm meine wieder vorhandenen Rundungen gefallen. Hoppla, Marillenknödel, notiere ich geistig als Verführungsmittel. Jetzt sind seine Augen mit der Musterung bei meinen Augen angelangt. Er starrt mich an und hat aufgehört zu kauen. Er schluckt noch einmal trocken und leckt sich dabei den letzten Brösel von der Lippe. Das finde ich unheimlich erotisch. Aber wenn ich ehrlich bin, fände ich ihn auch erotisch, wenn er in seinem Ohr bohren würde. Seine Augen rutschen zu meinem Lippen.

Jetzt oder nie, denk ich, und küsse ihn auf den Mund. Er stöhnt und zuerst geht er auf mein Küssen ein. Das macht mich mutiger und ich beginne meine Hände unter sein Shirt zu schieben. Doch dann schiebt er mich völlig unerwartet von sich weg.

In seinem Gesicht steht ein wildes Gemisch an Gefühlen geschrieben. Erregung, Verzweiflung, Unsicherheit. „Lena", räuspert er sich. „Ich kann das nicht mehr." Angst schießt mir durch alle Knochen. „Was meinst Du? ...waren dir die Knödel zu viel?" versuche ich die Bedrohung, die sich anbahnt, abzuwenden. Tristan schnaubt: „Ja, wenn es das nur wäre. Lena, ich weiß nie, was als nächstes passiert, wenn ich Dich angreife. Wochenlang hast Du mich keines Blickes gewürdigt. Jetzt siehst Du mich an, als wolltest Du mich auffressen. Ich weiß nicht, wo ich stehe. Immer wenn ich glaube, Du willst mit mir zusammen sein, kommen wieder diese Ausbrüche und deine alten Gefühle für … na du weißt schon. Ich halte das nicht mehr aus. Ich bin auch nur ein … Kerl … und Du so … appetitlich … aber ich … mein Herz … hält das nicht aus. Ich glaube, wir sollten nicht mehr zusammen sein." Jetzt hat er es gesagt. Oh Gott, bitte nicht. Ich möchte, dass er es zurücknimmt. Ich habe das Gefühl, dass der Boden unter meinen Füßen schwankt. Mein Kopf quillt über von Dingen, die ich sagen möchte. „Du hast mich doch keines Blickes gewürdigt, weil Du zurecht sauer warst, nicht umgekehrt. Und meine Ausbrüche drehen sich doch um dich, Tristan. Nicht um Florian. Florian ist … Vergangenheit. Ich verspreche, dass ich mich bessere und keine Ausbrüche mehr haben werde. Ich liebe Dich. Du bist der Richtige für mich und ich bin die Richtige für Dich. Lass uns von vorne anfangen."

Aber nichts von dem kann ich sagen. Ich merke, wie mir der kalte Schweiß den Rücken hinunter rinnt und sich ein neuer Eisklumpen in meinem Herzen bildet. Ich nicke. „Ich verstehe. Ist es wegen der Blondine?" Tristan sieht mich überrascht an, aber er leugnet auch nicht, dass er weiß, von wem ich spreche. Mir wird übel. Er lehnt sich zurück, noch weiter von mir weg und sieht mich schuldbewusst an. „Es gibt da jemanden, ja". Er seufzt. „Es läuft noch nichts, aber sie mag mich und ich mag sie. Es ist einfach so unkompliziert zwischen uns."

Mein Magen dreht sich mehrmals um sich selbst und ich kämpfe, um nicht den gesamten Marillenknödel auf den Tisch zu kotzen. Oh, oh, nein, bitte nicht. Ich habe ihn verloren. Das darf nicht sein. Aber ich kann nichts tun. Das ist alles meine Schuld. Tränen schießen mir in die Augen.

„Ich verstehe“, würge ich heraus, „ich muss kurz an die frische Luft.“ Dann renne ich zur Türe hinaus. Unter tränenverschleierten Augen ziehe ich mir irgendwelche Schuhe an und beginne zu laufen. Ich laufe und laufe und lande in einem naheliegenden Wald. Meine Lungen brennen, mein Zwerchfell sticht, aber ich laufe weiter, bis ich weit genug drin bin im dunklen Dickicht. Auf einer Lichtung finde ich ein altes, verfallenes Steinhaus. Ich lasse mich auf einem Moospolster neben dem Rest einer Mauer nieder und heule mir die Seele aus dem Leib. Es ist schon wieder passiert. Schon wieder habe ich den wichtigsten Menschen in meinem Leben verloren. Das zweite Mal. Nein, das dritte Mal. Ich weiß nicht, woher diese Erinnerung jetzt kommt. Aber ich sehe meine Mutter, wie sie mich auf den Schoß zieht und mir sagt, dass mein Papa nicht mehr nach Hause kommt. „Warum?“, schreie ich jetzt in den Himmel. Ich weine und weine, bis ich irgendwann erschöpft einschlafe. Ich träume und weiß, dass ich träume. Aber es fühlt sich fast an, als wäre der Traum Realität. Ich bin wieder bei dem jungen Mädchen.

22 Der Kirtag

Endlich ist es soweit. Die ganze letzte Woche bin ich schon nervös gewesen und habe kaum etwas gegessen. Agnes sagt, wenn ich mich nicht zusammenreißen würde, dann lässt sie mich nicht auf den Kirtag. Deswegen bereite ich mir jeden Tag Sterz zu, den ich noch von allen Dingen am liebsten esse.

Am Nachmittag, nachdem ich alle meine Pflichten erledigt habe, wasche ich mich besonders sorgfältig. Ich habe sogar den großen Zuber, der neben dem Haus draußen an der Sonnenwand steht, mit warmen Wasser angefüllt und jetzt sitze ich schon seit einer halben Stunde darin und schrubbe mich, vor allem meine Füße, die vom vielen barfuß Laufen ganz hart und schmutzig sind. Meine Haut ist schon schrumpelig und rot. Zum Schluss spüle ich noch meine langen Haare mit kaltem Essigwasser, damit sie mehr glänzen, obwohl das niemand sehen wird, weil ich mein Kopftuch darüber tragen werde. Agnes hat mir strikt verboten, meine Haare zu zeigen. Sie sagt, meine Haarfarbe bringe die Menschen auf böse Gedanken. Ich stibitze ein paar Tropfen Rosenöl aus Agnes´ Labor, die ich in die Haare hineintröpfle. Wenn sie Tristan nicht sehen darf, dann sollen die Haare wenigstens gut duften. Ich mache ein Kreuz und bitte Mutter Maria um Verzeihung für das Stibitzen und ein gutes Wort bei der Agnes für mich einzulegen, falls sie mir draufkommt.

Und schließlich ist es soweit. Ich darf das erste Mal das seit Wochen sorgfältig genähte Kleid anziehen. Ich komme mir vor, als würde ich mein Hochzeitskleid anziehen. Das feine Leinen gleitet auf meine nackte Haut wie kein anderes Kleid davor. Es spürt sich kühl und zart an, nicht so rau und kratzig wie mein Alltagskleid. Darüber lege ich noch einen kornblumenblauen Schurz, auf den ich sogar ein paar Blumen gestickt habe. Leider hatte ich nur ganz wenig Garn, deswegen sind es nur vier Blüten geworden. Zum Abschluss lege ich den breiten Ziegenledergürtel an, den mir Agnes gefertigt hat. Er sieht aus wie ein kleines Mieder. Ich stemmte meine Hände in meine Taille und drehe mich aufgeregt nach links und nach rechts. Dabei sehe ich dem Rock zu, wie er sich um meine Beine bauscht. Agnes überrascht mich noch mit einem Paar Schuhen aus Ziegenleder, die schönsten, die ich je gesehen habe.

Jetzt sind wir auf dem Weg zum Dorfplatz und ich kann den geschäftigen Lärm schon von weitem hören. Hin und wieder stolpere ich, weil ich es nicht gewohnt bin, Schuhe zu tragen. Die Sonne steht schon tief und sie wird bald am Horizont versinken. Die Strohdächer des Dorfs heben sich dunkel gegen den rosa gefärbten Himmel ab. Ich bin ganz kurzatmig vor lauter Aufregung. Ich blinzle zu Agnes hinüber, um zu sehen, ob sie auch aufgeregt ist. Sie sieht heute fast hübsch aus. Sie hat ein langes, ocker gefärbtes Kleid, und ein hübsches, bunt besticktes Kopftuch, wie eine vom fahrenden Volk. Natürlich macht auch das Kleid aus ihre keine Schönheit, denn ihre riesige Hakennase und das schmale, lange und kantige Gesicht lassen sie wie einen Raubvogel aussehen. Agnes sagt immer, sie sei froh keine Schönheit zu sein, das hielte ihr das unselige Männerpack vom Hals. Ich finde sie trotzdem schön, denn sie hat gütige Augen und ihr seltenes Lachen bringt das ganze Zimmer zum Strahlen.

Wir gehen über die kleine Brücke und biegen in den Dorfplatz ein. Um die Linde herum hat man viele Tische hingestellt, wo sich schon eine Menge Dorfbewohner laut unterhalten. Auf der anderen Seite des Platzes stehen Musiker, die mit aller Kraft musizieren, um das laute Stimmengewirr der Menschen zu übertönen. Vor allem den Sackpfeifenbläsern gelingt das ganz gut. Ihre Instrumente sind so laut und eindringlich, dass ich mir die Ohren zuhalte. Umgekehrt versuchen die Festgäste sich über die Musik hinweg anzuschreien, um sich besser zu verstehen. Das Ganze mündet in einem ziemlichen Getöse. Große Fässer aus Holz stehen gekippt auf der Seite. Der Wirt vom „Bären“ schenkt dort Bier aus. Daneben gibt es einen riesigen Griller, wo drei Spanferkel über dem Feuer rösten. Sie müssen schon seit Stunden von den Knechten im Kreis gedreht worden sein, so wie sie aussehen.

Wir treten auf den Platz und ich merke, wie die Gespräche etwas stiller werden, weil sich fast alle Köpfe zu uns herum drehen, um uns zu begutachten. Da ist die Gruppe der Dorfältesten, die auf einem Tisch in der Mitte sitzen und jetzt ihre grauen, buckligen Gestalten zu uns drehen. Ihre Augen sind kühl und taxierend. Am Ende des Tisches sitzt der Herr Pfarrer, wenigstens den kenne ich, aber auch er erinnert mich mit seinem Blick daran, dass ich bei der letzten Beichte wieder nur die Hälfte meiner Sünden gebeichtet habe.

Auf der anderen Seite stehen die jungen Männer zusammen. Die meisten haben einen Krug Bier in der Hand. Ich sehe ihre teils neugierigen, teils lüsternen Blicke auf mir und komme mir nackt vor. Der eine gießt sich vor lauter Glotzen das Bier auf den Latz, was die anderen glücklicherweise von mir ablenkt, weil sie jetzt den Ungeschickten aufziehen und ihm auf den Kopf hauen.

Gegenüber den jungen Männern steht eine Gruppe junger Frauen. Ihre Blicke sind durchdringend und musternd und auf eine andere Art fühle ich mich ebenso ausgezogen von ihnen wie von den jungen Männern. Mir war nicht bewusst, dass es so unangenehm wäre, unter Menschen zu sein und ich wünsche mir die Einsamkeit des Waldes zurück.

Jetzt bemerke ich erst, dass auch die Musik gerade Pause macht, wahrscheinlich glotzen sie auch. Das sehe ich aber nicht mehr, weil ich meine Hand in die von Agnes geschoben habe und nur mehr auf den Boden starre.

„Kopf hoch und gerader Rücken“, flüstert mir Agnes zu und zieht mich durch die Menge zu einem Tisch, wo die Hebamme sitzt, zwei Wäscherinnen und Elsbeth, die Pfarrersköchin. Dort setzen wir uns dazu und Agnes stellt mich vor, obwohl ich die meisten schon einmal bei uns gesehen habe, wenn sie ihre Kräuter abholen. Elsbeth schaut mich von oben bis unten langsam an und sagt zu Agnes: „Da hast Du Dir eine ordentliche Schererei ins Haus geholt.“. Ich erstarre, weil ich Angst habe, dass der Pfarrer meine unkeuschen Gedanken erkannt hat und jetzt die Pfarrersköchin allen davon erzählen wird.

Ich mache mich noch ein bisschen kleiner und mustere sicherheitshalber die leeren Holzschüsseln in der Mitte des Tisches. In der einen liegt Brot, in der anderen noch ein winziger Rest des Spanferkels. Ich habe noch nie eines gegessen und frage mich, wie es schmeckt. Zu Hause essen wir hauptsächlich Getreidebrei und das Gemüse, das wir auf unserem kleinen Stück Land anbauen. Vor zwei Jahren haben wir einmal eines der Hühner gegessen, weil es von einem Karren überfahren wurde und nicht mehr zu retten war. Das hat mir schon gut geschmeckt, obwohl ich die ganze Zeit weinen musste, als ich das arme Wesen gerupft habe. Sie war ein sehr fürwitziges Huhn, das ständig ausbüxte und ich hatte sie heimlich Gerdrud getauft.

Agnes interpretiert meinen Blick auf die Teller als Hunger und sagt, dass sie uns etwas zum Essen holt. Sie nimmt die Holzschüssel und geht auf die Spanferkeldreher zu. Zum Glück widmen sich die Frauen am Tisch, sobald Agnes aufgestanden ist, ihren Gesprächen und lassen mich links liegen. Ich atme auf und lausche ein wenig. Sie tratschen darüber, dass der Lehensherr, der auch den Jahrmarkt ausrichtet, später zu dem Fest kommen wird. Er soll eine schwindsüchtige Frau haben, aber selbst ein rechter Hengst sein. Ich stelle mir einen Mann mit Pferdekopf vor, weil ich nicht sicher bin, was sie damit meinen.

Die Musik beginnt wieder zu spielen und die laute Geräuschkulisse hängt sich wie eine Glocke über das Fest. Weil ich dem Gespräch der Frauen nicht mehr folgen kann, hebe ich meinen Blick und nehme den Dorfplatz in Augenschein. Mein erster Blick richtet sich auf die Seite der jungen Männer, in der Hoffnung dort vielleicht Tristan zu entdecken. Ein paar von ihnen kenne ich aus der Kirche, aber viele habe ich noch nie gesehen. Die besonders kräftig gebauten auf der linken Seite sind glaube ich die Holzfäller. Einer, mit glasigen dumpfen Augen, hat Finger, die dreimal so dick sind wie meine und Unterarme wie die Schenkel von der Reiter-Bäuerin. Die Schenkel der Bäuerin kenne ich nur, weil sie dort einmal einen grausigen Ausschlag hatte, den die Agnes behandelt hat. Die Burschen sehen aus, als hätten sie sich für den heutigen Tag die Gesichter blank poliert. Sie lachen und reden mit so lauter Stimme, dass ich sie fast bis hier herüber hören kann. Leider kann ich Tristan nirgendwo entdecken.

Jetzt schwenkt mein Blick zu den jungen Frauen. Sie stehen in einem Kreis, kichern und tratschen und immer wieder wandern ihre Blicke zu den jungen Männern hinüber. Ich beneide sie um ihre Kameradschaft. Ich kenne eigentlich keine gleichaltrigen Frauen. Wenn ich genau darüber nachdenke, unterhalte ich mich hauptsächlich mit Pflanzen und Tieren und den Geistern des Waldes oder mit dem Herrn Pfarrer im Beichtstuhl. Hin und wieder auch mit Agnes, wenn sie Zeit hat. Aber meist nur, wenn Agnes mich etwas lehrt. Selten sprechen wir über andere Dinge. Ich frage mich, was man eigentlich genau spricht mit anderen Menschen und komme mir auf einmal sehr dumm und unbeholfen vor.

Wir haben alle rund um die Tanzfläche Aufstellung genommen. Sie besteht aus niedergetrampeltem Lehm und befindet sich zwischen den Tischen unter der Linde und den Musikanten. Die Sonne ist untergegangen und mehrere Feuer wurden angezündet. Fackeln brennen rund um den Platz. Die Schatten der Menschen tanzen auf den Steinmauern der Häuser. Wenn das irgendwie möglich ist, hat das Stimmengewirr noch zugenommen, aber die Musik hat mittlerweile aufgehört zu spielen. Ich versuche die vielen Eindrücke in mich aufzusaugen. Meine Sinne sind dabei leicht überfordert, weil ich zwischen den Leibern der anderen Zuseher eingepfercht bin. Der Geruch der unterschiedlichen Menschen, die Wärme und der Lärm machen mich schwindlig. Ich dränge mich durch ein paar Arme durch, um mehr Luft zu bekommen und stehe plötzlich in der vordersten Reihe des Platzes, der von der Menschenmenge umrahmt wird.

Alle warten jetzt auf die Ankunft des Lehensherrn, denn er wird den Tanz eröffnen. Traditionell bittet er die Frau vom mächtigsten Bauern im Dorf, die Reiter-Bäuerin, als erste zum Tanz. Sie ist auch Tristans Herrin. Sie ist eine rechte Erscheinung. Sie hat riesige Brüste, die in einem besonders schönen Kleid eingeschnürt sind. Ich habe noch nie so ein schönes gesehen und muss es dauernd anstarren. Es hat viele kleine Stickereien und Schnürungen und eine wunderschöne Schürze in einem tiefen Rot. Die Bäuerin hat eine kunstvoll geflochtene Frisur mit Ohrenschnecken aus ihren weizenblonden Haaren gebunden und ihre Lippen sind so rot, als hätte sie das Scharlachfieber. Ich glaube, sie hat von Agnes ein Gläschen Öl mit Brombeersaft gekauft, das die noblen Frauen verwenden, um sich rote Wangen zu zaubern. Sie hat ein sehr schönes, rundes Gesicht und ich finde sie sieht auch fast aus wie eine Edelfrau.

Ganz selten hab ich schon eine Edelfrau gesehen bei der Agnes in ihrem Behandlungsraum. Ich darf nie dabei sein, aber heimlich habe ich vom Boden herunter zugeschaut, wenn eine da war. Gewöhnlich schicken die edlen Damen ihre Mägde zu Agnes, um die Kräuter und Tinkturen zu erwerben, aber gelegentlich braucht es eine persönliche Konsultation. Daher weiß ich, so hübsch die Reiterbäuerin auch ist, sie doch nicht ganz wie eine Edelfrau aussieht.

Ihr Mann, der Reiterbauer, ist ungefähr doppelt so alt und nicht halb so gutaussehend. Er hat einen mächtigen Bauch, der in einem ledernen Wamst eingepfercht ist, so fest, dass zwischen den Knopflöchern der Bauch durchschaut. Seine stämmigen Beine stecken in knielangen Hosen, die mit Lederbändern zusammengebunden sind. An seinem Gürtel hängen ein dicker Geldbeutel und ein kleiner, perlenbesetzter Dolch. Ich glaube, er muss schon sehr reich sein, um so einen Dolch zu besitzen.

Endlich habe ich auch Tristan entdeckt. Er steht jetzt bei der jungen Männergruppe gegenüber von mir und obwohl er ganz hinten steht, kann ich ihn gut sehen, weil er alle überragt. Ich habe schon ein paar Mal in seine Richtung geblinzelt und gesehen, dass er das gleiche in meine Richtung getan hat. Er sieht unheimlich gut aus. Seine breiten Schultern stecken in einem Leinenhemd und seine Haare sehen frisch gewaschen aus. Er hat rote Wangen, aber natürlich rote, nicht wie jene von der Reiterbäuerin mit Brombeeröl gefärbt. Ich denke er ist genauso aufgeregt wie ich. Ich bete zum Herrgott, dass er mich zum Tanz auffordern wird.

Agnes hat mir schon vorher gesagt, dass ich nicht allzu oft mit ein und demselben tanzen darf, weil es sonst sofort Getratsche gibt. „Und das können wir nicht brauchen“, hat sie stirnrunzelnd gesagt, während sie mir eine Haarsträhne unter mein Kopftuch geschoben hat. Dann hat sie sorgenvoll den Kopf geschüttelt und die Augen zum Himmel gedreht. Ich hoffe, dass sie sich meiner nicht schämen muss, aber ich bin mir sicher, dass sich kein Mensch für mich interessieren wird.

Die Stimmen der Menschen um den Platz werden leiser und gehen in ein aufgeregtes Gemurmel über. Offensichtlich wurde der Lehensherr gesichtet. Die Luft scheint dichter geworden zu sein und ich sehe, wie so mancher seinen Hals reckt, um die Zufahrt zum Platz zu sehen.

Ich nütze die Zeit, um Tristan anzuhimmeln. Ich kann sein wunderschönes Gesicht im Feuerschein deutlich sehen, die Muskeln an seinem Hals, die in die breiten Schultern übergehen. Wir schauen uns jetzt quer über den Platz an und ich sehe den Widerschein des Feuers in seinen Augen und spüre wie eine Verbindung zwischen uns entsteht, wie ein unsichtbares Band. Keiner von uns bricht den Augenkontakt ab und es fühlt sich an wie eine Ewigkeit. Ich spüre mich mit ihm verbunden, wie ich mich nie zuvor mit einem Menschen verbunden gefühlt habe. Mein Herz schlägt kräftig und voll und ich weiß, dass es ihm gehört. Jetzt und für immer. Ich lächle. Tristan lächelt zurück. Die Sterne leuchten.

Unsere Zweisamkeit wird jäh durchbrochen durch das laute Hufgetrappel von vier Pferden. Ein Raunen geht durch die Menge. Der Lehensherr ist da. Widerwillig drehe ich meinen Kopf von Tristan weg und sehe vier Reiter, die ihre Pferde langsam drosseln und nun im Schritt auf den Platz zureiten. Der erste Reiter auf dem wunderschönen, schwarzen Ross muss der Lehensherr sein. Er sieht aus wie ein König, finde ich. Er hat schwarze Haare, einen kurzgeschnittenen Bart und strahlend blaue Augen, wie eine Mischung aus Wasser und Eisen, denen nichts zu entgehen scheint. Seine Nase ist scharf geschnitten und der Ausdruck in seinem Gesicht ist ernst, aber nicht unnahbar. Seine stattliche Gestalt steckt in einem kostbaren Wamst, der reich bestickt ist. Er ist größer als die anderen Männer und strahlt eine natürliche Autorität aus. Als er vom Pferd absteigt, beginnt sich der Kreis der Menschen zu öffnen und alle verneigen sich. Er schreitet in den Platz hinein und lässt seinen Blick über die Menschenmenge gleiten. Obwohl ich mich verneige, schaffe ich es nicht, meine Augen von ihm zu lösen, weil ich so beeindruckt bin. Als seine Augen bei mir angekommen sind, machen sie kurz halt und ich spüre seinen Blick in allen meinen Gliedern. Ich sehe Überraschung in seinen Augen und dann einen Funken. Er hebt die Augenbraue, neigt seinen Kopf zur Seite und nickt mir zu, dann gleiten seine Augen weiter. Mir schießt das Blut ins Gesicht, ich senke meine Augen auf den Boden und schelte mich, dass ich so schamlos war, dem Lehensherren in die Augen zu schauen. Die Ader an meinem Hals pocht wie verrückt und meine Brust hebt und senkt sich viel zu schnell. Mir ist schwindlig, ich glaube ich werde ohnmächtig. In diesem Moment spüre ich Agnes´ starken Arm auf meinem Rücken und höre ihr Flüstern „Reiß Dich zusammen, Mädel." Das ist die Dusche, die ich brauche, denn nun fürchte ich mich, dass Agnes mit mir schimpfen wird, wegen meines schlechten Betragens und dass ich nie wieder auf den Kirtag darf.

Der Lehensherr übergibt seinem Diener sein Schwert und die Zügel seines Rappen und geht nun an den Menschen im Kreis vorbei, um sie zu begrüßen. Ich blinzle ihm unter meinen Wimpern nach, weil ich einfach nicht anders kann und sehe, wie er auf die Reiter Bäuerin zugeht, die in tiefem Knicks verharrt, wodurch ihre Brüste noch besser zur Geltung kommen. Der Lehensherr begrüßt den Bauern und die Bäuerin, doch dann passiert etwas Unglaubliches. Er reicht der Bäuerin nicht die Hand zum Tanz, sondern geht weiter in der Runde. Ein Raunen geht durch die Menge. Der Lehensherr kommt immer näher und nun kann ich auch seine eleganten Stiefel sehen. Mein Blick ist fest auf die Stiefel geheftet, damit mir das mit den Augen nicht noch einmal passiert. Und plötzlich bleiben die Stiefel vor mir auf dem Boden stehen. Ich bin wie erstarrt, denn da stehen sie jetzt und bewegen sich nicht weiter und ich weiß nicht, was ich machen soll.

„Wäre das Fräulein so freundlich, mir ihr Gesicht zu zeigen?“, höre ich eine Stimme.

Ich hebe meinen Kopf und blicke ihm in die Augen. Sie sind noch strahlender als zuvor auf der anderen Seite des Platzes. Der Lehensherr ist gut zwei Köpfe größer als ich und er duftet nach etwas, das ich nicht kenne. Ich starre ihn an und schaffe es nicht, meine Augen züchtig zu senken, wie sich das gehört. Aber ich glaube, das ist seine Schuld. Er lässt es nicht zu.

Jetzt hält er seine offene Handfläche zu mir hin. Es ist eine schmale Hand mit langen Fingern, die von mehreren, kostbaren Ringen geziert werden und ich habe keine Ahnung, was ich tun soll. Ich blicke Agnes verzweifelt an. Sie flüstert „Er bittet Dich zum Tanz.“

Jetzt ist es überhaupt um meine Fassung geschehen. Meine Beine zittern und über meinen Rücken läuft der kalte Schweiß hinunter. „Aber ich kann doch nicht tanzen“, flüstere ich und lege meine Hand in die seine. In dem Moment, als er meine Hand umfasst, ist es mir, als würde er alle meine Bewegungen lenken, wie ein Magier. Er zieht mich in die Mitte der Tanzfläche und ich versuche, ihm so gut es geht zu folgen, ohne über meine neuen, ungewohnten Schuhe zu stolpern.

Die Musik beginnt zu spielen und der Lehensherr legt seine Hand um meine Taille. Trotz des Ledergürtels, der Schürze und dem Kleid habe ich das Gefühl, seine Hand auf meiner Haut zu spüren. Sie strahlt Kraft und Sicherheit aus und meine Unsicherheit legt sich ein wenig. Durch seine Führung weiß ich auf einmal, was ich zu tun habe und welche Schritte ich zu gehen habe, und so beginnen wir unseren Tanz. Aus den Augenwinkeln sehe ich, wie uns die gesamte Gemeinde anstarrt, aber ich konzentriere mich auf meinen Anker und das ist der Lehensherr. Er wirbelt mich im Kreis und es fühlt sich ganz leicht an. Die Musik und die Lichter und der Tanz machen mich trunken. Nach einer Weile traue ich mich aufzuschauen und ihm ihn die Augen zu blicken und ich sehe einen Blick, den ich nicht einordnen kann. Die Augen sind dunkler und intensiver, aber ich glaube wohlwollend. Ich kann nicht anders und lache ihn an. Tanzen ist schön. Ich könnte ewig tanzen.

Doch die Ewigkeit ist früher zu Ende als erhofft und die Musik verstummt. Der Lehensherr führt mich zurück zu meinem Platz, greift nach einer langen, roten Haarsträhne, die sich gelöst hat, und wickelt sie nachdenklich um seinen Finger. „Rot", sagt er, wie zu sich selbst. Dann beugt er sich über meine Hand und küsst sie. Mein Knicks fällt ganz natürlich aus, weil meine Knie sich anfühlen wie das Erdbeergelee, das ich gestern gekocht habe.

Als der Lehensherr sich entfernt, schiele ich zu Agnes hinüber und was ich sehe verheißt nichts Gutes. Der Kreis der Dorfbewohner löst sich langsam auf, denn jetzt darf jeder tanzen. Durch die Menge sehe ich die Reiter-Bäuerin, die mich mordlüstern anstiert. Und Ihr Mann schaut aus als hätte ihn der Schlag getroffen.

Ich möchte gerne mit Agnes reden, aber das geht nicht, denn im nächsten Moment stehen drei der jungen Holzfäller vor mir, die alle um den nächsten Tanz bitten. Ich fühle mich überfordert und gebe dem nächstbesten die Hand. Er zieht mich auf die Tanzfläche und schon werde ich wild herumgewirbelt, sodass mir Hören und Sehen vergeht. Es hat nichts mit dem Tanzen zu tun, wie ich es mit dem Lehensherren erlebt habe. Ich habe Mühe, ihm zu folgen, stolpere mehrere Male und werde auch von dem ein oder anderen Paar, das vorbeiwirbelt, getreten. Kaum ist der Tanz zu Ende, steht schon der nächste Tanzpartner da. Auch er wirbelt mich herum, seine Hände schwitzen, sodass ich Angst habe, mich nicht festhalten zu können, und er stinkt so fürchterlich, dass ich versuche die Luft anzuhalten, wodurch mir noch schwindliger wird.

Ich halte nach Tristan Ausschau und sehe seine Gestalt am Rand und mich beobachtend. Er steht im Dunkeln und so kann ich seinen Gesichtsausdruck nicht ausmachen. Zu meinem Unglück macht er keine Anstalten, mich zum Tanz aufzufordern. Warum nur?

Endlich nach circa einer Stunde macht die Musik eine Pause und ich stolpere verschwitzt und erschöpft zu dem Tisch, an dem Agnes sitzt. Ihr Blick ist immer noch unergründlich. Ich will mich neben sie setzen und merke, wie mich alle Frauen am Tisch anstarren. Das macht mir Angst. Agnes verhindert, dass ich mich setze und sagt: „Es ist Zeit zu gehen." Ich würde mich gerne ausruhen und außerdem hab ich noch nicht mit Tristan getanzt, aber Agnes eiserner Griff macht klar, dass sie keinen Widerspruch duldet.

Also laufe ich neben ihr her über den Dorfplatz und würde am liebsten weinen. „Es tut mir leid, Agnes", stammle ich. „Sicher hab ich etwas falsch gemacht. Sag mir, was es ist, ich tu es nie wieder. Ich versprechs." Agnes seufzt und dreht sich zu mir. „Nein, Magdalena, Du hast nichts falsch gemacht. Das ist meine Schuld." Agnes Schuld? Jetzt versteh ich gar nichts mehr. Als wir am Ende des Platzes angekommen sind, höre ich Tristans Stimme hinter uns.

„Magdalena?" Ich wirble herum und schaue Tristan das erste Mal aus aller Nähe ins Gesicht. Er atmet schnell, weil er gerannt ist oder vielleicht weil er aufgeregt ist. „Tanzt Du mit mir?" Er sieht mich voll Hoffnung an und ich schmelze dahin. Ich mag seine Stimme, sie hat etwas Kratziges, Tiefes und ist melodiös.

„Magdalena, wir müssen gehen", höre ich Agnes feste Stimme hinter mir. Die Tränen schießen mir in die

Augen. Ich muss mit Tristan tanzen, ich muss einfach. Vielleicht darf ich nie wieder zum Kirtag und wenn ich mich nie in Tristans Armen drehen darf, dann sterbe ich. Durch den Tränenschleier sehe ich Agnes kaum, aber ich flehe sie an, noch diesen einen Tanz tanzen zu dürfen. Als sie nicht reagiert, lasse ich mich ihr zu Füßen fallen und verspreche, dass ich mir nie wieder etwas wünschen werde, wenn ich nur diesen einen Tanz bekomme.

Agnes seufzt. „Also gut, schlimmer kann es ohnehin nicht werden. Diesen eine Tanz und dann drehst Du dich um und gehst."

Ich bin im siebenten Himmel. Tristan nimmt meine Hand und sie fühlt sich wunderbar an. Sie ist groß und schwielig und man spürt, dass er am Feld die schweren Arbeiten macht. Er ist genauso groß wie der Lehensherr, aber biegsamer, trotz der vielen Muskeln, die sich durch die Arbeit gebildet haben.

Der Tanz, den die Musik anstimmt, ist ein bisschen langsamer und das ist mir nur recht. Man merkt, dass Tristan auch nicht so geübt im Tanz ist. Aber trotzdem fühlt es sich gut an, wie er mich hält. Ich versinke in seinen Augen und er in meinen. Ich mag seinen Geruch. Er ist nicht so erwählt wie jener des Lehensherren, sondern ein natürlicher Geruch von einem Naturburschen, aber ich finde ihn gut. Ich spüre seine starken Arme um mich und etwas tief in mir beginnt zu ziehen. Mein Herz ist leicht und offen. In meinem Bauch spüre ich Hummeln. Es ist ein eigenartiges Gefühl.

„Ich hab Dich an der Brücke gesehen", sag ich, weil mir nichts anderes einfällt. Er nickt und lächelt. „Ja, ich Dich auch." Ich hoffe, dass der Tanz nie endet, weil ich Tristan nicht mehr loslassen möchte. „Vielleicht können wir einmal gemeinsam am Fluss angeln", sagt Tristan, „die Bäuerin möchte manchmal Fisch essen und vielleicht möchte ja Frau Agnes auch einen haben." Ich nicke aufgeregt und freue mich über die Aussicht, Tristan wiedersehen zu können und mit ihm sprechen zu können. Wir drehen uns im Takt zur Musik und er zieht mich ein bisschen näher zu sich hin. Jetzt spüre ich seinen Körper und seine Bewegungen noch deutlicher. Das finde ich aufregend und ein bisschen beängstigend zugleich. Ich würde gerne seine Haut am Hals angreifen. Sie sieht wunderbar samtig aus. Aber ich traue mich nicht. Ich seufze und dann ist der Tanz zu Ende.

Wir halten uns noch an den Händen, weil wir es beide nicht schaffen, loszulassen. Aber ich weiß, dass es sein muss. Ich sage: „Auf Wiedersehen an der Brücke", drehe mich um und laufe davon.

23 Alte Verbindungen

Ich wache auf und fühle mich zuerst orientierungslos. Ich liege immer noch auf dem Waldboden neben der Hütte und fühle mich klamm und kalt. Die Bilder meines Traumes sind extrem lebendig in meinem Kopf. Fast als wäre ich gerade wirklich dort gewesen. Ich wundere mich über meine Fantasie, in der ich offensichtlich die Menschen, die in meinem Leben im Moment eine Rolle spielen, in eine andere Zeit versetze. Ich kann mich nicht erinnern, früher so eine Vorstellungskraft besessen zu haben. Der Lehensherr erinnert mich eindeutig an den Bürgermeister und die Reiter-Bäuerin ist die Johanna, die Wirtin, wie sie leibt und lebt. Von Tristan, dem jungen Knecht, ganz zu schweigen. Ich stolpere langsam durch den halbdunklen Wald und hoffe, dass ich mich nicht verirre, als mir plötzlich ein Licht entgegenkommt. Dann höre ich eine Stimme schreien: „Ich hab sie."

Innerhalb weniger Momente bin ich von der halben Gemeinde umringt und werde von allen Seiten angestarrt. Alice sieht aus, als wäre sie völlig außer sich. Sie hat Tränen in den Augen. Als ich sie ansprechen will, dreht sie sich wortlos um und geht in Richtung Stadt. Tristan drängt sich durch die Menge durch und reißt mich in seine Arme. „Gott sei Dank", sagt er und dreht sich zu den Leuten. „Vielen Dank für die Hilfe", sagt er, womit er sie klar nach Hause schickt. Der Bürgermeister und der Faber stehen am Rand und tuscheln miteinander. Dann lacht der Faber abfällig und sie drehen sich beide zum Gehen um.

Tristan ist weiß im Gesicht, doch als er mir wieder in die Augen blickt, ist jede Freundlichkeit aus ihnen gewichen. „Mach so etwas nie wieder. Sonst schwör ich, dass ich Dich einweisen lasse."

Die Entschuldigung bleibt mir im Hals stecken. Er nimmt mich an der Hand, als hätte er Angst, dass ich wieder ausbüxe und wir gehen schweigend nach Hause.

Am nächsten Tag sehe ich von Tristan kaum etwas. Ich schlafe so lange es geht, weil ich nicht über mein Leben nachdenken will. So um drei am Nachmittag hieve ich mich dann aus dem Bett. Ich werde zu dieser Heilerin gehen, denn etwas anderes fällt mir nicht mehr ein. Die Tabletten möchte ich nicht weiternehmen, mit Ruth komme ich auch nicht wirklich vom Fleck und Doktor Friedrich ist noch immer auf Urlaub. Alice will offensichtlich nicht mehr mit mir reden.

Um 17:00 Uhr stehe ich vor der angegebenen Adresse, einem 60er Jahre-Wohnhaus in Pastellgrün, schon ein wenig in die Jahre gekommen. Ich läute und die Haustüre wird geräuschlos geöffnet. Im dritten Stock steht eine Wohnungstür offen und ich trete ein. Der Vorraum ist von einem angenehm dezenten Duft erfüllt, der an Kräuter erinnert, aber vermutlich von einem Räucherstäbchen stammt. Ich bin mir nicht sicher, ob ich einfach weitergehen soll und ziehe sicherheitshalber meine Schuhe aus, da höre ich ihre Stimme. „Komm nur weiter, Magdalena."

Ich trete in das Wohnzimmer und da steht sie. Die Frau aus dem Esoterikladen. Ich erkenne sie sofort. Eigentlich habe ich das Gefühl, dass ich sie schon von früher kenne, von vor dem Esoterikladen, aber ich weiß nicht woher. Sie hält noch ein Zündholz in der Hand, mit dem sie gerade eine große, weiße Kerze angezündet hat. Ihre weißgrauen, krausen Haare hat sie heute in einem langen Zopf zusammengeflochten, der ihr über den Rücken hinunterfällt. Sie trägt lange, fließende Gewänder in weißen und hellen Grautönen, die gut zu ihren Haaren passen. Um den Hals baumelt ein wunderschönes, rundes Amulett, das mir sofort ins Auge fällt. Die Mitte bildet ein ausladender Baum, dessen Wurzeln ein symmetrisches Abbild der Krone sind. Der Rand des runden Schmuckstücks ist mit Steinen in unterschiedlichen Farben verziert. Es sieht sehr alt und kostbar aus.

Ihre Augen fallen mir wieder auf, weil sie unterschiedliche Farben haben. Ein grünes und ein graues würde ich sagen. Im Moment sind sie freundlich und neugierig auf mich gerichtet.

„Magdalena", sagt sie noch einmal und kommt auf mich zu. Ich halte ihr meine Hand zur Begrüßung hin, aber sie ignoriert sie und zieht mich in eine sehr persönliche Umarmung. Ich lasse es passieren, denn obwohl mir so intime Umarmungen von Fremden normalerweise unangenehm wären, ist diese es nicht. Es fühlt sich eigenartiger Weise vertraut an.

„Kennen wir uns?“, stelle ich die Frage, die mir seit dem Laden auf der Zunge brennt.

„Ich bin mir sicher“, antwortet die Frau langsam und mustert noch einmal ausgiebig mein Gesicht, erklärt aber nicht weiter, woher wir uns kennen. Sie deutet auf das Sofa, das zerschlissen aber gemütlich aussieht „Nimm Platz.“

„Was führt Dich zu mir?“, fragt sie und gießt mir einen hellen Tee in ein orientalisch aussehendes Teeglas ein. Wie schön, etwas, das sie und Ruth gemeinsam haben. Ich nehme das Glas Tee dankbar in die Hand und schnuppere daran. Es riecht außergewöhnlich, aber angenehm frisch. Ich glaube nicht, dass ich so eine Mischung schon einmal getrunken habe. Der Gedanke, einer Frau, von der ich noch immer keinen Namen weiß, meine Lebenslage zu erzählen, überfordert mich ein wenig. Wo fange ich an? Wo höre ich auf? Was ist eigentlich wirklich mein Anliegen im Moment. Warum glaube ich, dass sie mir weiterhelfen kann. Ich weiß ja nicht einmal, was sie überhaupt macht. Zweifel befallen mich, daher frage ich das erste was mir einfällt.

„Wie heißen sie eigentlich?“

Enttäuschung spiegelt sich im Gesicht der Frau, aber nur ganz kurz, dann antwortet sie. „Ich bin Anais."

Anais!

„Die Anais aus Eggenberg, die Wahrsagerin auf dem Mittelalter-Festival?", frage ich verblüfft.

„Ja." Anais mustert jeden Millimeter meines Gesichts. „War", fügt sie hinzu. Und als sie merkt, dass ich nicht verstehe, sagt sie nochmals: „Ich war die Wahrsagerin, aber ich habe damit aufgehört. Ich dachte das wusstest Du. "

Keine Ahnung, was ich hätte wissen sollen und woher „Warum eigentlich?", frage ich, weil das auch etwas ist, das mich schon lange interessiert.

Anais nimmt einen Schluck aus ihrem Teeglas. Dann nickt sie und sagt: „Wir können gerne noch ausführlicher nachher darüber reden, aber zunächst, möchte ich gerne etwas über Dich und Dein Leben erfahren."

Ich beginne an meinem T-Shirt herumzudrehen. „Es ist nicht ganz leicht für mich. Ich weiß nicht, wo ich anfangen soll. Ich habe das Gefühl, es würde Stunden dauern, wenn ich alles erzähle, das mich hierher geführt hat."

Anais lächelt und lehnt sich gemütlich in ihren Lehnstuhl zurück, als ob sie mir signalisieren wollte, dass sie gut sitzt und Zeit für mich hat. Also beginne ich zu erzählen. Ich umreiße meine Geschichte mit Florian relativ rasch. Die habe ich schon so oft diversen Ärzten und

Therapeuten erzählt, dass ich die wesentlichen Punkte wie auswendig gelernt herunterleiere. Ich erzähle, wie schlecht es mir ging und dass ich dann Tristan kennengelernt habe und alles besser wurde und von dem einen katastrophalen Tag, als der Abgrund mich in die Tiefe riss. Ich erzähle von meinen zwiespältigen Gefühlen Tristan gegenüber und dass sich meine Liebe zu ihm eigenartiger Weise in letzter Zeit zu vertiefen scheint, anstatt wie ich es eigentlich geplant hatte, auszulaufen.

„Er heißt also tatsächlich Tristan", murmelt Anais amüsiert in ihren nicht vorhandenen Bart und kichert fast ein wenig.

Das finde ich wirklich schräg, aber ich bin so in Fahrt, dass ich mich davon nicht aufhalten lasse. Dann erzähle ich davon, dass wir umgezogen sind, und weil ich schon dabei bin, erzähle ich auch noch von Alice und dem Bürgermeister und was sich sonst noch alles in meinem Leben angestaut hat. Als ich den Bürgermeister erwähne, wird Anais Gesicht steinern, aber auch nur kurz, sodass ich mich frage, ob ich mir das nicht einbilde.

„Tja, und jetzt weiß ich nicht mehr weiter. Die Medikamente scheinen alles nur noch schlimmer zu machen. Mein Mann will mich einweisen lassen. Ich bin zu labil, um zu arbeiten. Manchmal frage ich mich, ob ich nicht in einer geschlossenen Anstalt gut aufgehoben wäre … aber ich habe Angst davor", schließe ich meinen Bericht.

Anais schüttelt energisch den Kopf. „Lass Dir das auf gar keinen Fall einreden. Mit Dir ist, naja, vielleicht nicht alles in Ordnung. Aber keinesfalls bist Du verrückt."

Und dann stellt sie mir eine Frage, die mir ein Schaudern über den Rücken jagt. „Hast Du in letzter Zeit festgestellt, dass Du besondere Wahrnehmungen entwickelst? So wie Energiespüren oder Visionen, solche Sachen?"

„Woher? … ja, das stimmt. Manchmal, wenn ich Sachen angreife, spüre ich Wärme oder Kälte, Licht oder Dunkelheit. Manchmal sehe ich auch komische Schatten rund um Menschen. Wieso, was ist das?"

Anais nickt und wirkt erfreut. „Das hab ich mir schon gedacht."

Himmelherrgott noch einmal, warum denkt sie sich so etwas?

„Bevor ich Dir erkläre, was mit dir los ist, möchte ich noch ein paar Sachen auspendeln", sagt sie, nimmt sich ein kupferfarbenes Pendel und beginnt zu pendeln. Das Pendel schwingt wie verrückt umher, einmal nach vor, einmal seitwärts, dann wieder im Kreis. Dann wiederum zittert und wackelt es. Faszinierend. Ich frage mich, ob sie das mit der Hand macht, aber ich kann eigentlich keine Armbewegungen erkennen. Sie sitzt mit halbgeschlossenen Augen zurückgelehnt und murmelt vor sich hin, als würde sie mit einem nicht sichtbaren Hausangestellten ein Gespräch führen. Immer wieder sagt sie „Mhm, ja" oder „Ach, echt?“ oder „Jajaja klar“, dann wieder kuddert sie. Ich frage mich langsam, wer von uns beiden hier die Verrückte ist.

Ich beschließe meinen Impuls zu ignorieren und nicht zu flüchten. Ich nutze die Zeit, um Anais einer genauen Musterung zu unterziehen. Das Interessante an ihr ist, dass man ihr Alter schwer bestimmen kann. Sie könnte um die 60 sein oder aber einfach eine ausdrucksvolle 40-Jährige. Sie ist schön und auch wieder nicht, nicht nach äußeren Maßstäben. Ihre Nase ist relativ prominent und das Gesicht kantig. Nichts an ihr drückt Zurückhaltung aus. Aber vor allem ist es ihre Ausstrahlung, im wahrsten Sinn des Wortes scheint sie von innen heraus zu strahlen. Jetzt sieht sie mir voll und ganz in die Augen. Sie greift über den Tisch, nimmt meine Hand und drückt sie. „Versprich mir, Magdalena, was immer ich dir jetzt auch erzähle, dass Du nicht davonläufst.“

Das macht mich jetzt noch nervöser.

Ich schlucke. „Versprich es mir“, insistiert sie.

„Ich verspreche es“, sage ich heiser und räuspere mich.

„Es kann sein, dass es am Anfang unheimlich für Dich klingt, aber es ist für Dein weiteres Wohlbefinden wichtig, dass Du lernst, zu verstehen. Und dass Du Dich von mir dabei begleiten lässt, damit Du wieder sicher auf der Erde landest.“

Ich nicke betroffen. Und ängstlich. Jetzt wäre der Moment, wo ich doch noch davonlaufen könnte. Aber ich wüsste nicht wohin. Kann es wirklich noch schlimmer werden? Ich glaube nicht. Sie sieht mitfühlend aus und auf schräge Weise verlässlich. Also nicke ich noch einmal und sage etwas selbstbewusster „Ich bin bereit."

„Hast Du Dich schon einmal mit Wiedergeburt auseinandergesetzt, Magdalena?", fragt sie.

Ich habe aufgegeben, meinen Namen korrigieren zu wollen und langsam gewöhne ich mich auch daran, Magdalena zu sein statt Lena. Mir fällt sofort das Buch ein, das ich aus dem Esoterikladen mitgenommen habe. Aber ich habe außer damals in dem Geschäft noch keine Seite darin gelesen. Ich schüttle also den Kopf. Dann überleg ich es mir nochmal und sage: „Also ich habe schon von dem Konzept gehört, dass eine Seele mehrmals auf die Erde kommt, aber sonst nicht."

Anais nickt. „Ja, es gibt die unterschiedlichsten Gründe für unsere Seelen, warum sie in einem Körper inkarnieren, also wiedergeboren werden. Meist befinden wir uns auf einer Reise um verschiedene Lebenssituationen wie Freude, Trauer, Mutterschaft, Vaterschaft, Reichtum, Armut, Fülle, Verlust, all diese Gegensätze kennenzulernen. Wir suchen uns gewöhnlich die Familien und Lebensumstände aus, in die wir hineingeboren werden, um eben ganz bestimmte Erfahrungen für unsere Seele zu ermöglichen. Manchmal wird es uns aber dann zu viel. Genau das ist Lena passiert."

Wie jetzt, Lena? Ich bin doch Lena. Sie spricht von Lena, als wäre das ein anderer Mensch. Ich sage „Aha" und verstehe gar nichts.

Anais seufzt und ich sehe ihr an, dass sie nach Worten ringt, um mir zu sagen, was ich wissen muss. „Lena konnte den Verlust von Florian und dem Baby nicht verkraften. Und daher ist ihre Seele gegangen."

Mein Herz holpert und ich merke, wie meine Hände kalt werden. Woher weiß sie von dem Baby? Ich habe kein Wort davon erwähnt. Und was bedeutet das, Lenas Seele ist gegangen? „Aber", frage ich vorsichtig, „stirbt ein Mensch nicht gewöhnlich, wenn die Seele geht?" Oder hat mir die Frau gerade erklärt, dass ich seelenlos bin?

„Ja und Nein." Anais mustert mich sorgenvoll. „Ja, ein Körper stirbt, wenn er keine Seele hat, die ihn erfüllt, denn er kann ohne Seele nicht existieren." Anais betont dabei das Wort Körper. „Aber der Körper von Lena hat eine Seele, nämlich Deine."

Jetzt versteh ich gar nichts mehr.

„Du bist Magdalena – nicht Lena. Du hast die Gelegenheit von Lenas Übergang ergriffen und ihren Körper gekapert. Man nennt das ein „Walk-in" und es gibt unterschiedliche Gründe, warum eine Seele diesen Weg der Inkarnation wählt. In Deinem Fall hat es möglicherweise mit Tristan zu tun." Anais stoppt und sieht mich an, um zu checken, wie ich diese Information verdaue.

Ich lache, denn das ist komplett verrückt. Ich weiß nicht, wie verdaue ich diese Information. In meinem Kopf fühlt es sich an, wie in einer großen, leeren Bahnhofshalle. Ein kleiner kühler Windhauch weht hindurch, ein paar Tauben sitzen und gurren im Oberstübchen und das Echo hallt von den sehr, sehr nackten Wänden. Die Gedanken sind alle mit dem letzten Zug nach „Ich-scheiß-mich-an" abgefahren. Das fühlt sich erleichternd an, aber ich habe das Gefühl der nächste Intercity wird ungebremst in den Bahnhof einfahren."

„Ich bin also tot", stelle ich fest und greife mir heimlich auf den Puls an meinem Handgelenk. Pocht. Ich warte. Darauf, dass ich aus dem Traum aufwache oder dass Anais zu lachen beginnt und eine versteckte Kamera präsentiert. Aber nichts dergleichen passiert.

Anais nickt: „Ich fürchte ja. Wenn Du als ICH von Lena sprichst."

„Ich verstehe." Natürlich versteh ich gar nichts. Außer, dass ich wahnsinnig war, aufgrund eines Supermarkt-Zettels einer völlig Unbekannten meine Lebensumstände zu beichten. Tristan würde mich höchstpersönlich in die Anstalt einliefern, wenn er davon wüsste. Wie komme ich jetzt am besten hier raus, ohne Schaden zu nehmen.

„Also vielen Dank, das ist eine sehr interessante Theorie“, sage ich in geschäftsmäßigem Ton, „darüber muss ich ein wenig nachdenken.“ Ich krame in meiner Tasche und suche nach meiner Geldbörse. „Was bekommen Sie für die Sitzung?“

„Du hast versprochen, nicht davonzulaufen“, sagt Anais mit fester Stimme und geht überhaupt nicht auf meine Frage nach dem Preis ein.

„Jaaa“, sage ich, stehe trotzdem auf und lege einfach 100 Euro auf den Tisch. „Aber mir ist eingefallen, dass ich noch einen dringenden Termin habe.“ Etwas Blöderes ist mir nicht eingefallen und ich ärgere mich, dass ich sie nicht damit konfrontiere, was für einen himmelschreienden Unfug sie mir aufgetischt hat.

Als ich im Vorzimmer bin, höre ich noch Anais Stimme. „Hast Du denn niemals Visionen von Deinem früheren Leben als Magdalena?“

Ich stürme die Treppen hinunter und schimpfe laut, dass die Welt von Wahnsinnigen bevölkert ist. Aber Erinnerungen an das Mädchen, das mit dem Lehensherren getanzt hat und in den Knecht Tristan verliebt ist, strafen meine Empörung Lügen. Ich hasse Anais dafür, dass sie aus diesem harmlosen Traum etwas macht, dass angeblich Erinnerungen an ein früheres Leben sein sollen. Mein früheres Leben!

Ich kann jetzt unmöglich nach Hause gehen. In meinem Kopf tobt ständig der Satz. „Ich bin tot. Ich bin tot.“

Wie verrückt ist das denn. Da würde selbst Dr. Friedrich nicht die Ruhe bewahren.

Gerade laufe ich an einem Café vorbei und schlage einen Haken, um hineinzugehen. Hier war ich noch nie. Es ist eins von diesen kleinen, modernen Cafés mit gemütlichen Sitzecken. Überall sitzen junge Leute mit ihren Notebooks oder mit Freunden und quatschen. Im Hintergrund brummt die Espressomaschine und leise Loungemusik untermalt das gemütliche Treiben. Ich passe so gar nicht hierher in meinem Gemütszustand. Aber das ist mir jetzt egal. Ich setze mich auf einen kleinen, freien Tisch in der Ecke und kurz später ist eine junge, deutsche Kellnerin bei mir und fragt mich nach meinen Wünschen. Na bitte, die kann mich sehen, also kann ich wohl nicht so tot sein.

Ich bestelle mir einen dekoffeinierten Cappuccino, denn wenn ich jetzt auch noch Koffein trinke, bekomme ich vermutlich einen Herzinfarkt und bin dann wirklich tot. Ha! Dann könnte ich diese dumme Kuh heimsuchen und ihr zeigen, wie ein echter Geist aussieht.

Lächerlich! Ich weiß aus diversen Vampirfilmen, dass man Geister im Spiegel nicht sehen kann. Oder waren das Vampire? Wurscht, ich kann mich jedenfalls in den großen Fenstern des Cafés spiegeln sehen. Ich sehe grauenvoll aus. Aber das ist nicht der Punkt.

Ich bekomme meinen Cappuccino und klammere mich an der Designertasse fest. Ich blicke mich um und frage mich, ob man mir etwas ansieht. Ich beginne mit meinem Handy das allwissende Internet zu befragen. Wie hat sie nochmal dieses Phänomen genannt. Walk-irgendwas. Walk-in. Da hab ich es.

Walk-in: „Hindus glauben, dass ein Walk-in eine fortgeschrittene Seele ist, die das, was sie in ihrem Leben machen sollte, noch nicht erledigt hat und als spirituelle Essenz aus einer anderen Dimension zurückkommt, um Dinge zu vollenden. Sie übernimmt den Körper einer Person, die im Sterben liegt oder sterben möchte, um ihre Mission zu erfüllen."

Ich sitze da wie vom Donner gerührt. Dann lese ich die Erklärung noch einmal. Und noch einmal. Okay, nehmen wir einmal an, in irgendeiner abgedrehten Realität könnte es so etwas geben. Wann in meiner Vergangenheit war ich dem Tode nahe? Nie. Ha!

Ein schales Gefühl steigt in mir hoch, denn es fallen mir einige Momente ein, als ich ihn mir wünschte. Den Tod. Hm … ja, gut. Stimmt. Aber dann war da ja Tristan und mit dem wollte ich doch wieder leben. Andererseits, so wie ich das verstehe, wollte ja die andere mit Tristan weiterleben. Also die andere, die jetzt eigentlich ich bin. Ich bin ja die andere. Ich bin nicht mehr ich, sondern die andere. ICH bin DIE ANDERE. Mein Gehirn explodiert. All die Gedanken, die ich jetzt denke, denkt eigentlich ja schon die andere. Ich weiß nicht, wie Lena darüber denken würde. Himmelarschundzwirn, jetzt rede ich auch schon von mir in der dritten Person. Kein Wunder, dass ich eine Identitätskrise habe, wenn ICH nicht mehr ICH bin. Wer bin ich dann. Die andere kenn ich ja gar nicht. Habe ich Lena umgebracht? Ist Lena wirklich weggegangen? Ist ein Teil von mir ... hinübergegangen? Ich werde unheimlich traurig. Ich trauere um ... mich.

Ich erinnere mich an den Traum, in dem das eine Ich mit Florian aufs Meer gesegelt ist, während das andere Ich mit Tristan ins traute Heim marschiert ist. Wenn ich aber die andere bin und die eine mit Florian auf die andere Seite gewechselt hat, warum kann ich mich dann noch an mein früheres Leben erinnern? Ha! Das werde ich sie fragen, die blöde Kuh. Das soll sie mir mal erklären.

Erstaunt stelle ich fest, dass für mich nicht völlig ausgeschlossen ist, zu Anais zurückzukehren, um sie zu der Thematik weiter zu befragen. Das ist der Beweis. Ich bin doch verrückt. Ich trinke meinen Cappuccino und bemerke, dass er mittlerweile kalt ist, aber das ist mir vollkommen egal.

Wenn ich jetzt die andere bin und mein Leben mit Tristan verbringen möchte, was passiert dann, wenn Lena auf die Idee kommt, dass sie ihren Körper doch gerne zurück hätte. Mal abgesehen von der Tatsache, dass es noch ein Stück Arbeit werden wird, Tristan zu überzeugen, dass er bei mir bleiben soll, jetzt wo ich extra wegen ihm aus einer anderen Dimension zurückgekehrt bin und einer den Body geklaut habe. Langsam beginnt mich das Gedankenspiel zu amüsieren und ich muss lachen.

Ich schnappe mir eine Serviette und beginne Fragen zu notieren. Wer bin ich? Kennt mich Anais aus diesem anderen Leben? Was ist passiert, dass ich „meine Mission“ nicht vollenden konnte. Ich bemerke verblüfft, dass ich diese Realität immer mehr in Betracht ziehe. Warum? Es ist doch eine völlig absurde Geschichte. Selbst wenn es so etwas gäbe, heißt es noch lange nicht, dass es mir wirklich passiert ist. Anais kann sich schließlich auch irren.

Eine Flut von Erinnerungen stürmt auf mich ein. Meine veränderten Essgewohnheiten, mein neuer Kleidergeschmack, die Tatsache, dass ich mich auf einmal mit Vögeln und Kräutern so gut auskenne. Dass meine Zeichnungen völlig anders sind als früher. Die Haare in meinem Nacken stehen dort wie Zinssoldaten.

Ich schreibe manisch weiter an meiner Fragenliste. Muss ich meiner Mutter, also der Mutter von Lena, eigentlich etwas sagen? Die Arme weiß nicht einmal, dass ihre Tochter gestorben ist. Kann es passieren, dass Lena ihren Körper wiederhaben möchte? Wo gehe ich dann hin? Könnten wir auch zu zweit in diesem Körper hausen? Kann ich mit Lena noch Kontakt aufnehmen? Möchte ich denn jetzt leben?

Bei der Frage stockt mir der Atem. Möchte ich? Ich horche in mich hinein. JA. Ja, ich will leben. Und ich möchte mein Leben mit Tristan verbringen. Die Antwort ist so klar und deutlich, dass ich mich umschaue, ob sie jemand anderer auch gehört hat. Keiner guckt. Komisch, dass in solch bedeutenden Momenten nie die Menge applaudiert wie in den Filmen. Kein Geigenorchester, dass eine Symphonie anstimmt. Aber ein Glücksgefühl breitet sich in mir aus, wie ein warmer Strom aus meinem Herzen und befreit meinen Körper von Eis. Es fühlt sich wunderbar an. Es ist, als würde sich ein Vorhang lüften.

Ich schreibe Tristan eine SMS, dass ich auf dem Weg nach Hause bin und er bitte die Einweisung noch ein wenig aufschieben soll. Mit einem Smiley dahinter.

Nach einiger Zeit erhalte ich eine Antwort. „Liebe Lena, alles klar;-). Ich fahre für ein paar Tage zu meinem Bruder, bin also nicht zu Hause, wenn Du kommst. Komme am Wochenende wieder. Bitte schlaf nicht wieder im Wald und heb mir ein paar Marillenknödel auf, wenn ich zurückkomme."

Ooookay. Dass Tristan nicht zu Hause sein wird, wenn ich komme, dämpft meine Freude wieder ein bisschen. Aber andererseits ist es eine gutes Zeichen, dass er von seiner Rückkehr spricht.

Und so habe ich auch die nächsten Tage gut Zeit, um mich auf die „Operation Tristan & Magdalena" vorzubereiten. Und meinen Frieden damit zu finden, dass ich Lena ihren Körper gestohlen habe.

24 Eine große Liebe

Als ich nach Hause komme, krieche ich gleich ins Bett. Die ganze Seelenwanderungs-Angelegenheit hat mich ganz schön erschöpft. Ich schnappe mir einen alten Pulli von Tristan und kuschle mich hinein. Kurz später lande ich im Land der Träume.

Ich lande wieder bei dem jungen Mädchen Magdalena, liege auf meiner Lieblingsblumenwiese und schaue in den Himmel. Zum hundertsten Mal habe ich im Kopf den Abend des Kirtags wiederholt. Immer noch kann ich die Aufregung in meinem Körper spüren. Anders als erwartet, hat mir Agnes gestern nicht die Leviten gelesen. Sie hat traurig ausgesehen, mir über die Haare gestreichelt und befohlen schlafen zu gehen. Das hat mich verwirrt. Ich hätte ihr gerne gebeichtet, dass ich dem Lehensherrn bei seiner Ankunft in die Augen geschaut habe und dass ich das nicht wollte, es war einfach passiert. Aber sie will es glaube ich nicht hören.

Also habe ich mir heute vorgenommen, besonders fleißig zu sein und habe gleich in der Früh die Stube aufgewaschen, die Ziegen und die Hühner gefüttert und dann meinen Leinensack genommen, um Kräuter zu ernten. Heute sammle ich Lungenkraut und Johanniskraut. Beide sind wichtige Heilpflanzen, die man bei unterschiedlichsten Leiden anwenden kann. Das Johanniskraut ist gut gegen Schwermut, einen Zustand, von dem ich mir bisher nicht vorstellen konnte, was das sein soll. Aber seit heute weiß ich, was Schwermut ist, denn wenn ich mir vorstelle, dass ich vielleicht nie wieder in den Armen von Tristan tanzen werden, dann wird die Welt ganz schwarz und dunkel. Das muss die Schwermut sein. Sicherheitshalber werde ich ganz viel Johanniskraut ernten und mir heimlich einen Tee zubereiten.

An meinem Lieblingsplatz bei der kleinen Brücke lege ich mich ins Gras und schaue in den Himmel. Aber ich höre weder das Zwitschern der Vögel, noch sehe ich den Tanz der Schmetterlinge und der Distelsamen. Ich bin mit den Bildern in meinem Kopf beschäftigt und sehe immer wieder Tristans Gesicht vor meinem.

Ich lächle und verscheuche die Fliege, die sich auf meine Nase gesetzt hat. Dann träume ich weiter, aber schon wieder hat sich das lästige Vieh auf meiner Nasenspitze niedergelassen. Ich verscheuche es, aber sofort spüre ich die Beinchen wieder auf meiner Nase kitzeln und öffne die Augen, um dem Quälgeist den Garaus zu machen. Da schau ich in die verschmitzten, braunen Augen von Tristan, der einen langen Grashalm in der Hand hält, mit dessen Ähre er meine Nase kitzelt.

Zuerst erschrecke ich ein bisschen, aber dann freu ich mich, weil die Wirklichkeit noch besser ist als mein Traum. „Grüß Gott, Tristan“, sage ich, rapple mich auf und werde verlegen. Ich hab vor lauter Putzen und Tiere versorgen heute in der Früh meine Haare nicht geflochten und auch kein Kopftuch aufgesetzt. Jetzt fallen sie völlig ungebändigt über mein Alltagsgewand und sehen sicher nicht züchtig aus.

Tristan streckt die Hand aus und nimmt eine der Locken zwischen seine Finger. „Sie sind schön", sagt er und lächelt mich an. Ich spüre, wie meine Wangen warm werden. „Ich hätt gar nicht erwartet, dass ich Dich heut seh", sag ich und wundere mich wirklich. Es ist Sonntag noch ganz in der Früh und in zwei Stunden steht der Kirchgang an. Ich hatte mich darauf gefreut, Tristan dort zu sehen. Umso schöner, dass er jetzt vor mir sitzt. Noch viel näher als in der Kirchenbank gegenüber, wo ich ihn immer nur von hinten sehe, weil er bei den wichtigsten Bauern vom Dorf vorne sitzt, während ich bei den unfreien Lehensuntertanen ganz hinten auf der Frauenseite sitze.

Ich hab einmal Agnes gefragt, warum der Tristan eigentlich vorne sitzt beim Bauern, wo er doch nur ein Knecht ist und Agnes hat zynisch gelächelt und gemeint: „Der Tristan ist dem Reiter-Bauern wie aus dem Gesicht geschnitten, und wenn er auch nicht der Sohn der Reiterin ist, ist er trotzdem ziemlich sicher mehr als nur ein Knecht." „Der Tristan ist der Bankert vom Reiter?", hab ich völlig verblüfft ausgerufen. Das hat mir einen bösen Blick von Agnes eingebracht. „Sprich nicht so respektlos. Bankert ist kein schönes Wort. Die Menschen urteilen viel zu sehr nach der Herkunft. Das müsstest Du am besten wissen.“ Ich hab mich geschämt und daran gedacht, wie weh es mir manchmal tut, wenn die Leute im Dorf über meine Herkunft tuscheln. Seitdem fühl ich mich Tristan noch mehr verbunden.

Mittlerweile hat sich Tristan neben mich in die Wiese gelegt und seinen Kopf aufgestützt, so dass er mich anschauen kann. „Ich hab dem Bauern gesagt, dass ich noch nach der Umzäunung aufm Hinteren Hübl schauen will, weil gestern ein paar Küh ausgerissen sind. Der Bäuerin will ich heut lieber eh nicht unter die Augen kommen, die hat seit gestern eine schlechte Laune, als wollt sie jemanden abschlachten.“

Meine Wangen werden noch wärmer. Ich erinnere mich an den mordslüsternen Blick der Reiterin nachdem der Lehensherr mich zum Tanz aufgefordert hat. Als ich meinen Blick verlegen senke, fällt er auf eine Wunde, die der Tristan am Arm hat. Sie schaut aus als hätte sich dort ein Seil in sein Fleisch eingegraben. Die Stelle ist entzündet und am Rand sieht man schon ein wenig Eiter.

„Oje“, sag ich und greif instinktiv hin, um die Stelle mit meinen Händen zu umfassen, wie es mir Agnes beigebracht hat. Ich spüre Hitze und einen Zug nach innen, als würde sich das Fleisch zusammenziehen. Ich beginne ein stilles Gebet mit dem Herrgott und spüre, wie es immer dunkler und konzentrierter wird zwischen meinen Händen bis die Bewegung zum Stillstand kommt. Dann auf einmal ist es, als ob von tief drinnen eine Erleichterung auftauchen würde. Und es wird heller und breiter und leichter. Erst jetzt schau ich den Tristan wieder an und sehe seine turbulenten Augen auf mich gerichtet. Sie sind dunkel und aufgewühlt. Ich ziehe meine Hände weg und werde geschäftig, um die peinliche Stille zu durchbrechen. „Ich tu Dir da noch Kräuter drauf, damit das besser heilt". Ich habe ein Säckchen Bockshornklee-Samen an meinem Gürtel hängen, den ich jetzt öffne. Ich streue ein Häufchen Samen auf einen großen Stein, der beim Fluss liegt und zermahle sie mit einem zweiten, kleineren Stein zu einem Brei. Dann pflücke ich ein großes Blatt vom Beinwell und hüpfe zurück zu Tristan, der mich völlig fasziniert beobachtet. Ich streiche ihm den Kräuterbrei auf die Wunde und wickle das Blatt so gut es geht herum. Das erste Mal, seit ich begonnen habe, an seiner Wunde zu arbeiten, fallen mir seine großen, kräftigen Unterarme auf und ich erschaudere bei der Erinnerung, dass mich diese Arme beim Tanz umfangen haben.

Jetzt, wo meine Arbeit beendet ist, fange ich an, verlegen zu werden, weil ich ihn einfach so angefasst habe. Tristan lacht, als er es bemerkt. „Danke", sagt er, „das fühlt sich schon viel besser an". Ich bin mir nicht ganz sicher, ob er die Wundversorgung meint oder etwas anderes und versinke in seinen hinreißenden, braunen Augen, die gerade noch so verschmitzt gelächelt haben und sich jetzt wieder verdunkeln. Ich glaube, es ist Begierde, die ich da sehe, und diese Erkenntnis prickelt in meinem ganzen Körper. Tristan öffnet seine Lippen und was immer er sagen wollte, geht im Glockenläuten der Kirche unter. „Auweh“, sagt er und springt auf. „Jetzt muss ich mich aber beeilen, wenn ich keine Tracht Prügel bekommen will“. Er dreht sich um und läuft über die Wiese zur kleinen Brücke. Dann dreht er aber wieder um und läuft auf mich zu. Er zieht mich mit einem Ruck in seine Arme und presst seine Lippen ganz fest auf meine. „Das nächste Mal musst Du mir noch eine andere Wunde versorgen“, flüstert er und zwinkert, während er sich wieder umdreht und diesmal wirklich hinter dem Wäldchen verschwindet.

Ich stehe da wie vom Donner gerührt und spüre das Brennen auf meinen Lippen. Langsam hebe ich meine Hand zu den Lippen und taste. So ist es also, geküsst zu werden. Mein Herz hüpft. Ich schnappe meinen Leinensack und renne so schnell ich kann nach Hause, weil ich mich ja auch noch für die Kirche zurecht machen muss. Die Sonne strahlt, die Vögel trällern und die Kirchenglocken singen ein Lied.

25 Trennung und Neubeginn

Ich wache mit einem Lächeln auf den Lippen auf. Was für ein wundervoller Traum. Kann es wirklich sein, dass das mein früheres Ich war? Mein früheres Leben? Was ist schiefgelaufen, dass ich es nicht „erfüllen" konnte? Das fühlt sich doch alles recht vielversprechend an.

Ich koche mir meinen Frühstücksbrei und setze mich in den Hof. Die Vögel trällern, die Kirchenglocken läuten. Ich habe ein Deja-Vu. Ich fühle mich stärker als seit vielen Wochen und beginne Pläne zu schmieden. Zunächst muss ich so schnell wie möglich nochmals zu Anais. Es gibt einiges zu klären. Und dann muss ich mich um das Mittelalter-Festival kümmern. Denn es wird schon am kommenden Wochenende stattfinden und ich habe weder das Kleid hergerichtet noch mich darum gekümmert, was eigentlich genau die Wahrsagerin macht.

Drei Stunden später stehe ich wieder vor Anais´ Tür. Ich bin aufgeregt, denn diesmal bin ich mit einer völlig anderen Erwartungshaltung gekommen.

Anais öffnet die Türe und lacht mich an. Es stimmt. Sie ist mir vertraut. Ich strecke ihr die Hand hin und sie nimmt sie mit einem Zwinkern. „Entschuldige, dass ich dich letztes Mal so überrumpelt habe. Ich hab mich einfach so gefreut, dass wir uns gefunden haben", sagt sie. Es berührt mich angenehm, dass sie auch nervös ist wegen unserer Situation. Ich betrete hinter ihr das Wohnzimmer und der Tee wartet schon auf uns.

„Und, wie ist die Lage?“, fragt sie mich neugierig.

„Es geht mir besser“, antworte ich, „aber ich habe endlos viele Fragen.“

„Na dann los“, sagt sie und schenkt uns beiden Tee in die hübschen, kleinen Teegläser.

Ich krame meine Fragenliste heraus und aus irgendeinem Grund habe ich das Gefühl, bei Lenas Schicksal beginnen zu müssen, bevor ich mich unserer gemeinsamen Vergangenheit und der Mission von Magdalena widmen kann. Das erkläre ich auch so und Anais nickt. Ich erzähle ihr von meiner Sorge, dass Lena vielleicht ihren Körper zurückhaben wollen könnte und wie das denn jetzt mit den Besitzverhältnissen aussieht. Ich bin ja quasi ein illegaler Wohnungsbesetzer, oder?

Anais schaut verblüfft. „Das ist eine sehr interessante Frage. Warum glaubst Du denn, dass Lena ihren Körper zurückhaben wollen könnte?“

Ich seufze. Ich beginne ihr nochmals von Florian und Lena zu erzählen. Wir hatten eine wunderschöne Zeit auf unserer Überfahrt nach Neuseeland. Und nach diesem Turn ergab sich gleich ein weiterer. Wir waren ungefähr eineinhalb Jahre unterwegs. Unsere Beziehung wurde erwachsener und ich bemerkte, wie ich in das Leben auf See hineinwuchs. Meine Fernarbeit klappte auch ganz gut. Meine kreativen Entwürfe kamen bei den Kunden gut an. Ich denke, dass sich die Freiheit des Meeres in ihnen spiegelte. Alles war perfekt.

Bis ich eines Tages bemerkte, dass ich schwanger war. Meine Freude war riesig. Bei Florian war ich mir nicht ganz sicher. Er nahm die Tatsache, dass wir Eltern werden würden, eher gleichmütig hin. Das kränkte mich, aber ich schluckte es vorerst hinunter. Vielleicht war er ja einer jener Väter, die das Kind erst im Arm halten mussten, bevor sie Vaterqualitäten entwickeln konnten.

Anfang des dritten Monats begann ich darüber nachzudenken, dass ich einen Arzt besuchen sollte. Wir waren gerade mitten im Nirgendwo und Florian meinte nur: „Wieso, es ist doch alles in Ordnung, Du bist eine gesunde Frau. Die Naturvölker gehen auch nicht zu einem Arzt, nur weil sie schwanger sind".

Ärger wallte in mir hoch. „Ja, aber ich bin nun mal keine Naturvolk-Frau. Außerdem haben die vermutlich dort auch sowas wie Hebammen oder ältere Frauen, die den Frauen zur Seite stehen." Der enttäuschte Blick, den er mir daraufhin zuwarf, wäre komisch gewesen, wenn es mir nicht so ernst gewesen wäre. Manchmal fragte ich mich, ob er mit einer Stammesfrau nicht die passendere Partnerin gefunden hätte.

Ich wollte auch mit ihm darüber sprechen, wo und wie wir unser Kind aufziehen wollten. Aber ich merkte immer wieder, dass er keinen Grund sah, unser Vagabundenleben auf See aufzugeben. „Das Baby wird eben ein richtiger kleiner Seemann“, meinte er. „Das kann die Fock bedienen bevor es laufen kann.“ Wo war auf einmal das Versprechen, dass er nur einmal kurz nach Neuseeland segeln wollte, um dann sofort zurück zu mir nach Wien zu kommen?

Ende des dritten Monats beschloss ich, alleine nach Hause zu fliegen, um einerseits die notwendigen Untersuchungen machen zu lassen, anderseits hatte ich das Bedürfnis mit meiner Mutter über meine Schwangerschaft zu sprechen.

Unser Abschied war ziemlich kühl, weil Florian keine Anstalten machte, mich zu begleiten oder über eine Rückkehr nach Österreich nachzudenken. Im Gegenteil, er erzählte mir begeistert von seinen neuen Aufträgen mit einer großen Yachtproduktionsfirma, die Yachten in die ganze Welt auslieferte und unter anderem auch große Regatten, wie z.B. das America´s Cup, sponserten und betreuten. Er äußerste seine Frustration darüber, dass ich nicht verstehen würde, was für eine große Chance das für ihn wäre, die er auf keinen Fall verpassen durfte. Er könne so endlich in das Business von Rennbooten einsteigen und auch mehr Geld verdienen.

Ich war völlig perplex. „Seit wann ist dir das Geld wichtig? Ich dachte es geht Dir um die Freiheit und das Meer?“

„Ja geht es auch“, sagte er wütend und damit war die Diskussion zu Ende.

Und so kam ich an einem lauen Frühlingstag alleine in Wien am Flughafen an und fühlte mich wieder einmal wie aus der Welt gefallen. Der Lärm und die Hektik des Lebens in Wien erschlugen mich diesmal noch viel mehr als beim letzten Mal.

Ich hatte einige Termine ausgemacht mit meiner Firma und mit dem Galeristen. Beide waren begeistert von meiner Arbeit. Der Galerist fand die Bilder, die ich seit Beginn meiner Schwangerschaft gezeichnet hatte, sensationell und plante schon eine Ausstellung. Dennoch fiel es mir schwer, Fuß zu fassen. Ich vermisste Florian körperlich und seelisch, auch wenn ich gleichzeitig wütend auf ihn war.

Eines Nachts wachte ich um drei Uhr in der Früh auf und wusste, dass etwas nicht stimmte. Ich war von einer tiefen Traurigkeit und Einsamkeit erfüllt. In mir drin war es schwarz und leer. Ich griff mechanisch auf meinen noch mäßig gewölbten Bauch und spürte im gleichen Moment einen stechenden Schmerz und dann gleich noch einen. Nun war ich hellwach und Panik schnürte mir den Hals zu. Ich hätte gerne mit jemandem gesprochen, was ich tun sollte, aber Florian war wieder irgendwo mitten auf einem Ozean und nicht erreichbar und meine Mutter wollte ich nicht mitten in der Nacht aufwecken, umso mehr als wir uns seit meiner Rückkehr noch nicht gesehen hatten und sie noch gar nichts von ihrem Enkelkind wusste. Ich hatte es ihr persönlich sagen wollen. Nun war es vielleicht zu spät. Ich hatte ja keine Erfahrung mit Schwangerschaft, aber etwas fühlte sich gar nicht richtig an.

Ich rief mir ein Taxi, schlüpfte so rasch wie möglich in ein paar Jeans und ein T-Shirt und raste ins nächste Krankenhaus. Auf dem Weg wurden die Krämpfe ärger und als ich ankam, war ich am ganzen Körper nassgeschwitzt und ich spürte, dass meine Hose feucht war.

Im Krankenhaus war alles dunkel und leer und ich brauchte einige Zeit, um die Notaufnahme zu finden. Dort schilderte ich einer gelangweilten Nachtdienstschwester meine Symptome und sie wies mich an, mich auf einen der Plastikstühle zu setzen und das Aufnahmeformular auszufüllen.

Dort saß ich allein und verzweifelt, als ein großer, freundlicher Arzt auf mich zukam und sich neben mich setzte. Er sah nicht aus wie ein Engel, eher wie ein Bär, aber er fühlte sich an wie einer.

Guten Morgen, mein Name ist Dr. Liebhard. Können Sie mir bitte nochmal kurz ihre Beschwerden schildern?

Seine sorgfältigen, freundlichen Fragen besänftigten mich ein wenig, aber der mitfühlende Ausdruck in seinen warmen braunen Augen bestätigten meinen Verdacht, dass etwas gar nicht in Ordnung war.

Danach verschwimmt meine Erinnerung. Ich sehe noch den Untersuchungssessel, vor dem ein gar nicht einfühlsamer Gynäkologe den Kopf schüttelt und einen OP bestellt. Die nächste Erinnerung ist, als ich auf einem Krankenhausbett durch endlose Gänge mit grauenvollen Krankenhausleuchten geschoben werde. Und das Bild, als ich aufwachte. neben mir eine Türkin, umringt von ihrer 15-köpfigen Familie, die lautstark ihre überstandene OP feierte. Ich erinnere mich dunkel, dass ein riesiges, schwarzes Untier voll Schmerz in mir hochkochen wollte, aber ich eine Panzerglastüre vor das Ungetier schob. Als ich am Nachmittag wiedererwachte, saß der junge Arzt neben mir, der mich als erstes in der Notaufnahme empfangen hatte.

„Ich wollte nochmal nach Ihnen sehen, bevor ich nach Hause gehe", lächelte er mich an. Ich sah auf sein Namensschild „Dr. Tristan Liebhard". „Wie fühlen Sie sich denn?", fragte er und ich nickte. „Okay".

„Wir haben ein paar super Therapeuten, mit denen Sie sprechen könnten." Er musterte mich und konnte wohl erkennen, dass ich das Angebot nicht in Anspruch nehmen würde. „Auch mit Ihrem Mann gemeinsam."

„Ich habe keinen Mann", schoss es aus mir heraus und mit einmal Mal war mir bewusst, dass ich Florian nicht mehr wiedersehen wollte. Er war für mich gemeinsam mit unserem kleinen Meergeist gestorben.

Ich begann mein Leben wieder aufzunehmen, als hätte Florian nie existiert … oder das Baby. Die Arbeit in der Agentur füllte meine Tage aus und abends verbrachte ich lange Nächte mit meinen Kollegen in diversen Bars, vielleicht mit ein bisschen mehr Alkohol als davor. Das Malen hatte ich aufgegeben und meine letzten Bilder hatte ich zum Unglück meines Galeristen in einem Depot verstaut.

Eines Abends gingen wir in eine angesagte Bar namens „Jenseits". Ein skurriles Tanzcafé, in dem 70er Jahre-Musik gespielt wurde. Ich war schon relativ angesäuselt. Bria und ich tanzten uns gemeinsam die Seele aus dem Leib und grölten verstümmelte Liedtexte zur Musik. Ich hatte ein ziemlich kurzes Minikleid und hohe Stiefel an. Aus dem Augenwinkel sah ich den überdurchschnittlich großen Typen in dem dunklen Shirt und Jeans schon länger am Rand stehen und uns beim Tanzen beobachten. Er gefiel mir, obwohl er eigentlich nicht mein Typ war. Zu konservativ. Als er auf mich zutanzte oder sagen wir mal sich in rhythmischen Schritten auf mich zubewegte, dachte ich, es würde die übliche Anmache kommen, die ich in letzter Zeit viele Male abgewehrt hatte. Als er bei mir angekommen war, sagte er: „Lena Gerber?"

Ich sah ihn genauer an und erkannte plötzlich den jungen Arzt aus der Notaufnahme. „Dr. Liebhard", sagte ich, bevor ich es kontrollieren konnte und sah, wie er sich freute, dass ich mir seinen Namen gemerkt hatte. „Tristan", grinste er bis zu beiden Ohren. Wir begannen miteinander zu tanzen und ich war geschmeichelt von der Tatsache, dass er kaum die Augen von mir lassen konnte.

Später fragte er mich, ob er mich zu einem Drink einladen dürfe. Er war so sehr Gentleman. So etwas hatte ich schon lange nicht erlebt. Irgendwie stach mich der Hafer und ich wollte diesem konservativen, süßen, großen Kerl eine Überraschung bescheren, also fragte ich ihn, ob er mit mir nach Hause kommen wolle, wo ich ihn auf meinem Wohnzimmerteppich vernaschte. Er war hingerissen, denn so etwas Anrüchiges hatte er wohl vorher noch nie erlebt.

Und so begann meine Geschichte mit Tristan. Nicht unbedingt der Inbegriff von Romantik. Er war ein wunderbar fürsorglicher Liebhaber und auch sonst aufmerksam und liebevoll. Auch wenn ich merkte, dass ein Teil meines Herzens verschlossen blieb, begann ich ihn immer mehr zu mögen und meine Zeit mit ihm zu genießen. Anders als Florian hatte er einen großen Freundeskreis und war bei vielen Menschen beliebt. Meine Mutter schloss ihn sofort in ihr Herz. Wir hatten ein reges Sozialleben und nach einem Jahr machte er mir einen romantischen Heiratsantrag. Wir waren auf Urlaub in einem verschneiten Bergchalet. Urlaub am Meer hatte ich bis dato verweigert, ohne Erklärung, aber Tristan war nicht dumm. Ich glaube er konnte gut erahnen, dass es etwas mit dem Vater des Kindes zu tun hatte, über das ich danach nie wieder ein Wort verloren hatte.

In diesem Chalet fragte er mich bei Kaminfeuer und Wein, ob ich ihn gerne heiraten würde. Ich sagte „ja“ und freute mich wirklich. Aber in der Nacht danach träumte ich das erste Mal wieder von Florian.

Ich hatte lange nichts von ihm gehört. Nachdem ich ihm eine E-Mail geschrieben hatte, dass wir unser Kind verloren hätten und ich ihn nicht wiedersehen möchte, hatte er ein paar Mal versucht, mich anzurufen. Ich habe jedoch nie geantwortet. Nur einmal habe ich ihm gesagt, dass ich jetzt mit einem anderen Mann zusammen wäre und er mich nicht mehr anrufen und auch nicht zu mir kommen solle. Seine ins Telefon geflüsterte Entschuldigung versuchte ich zu verdrängen. Danach war Funkstille.

Circa ein Jahr nach meiner Hochzeit mit Tristan war das Unglück geschehen. Ich war zu Hause - wir waren nach der Hochzeit in Tristans größere Wohnung zusammengezogen - und schaute fern. Tristan war noch bei einer OP, zu der er am späten Nachmittag gerufen wurde. In den Nachrichten berichteten sie über den Weltumsegler Florian Fink, 36, der verschollen sei. Es gab einen kurzen Bericht darüber, dass er ein Weltklasse-Segler sei, der auch in den letzten Jahren als Koryphäe im Rennyachten-Bau gehandelt worden war und dass er nach einer Ein-Mann-Querung des Atlantiks nicht wie geplant angekommen sei. Es habe überraschende Unwetter gegeben und das Boot sei bis dato auch nicht über den GPS-Sender auffindbar. Es gab unterschiedliche Vermutungen, dass er entweder von Piraten gekapert worden oder aber das Boot durch das Unwetter gekentert wäre. In beiden Fällen standen die Chancen für sein Überleben nicht gut. Umso mehr, als der letzte Kontakt schon eine Woche her war.

Es war, als würde in diesem Moment die Welt aufhören, sich zu drehen. Ich hatte Florian so lebendig vor meinem geistigen Auge, dass ich meinte, ihn riechen und fühlen zu können. Seine strahlenden Meergeist-blauen Augen, sein leicht salziger Geruch, das verschmitzte Lächeln, wenn er seine Nase in den Wind steckte, sein sehniger Körper. Und dann sah ich den kleinen Meergeist, wie er ihn am Arm hielt und mit einem Mal explodierte die Panzerglastür und das Ungeheuer strömte aus den Tiefen herauf. Wie eine Tsunami-Schlammlawine rollte es über mich drüber und riss mich in einem schlammigen Strudel mit sich fort. Ich hatte das Gefühl, keine Luft zu bekommen, lebendig begraben zu werden. Mein Herz raste, ich dachte, dass ich einen Herzinfarkt bekäme und versuchte noch den Notruf zu wählen. Dann verlor ich das Bewusstsein.

Als ich im Krankenhaus erwachte, war da diese dicke Gummiwand zwischen mir und der Welt, durch die die Worte der Umgebung völlig verzerrt zu mir herunterschwebten und diese unendliche Müdigkeit, die wie ein großer Felsbrocken auf meiner Brust hockte.

Als ich meine Erzählung beendet habe, bin ich völlig überrascht, dass ich sie erzählt habe. Anais ist der erste und einzige Mensch, vor dem ich jemals diese Ereignisse vollständig ausgebreitet habe. Einschließlich mir selbst. Und so schmerzhaft die Erzählung auch war, so fühle ich mich gut und erleichtert. Ich weiß nicht, ob das daran liegt, dass ich ja gar nicht mehr Lena bin und deswegen distanzierter auf die Ereignisse blicke. Oder ob es einfach an der Zeit war, diese Geschichte zu erzählen und loszulassen.

Anais blickt mich voll Mitgefühl an. Was auch immer von ihrer Theorie stimmt oder Einbildung ist, ich bin ihr jetzt schon dankbar, dass ich diesen Knoten vor ihr aufknoten durfte.

„Und wurde Florian je gefunden?", fragt sie leise

„Nein", antworte ich und schlucke.

„Jetzt verstehe ich, warum Du die Möglichkeit in Betracht ziehst, dass Lena zurückkehren könnte", nickt Anais.

Wir versinken beide in Schweigen. In all den Jahren habe ich immer dieses kleine Fünkchen Hoffnung behalten, dass Florian auf einer Insel gestrandet ist und entweder noch gefunden wird oder wo angespült wurde, sein Gedächtnis verloren hat und dort in Frieden mit sich lebt, sein getriebener Geist endlich zur Ruhe gekommen war durch das Verdrängen seiner Vergangenheit.

„Vielleicht ist das auch der Zwiespalt, der verhindert, dass sich Magdalenas Geist endlich vollkommen in Lenas Körper verankern kann. Ich glaube nämlich, dass das der Grund für Deine Müdigkeit und Deine Verwirrung ist“, sagt Anais.

Ich denke darüber nach und das könnte einen wahren Kern haben. „Und was mache ich jetzt?“, frage ich und stelle diese Frage mindestens genauso ernsthaft an mich wie an Anais.

„Ich denke wir sollten ein gemeinsames Abschiedsritual für Lenas Seele machen“, antwortet Anais nach einigem Nachdenken. „Vielleicht hilft ihr das, den endgültigen Schritt auf die andere Seite zu wagen. Schließlich hat ja niemals eine Begräbniszeremonie stattgefunden und keiner ihrer Freunde und Verwandten weiß, dass sie gegangen ist. Du kannst dir überlegen, ob Du das alleine machen möchtest oder mit mir gemeinsam oder ob du auch noch jemanden anderen dabeihaben möchtest.“

„Jemanden anderen?“, frage ich völlig entgeistert. „Ich glaube nicht, dass ich mich traue, irgendjemandem von diesem Wahnsinn zu erzählen.“

„Du kannst es als Abschied von der alten Lena und Florian betiteln. Viele Menschen durchlaufen in ihrem Leben Abschnitte, in denen sie sich stark verändern. Nicht immer hat das damit zu tun, dass eine neue Seele in ihren Körper eingezogen ist“, grinst Anais. „Viele werden nach Deinem Trauma Verständnis haben für eine solche Zeremonie und es würde ihnen, auch wenn sie es nur indirekt mitbekommen, den Abschied von Lena ermöglichen.“

Ich male mir aus, wen ich da dazu einladen könnte und schüttle mich innerlich. Die Leute aus der Agentur haben Florian nie so gemocht und ich glaube, dass Bria und Giovanni für solche Esoterik-Rituale wenig Verständnis aufbrächten. Meine Mutter vielleicht. Hm.

„Da muss ich drüber nachdenken“, sage ich. „Ich muss jetzt gehen, weil ich heute noch einiges für das Mittelalter-Festival vorbereiten muss. Übrigens eins wollte ich Dich noch fragen. Warum beteiligst Du Dich nicht mehr an dem Mittelalter-Festival? Und was hat der Bürgermeister gegen Dich?“

In diesem Moment läutet es bei Anais an der Türe. Anais ist hin- und hergerissen. „Ich habe jetzt eine Sitzung mit einer Kundin. Nimm Dich in Acht vor dem Bürgermeister, Magdalena! Ich erzähl Dir das nächste Mal mehr. Wir müssen uns unbedingt so bald wie möglich wegen Deiner Verbindung zu Deinem früheren Leben treffen.“ In diesem Moment steht schon eine Dame mittleren Alters vor der Türe. Sie sieht wie ein Mäuschen aus und ich wundere mich, was für Menschen die Hilfe einer Wahrsagerin suchen.

Wir umarmen uns zum Abschied und ich merke, dass meine Frage nach dem Bürgermeister Anais beunruhigt hat.

Zu Hause nehme ich mein Wahrsagerinnen-Kostüm zur Hand und beginne es abzustecken. Ich habe die leise Ahnung, dass Magdalena nähen konnte, denn auch diese

Fertigkeit ist keine, die ich während meines Daseins als Lena erlernt habe. Als ich damit fertig bin, sieht das Kleid richtig hübsch aus. Es kontrastiert mit dem Rot meiner Locken und unterstreicht sie gleichzeitig. Ich sehe aus wie eine waschechte Zigeunerin, finde ich. Okay, das darf man heute nicht mehr sagen, aber für mich waren das immer schon die Märchenfiguren, die mich als Kind besonders fasziniert haben. Jetzt noch ein paar dicke Kajalstriche unter die Augen und keiner wird mehr darauf achten, was ich von mir gebe.

Es ist Abend geworden und Tristan ist nicht da. Ich habe mir wieder einmal meinen Lieblings-Sterz zubereitet und bin zur Abwechslung einmal nicht todmüde. Also was tun mit meiner Zeit. Ich könnte das Buch über die Wiedergeburt lesen. Oder ich könnte zeichnen.

Ich entscheide mich für zweiteres. Mit meinen Fingern streiche ich über die weiche Struktur des Blattes vor mir und ich kann das Gemälde schon sehen, bevor ich es male. Meine Hände tanzen mit der Kreide über das Papier, die Striche sind völlig selbstverständlich, ich wische und male und kritzle und fühle mich glücklich und frei. Dabei denke ich an Tristan und mein Herz ist voll Liebe für diesen wunderbaren Menschen, den ich gefunden habe. Wiedergefunden habe. Als ich mit der Zeichnung fertig bin, weiß ich, dass sie perfekt ist. Und der Name des Bildes ist auch völlig klar. Tristan. Ich rolle es zusammen, binde eine rote Schleife darum und lege die Rolle auf Tristans Kopfpolster.

Ich bin zufrieden mit meinem Tagewerk. Morgen ist noch einmal eine letzte Vorbesprechung für das Mittelalterfest im Gemeindeamt. Ein bisschen graut mir davor, aber gleichzeitig habe ich das Gefühl, dass ich jetzt im Bewusstsein meiner Zustände auch besser damit umgehen kann. Mich stärker fühle. Ich hoffe, dass ich morgen vielleicht mit Alice sprechen kann. Dann denke ich nochmals über die Warnung von Anais nach. Der Bürgermeister war mir von Anfang an unsympathisch. Und der Lehensherr in meinem Traum sah ihm verdammt ähnlich. Wer sagt denn, dass ich mir Lenas Körper nur gekrallt habe, um meine Geschichte mit Tristan zu beenden. Vielleicht hab ich ja auch noch ein Hühnchen mit dem Lehensherren, alias dem Bürgermeister, zu rupfen. Mit diesem Gedanken schlafe ich ein.

26 Das Recht des Herrn

Meine Träume führen mich wieder zu Agnes und Magdalena.

Seit einer Stunde sitze ich neben Agnes in der Stube, wir rühren Pasten an und streichen sie in kleine Tontöpfe. Ich bin froh, so eine Arbeit machen zu können, weil ich darüber nicht allzu sehr nachdenken muss, aber irgendwie fällt es mir schwer, mich darauf zu konzentrieren.

Der Kirchgang heute war ein Spießrutenlauf. Die Ereignisse auf dem Jahrmarkt am Abend zuvor haben offensichtlich die Runde gemacht und als Agnes und ich zur Kirche kamen, war buchstäblich jedes Paar Augen der Dorfbewohner auf mein Gesicht gerichtet. Unterschiedlichste Gefühle spiegelten sich in den Mienen der Leute. Brennender Hass im Gesicht der Reiter-Bäuerin, Verachtung im Gesicht der Pfarrersköchin. Manche schauten nur neugierig oder sensationslüstern. In ganz wenigen entdeckte ich so etwas wie Mitgefühl. Auch wenn ich auf Geheiß von Agnes meine Haare besonders gut eingepackt hatte, hörte ich immer wieder das Wort „Feuerhaare“. Das einzig Erfreuliche war der Anblick von Tristan. Doch der saß weit weg und ich hatte die Befürchtung, dass er der Tracht Prügel doch nicht entgangen war, weil er humpelte, was er am Morgen noch nicht getan hatte. Zu allem Überfluss erschien auch noch der Lehensherr mit seiner schwindsüchtigen Gemahlin und kündigte Agnes ihren Besuch am Nachmittag an. „Der lässt auch Nichts anbrennen", hörte ich Agnes murmeln und hätte sie gerne gefragt, was das zu bedeuten hatte.

Jetzt bin ich froh, in der vertrauten Stube zu sitzen und mit den Tongefäßen zu hantieren. Agnes ist noch schweigsamer als sonst und immer, wenn sie glaubt, ich sähe es nicht, sieht sie mich mit gerunzelter Stirn an. Das macht mich ängstlich.

Jetzt höre ich Hufgetrappel. Das kann nur der Lehensherr sein. „Pack Deine Haare ein und wirf Dir den Schal über dein Kleid und wart in der Schlafstube", zischt mir Agnes zu und öffnet die Haustüre, um hinauszugehen. Ich geh in die kleine Schlafkammer, in der Agnes und ich uns ein schmales Bett teilen. Früher habe ich noch auf einem Haufen Stroh in der Ecke geschlafen, aber seit mich einmal eine Ratte im Schlaf in den Fuß gebissen hat, darf ich neben Agnes im Bett ruhen.

Ich höre Stimmengemurmel vor der Türe und dann kommen die beiden Frauen in die Stube. Ich höre, wie Agnes der Lehensfrau einige Fragen stellt, sie untersucht und mit ihren Töpfen klappert. Dann wird es still.

Ich frage mich gerade, ob die Lehensherren schon wieder gegangen sind, aber ich habe noch kein Hufgetrappel gehört. Da schwingt die Türe der Schlafstube auf und der Lehensherr bückt sich, um durch die niedrige Tür zu mir in die Stube zu kommen. Ich springe vom Bett auf und stelle mich an die am weitesten entfernte Stelle in der kleinen Kammer, was tatsächlich nicht besonders weit ist, weil die Kammer sehr klein ist. Ich mache so gut es geht einen tiefen Knicks, weil das Bett vor mir und die Wand hinter mir, zwischen denen ich eingepfercht bin, mir nicht viel Platz dazu lassen.

„Guten Morgen“, nickt der Lehensherr und lächelt mich an. Er stößt mit seinem Kopf fast an der Decke an und wirkt überhaupt viel zu groß für den kleinen Raum. „Guten Tag, Lehensherr“, sag ich. Dann schweigen wir beide und sein Blick streift über meinen Körper, von dem er nicht so viel sehen kann, weil ich die Decke um ihn gewickelt habe, wie mir Agnes befohlen hat. Weil mir nichts anderes einfällt, sage ich: „Sie haben sich sicher verlaufen Herr, denn das ist unsere Schlafkammer. Ich glaube die Herrin ist mit der Dame im Behandlungszimmer.“

Der Lehensherr lacht, als hätte ich einen guten Witz gemacht und setzt sich auf das schmale Bett, das zwischen uns steht. „Komm, setz Dich zu mir, ich wollte Dich kennenlernen. Ich habe ein flaues Gefühl in meiner Magengrube. Sein Blick gefällt mir nicht, er erinnert mich an den von Tristan, als ich dachte, dass er Begierde empfindet, nur dass mir das diesmal sehr unangenehm ist. Ich setze mich zögernd neben ihn und versuche ihm nicht in die Augen zu sehen, denn das letzte Mal hatte das üble Folgen.

„Wie heißt Du?“, fragt der Herr und nimmt mit seiner Hand mein Kinn, um mein Gesicht zu ihm zu richten. Jetzt muss ich ihn ansehen. „Magdalena“, flüstere ich, als wäre mein Name ein Geheimnis und es ist mir auch nicht wohl dabei, dass er ihn jetzt kennt. Seine graublauen Augen mustern jedes Detail meines Gesichts und ich mustere seines. Sein Bart ist frisch geschnitten und aus dieser Entfernung sehe ich eine große Narbe auf seinem linken Kiefer. Die Haut ist eher großporig und sie zeigt Spuren von kleinen punktförmigen Vernarbungen. Die Augen, die wie flüssiges Eisen schimmern, strahlen die Willenskraft zur Unterwerfung aus.

„Nimm Dein Kopftuch ab, Magdalena“, befiehlt er jetzt und ich knote es langsam auf, in der Hoffnung, dass Agnes mich endlich holen kommt. Es gleitet meinen Rücken hinunter auf das Bett. Er greift in meinen Nacken und öffnet meinen Zopf. Meine Haare fließen jetzt den Rücken hinunter und ich schäme mich, dass er mich so sieht. Dann beginnt er ungeduldig an der Decke zu zerren, die ich um mich geschlungen habe. Ich fühle mich innerlich erstarrt und weiß nicht, was ich ihm entgegensetzen sollte. Sicherheitshalber vermeide ich so gut ich kann wieder den Augenkontakt und starre auf seinen Gürtel. „Du bist schön“, sagt er und ich spüre seinen Atem in meinem Gesicht. Er riecht nicht unangenehm und trotzdem hätte ich lieber, dass er mir nicht so nah wäre. Auf seinem Gürtel hängen ein Geldbeutel und ein

Dolch und ich überlege kurz, ob ich den Dolch nehmen und ihm diesen hineinstoßen soll, damit er mich in Ruhe lässt. Seine Finger streifen über mein Kinn und bahnen sich langsam einen Weg den Hals entlang. Die Ader an meinem Hals pocht heftig. Alles in mir beginnt sich anzuspannen. Seine Hand wandert weiter zu meinem Brustansatz und mir entfährt ein „Nein".

Da schwingt die Türe auf und Agnes steht davor. Der Lehensherr lässt mich widerstrebend los. „Die Dame ist bereit für die Heimfahrt", sagt Agnes, als wäre absolut nichts Eigenartiges daran, dass der Gutsherr mit mir gemeinsam auf der Bettstatt sitzt. Er steht auf, nimmt meine Hand und küsst sie, wie schon auf dem Kirtag, bedankt sich bei Agnes für die Information und verlässt den Raum, ohne sich noch einmal umzudrehen. Draußen höre ich noch, wie Agnes und der Herr ein paar Worte wechseln. Dann geht die Haustüre auf und wieder zu. Kurz später entfernen sich die Pferdehufe.

Mein Mund ist staubtrocken und meine Finger sind in meinem Schoß festgekrallt. Als Agnes ein paar Minuten später die Türe wieder öffnet, sitze ich immer noch am gleichen Fleck wie eine Statue. Ich kann mich nicht bewegen. Agnes setzt sich neben mich und anders als erwartet, streicht sie mir über die Haare und sagt, „Ich mach uns etwas zu essen, komm raus in die Stube, wenn Du soweit bist." Ich weiß nicht, wie lange ich da noch hocke. Vielleicht ein paar Minuten, vielleicht eine Stunde.

Irgendwann höre ich draußen die Ziege meckern und das reißt mich aus meiner Erstarrung heraus.

In der Stube ist die Kerze angezündet, denn mittlerweile ist es dunkel geworden. Agnes hat sogar ein kleines Feuer gemacht und auf dem Tisch steht eine Schüssel mit goldgelbem Sterz und daneben ein Apfelkompott. Das ist meine Lieblingsspeise. Mein Holzlöffel liegt schon dort und ein Becher Wasser steht daneben. Agnes sitzt bei der Kerze und näht. Als sie mich sieht, legt sie die Näharbeit weg und wartet, dass ich mich zu ihr setze. Ich tauche meinen Löffel in den Sterz, weil ich merke, dass sie das erwartet. Aber heute schmeckt der Sterz wie Sägespäne und bleibt mir im Hals stecken. „Es tut mir leid", flüstere ich.

„Kind, es ist nicht Deine Schuld, aber wir müssen etwas besprechen". Und dann spricht Agnes so viel, wie sie glaub ich noch nie zu mir gesprochen hat.

Sie erklärt mir, dass der Lehensherr Gefallen an mir gefunden hätte und nun sein „Ius primae noctae" – sein Recht auf die erste Nacht - eingefordert hätte. Er wollte die Bettstatt mit mir teilen und per Gesetz stand ihm das zu, weil er unser Herr war. Dann erklärt sie mir, was ein Mann mit einer Frau macht, wenn er die Bettstatt teilt und ein Gefühl der Kälte breitet sich in meinem Körper aus. Ich habe gesehen, was der Ziegenbock mit der Ziege macht und lieber möchte ich sterben, als dass der Lehensherr das Gleiche mit mir anstellt. Sie erklärt mir, dass wir keine Wahl hätten, als ihm das Recht zu gewähren, weil die einzige andere Möglichkeit die Flucht wäre. „Auf der Flucht wären solche wie wir im ganzen Land vogelfrei“, sagt sie und es ist klar, dass das ein noch schlimmeres Schicksal wäre. Dennoch erscheint es mir verlockend. Ich merke, wie sie mit sich kämpft, etwas hinzuzufügen, aber sie entscheidet sich dagegen. Sie versucht mir Mut zuzusprechen und sagt, dass es schon nicht so schlimm werden würde und dass es auch manchmal angenehm sei, was der Mann mit einer Frau in der Kammer macht. Offensichtlich hätte der Herr einen Narren an mir gefressen und so würde er vielleicht behutsam sein. Die Klammer in meiner Brust wird immer enger. Ich bekomme kaum noch Luft, aber das macht nichts. Ich möchte sowieso sterben. Und dann wird es dunkel.

Als ich aufwache, liege ich auf dem Bett und es ist draußen stockdunkel. Ich höre ein Käuzchen und dann Agnes, wie sie neben mir schnarcht. Kurz bin ich desorientiert, dann rauscht die Erinnerung auf mich nieder, wie der Hammer des Schmids auf dessen Amboss. Ich ringe nach Luft.

27 Vorbereitungen

Ich wache auf mit einem Gefühl akuter Atemnot. Dieses dreckige Schwein! Kein Wunder, dass mich der Bürgermeister mit Ekel erfüllt. Und dass er es bei meiner Anprobe wieder versucht hat, unglaublich! Kein Wunder, dass ich erstarrt war, wenn ich die Seele des 15-jährigen Mädchens in mir trage. Ich wünschte ich könnte weiterträumen, um zu erfahren, ob er mir etwas angetan hat. Auf der anderen Seite weiß ich nicht, ob ich es wirklich wissen will. Die Bilder in meinem Kopf laufen Amok. Ich muss mich schwer zurückhalten, nicht zu ihm zu gehen, um ihn aufs wüsteste zu beschimpfen. Aber die Tatsache, dass er mir das Kleid zugeschnürt hat, würde diese Beschuldigungen lächerlich und überzogen erscheinen lassen. Und möglicherweise dazu beitragen, dass ich doch noch in einer geschlossenen Anstalt lande. Wie ein eingesperrter Tiger laufe ich im Schlafzimmer auf und ab. Gut, ich kann jetzt nichts machen, aber Anais hat recht, ich muss Vorsicht walten lassen.

Ich ziehe mir eine besonders hochgeschlossene Bluse an und binde meine Haare in einen strengen Dutt zusammen. Dann ziehe ich eine weitgeschnittene Hose und flache Schuhe an. So! Ich schnappe mein Wahrsagerinnen-Kleid und packe es in einen Sack, klemme alles auf meinen Fahrradgepäckträger, um später zum Gemeindeamt zu fahren. Vorher aber koche ich mir noch ein gutes, üppiges Frühstück, denn diesen Dingen möchte ich keinesfalls mit nüchternem Magen begegnen.

Ich habe noch zwei Stunden Zeit bis zur Besprechung und mir fällt ein, dass ich immer noch nicht die E-Mail an meine Mutter abgeschickt habe. Ich setze mich vor den Computer und lese nochmal durch, was ich geschrieben habe. Im Prinzip immer noch alles richtig, nur dass eigentlich doch alles anders ist. Aber ich kann ihr unmöglich schreiben, dass ich eigentlich nicht mehr Lena bin, sondern ein mittelalterlicher Geist, der ihre Tochter bewohnt. Also füge ich nur hinzu, dass ich jetzt bereit für einen Neuanfang bin und dass ich das gerne gemeinsam mit ihr durch ein „Alte-Lena-Abschiedsritual" zelebrieren möchte. Ich schlage Montag abends nach dem Mittelalter-Festival als Termin vor. Keine Ahnung, wie meine Mutter das aufnehmen wird, aber ich muss ihr diesen Abschied ermöglichen. Das schulde ich Lena. Als ich auf „Senden" drücke, wird eine Fehlermeldung angezeigt und deswegen kopiere ich das ganze Mail nochmals umständlich in ein neues. Dann drücke ich schnell auf „Senden" und klappe zu, bevor ich es mir anders überlege.

Ich radle zum Gemeindeamt und sehe schon viele andere Fahrräder und Autos davorstehen. Diese Besprechung ist wohl viel größer als die letzte. Als ich den Vorraum im Amt betrete, sehe ich einen Aushang, wo unterschiedliche Sitzungen angeschlagen sind. Offensichtlich gibt es auch externe Händler, die eine Besprechung haben, dann gibt es eine Sitzung für die Gastronomieanbieter und eben eine für die Darsteller und Gaukler.

Ich betrete den Versammlungsraum und er ist schon voll mit Menschen. Ich sehe Alice und obwohl sie nicht zu mir schaut, drängle ich mich durch die Menge und quetsche mich auf einen Sessel neben ihr. „Guten Morgen, Alice", lächle ich ihr zu. „Guten Morgen, Lena", lächelt sie zurück. Na bitte, vielleicht habe ich mir nur eingebildet, dass sie sauer auf mich ist. Der Faber rückt vorne einen Beamer zurecht und projiziert einen Abschnitt des Stadtplans an die Wand. Man sieht unsere Altstadt innerhalb der Stadtmauern, die Schauplatz des kommenden Festes sein wird.

„Guten Morgen, die Herrschaften", eröffnet er seine Rede. „Wir haben alle heute noch viel zu tun, deswegen werde ich mich so kurz wie möglich halten und bitte Sie bei Ihren Fragen das gleiche zu tun." Seine Stimme ist durchdringend mit einer stählernen Note. Er wirkt ganz anders als die letzten Male. Größer, bestimmter, kompetenter. Man hat das Gefühl, dass er froh darüber ist, einmal aus dem Schatten des Bürgermeisters herauszutreten. Seine Worte sind präzise und klar. Er spricht die einzelnen Darsteller und Standbetreuer mit dem Namen an und teilt ihnen mit, wo sie ihren Stand aufzubauen haben, wo sich der Standort genau befindet, welche Regeln es bei der Müllentsorgung gibt und noch eine Latte von Vorschriften und Regelungen, die man gleichzeitig auch auf der Wand lesen kann.

Ich bewundere seine Fähigkeit, sich Namen und Gesichter zu merken. Der Bürgermeister hatte ja Doris Day, seine Gattin, dabei, die ihm die Namen vorgebetet hat. Beim Faber hat man das Gefühl, er kennt jeden Namen und vermutlich auch den dazugehörigen Strafregisterauszug.

„Frau Doktor Liebhard“, spricht er mich an und ich kann seine Stimme wie eine Speerspitze in meiner Brust spüren. Ich bin ich mir ziemlich sicher, dass ich ihn ebenfalls von früher kenne. Ein Schauer läuft mir über den Rücken.

„Ihr Stand befindet sich gleich um die Ecke des Schafotts.“

Was für ein Schafott um Himmels Willen. Mir war nicht bewusst, dass sie es mit der Nachbildung des Mittelalters SO genau nehmen. Es gibt ein paar Leute im Raum, die es lustig finden, dass die Wahrsagerin in der Nähe des Schafotts ihren Dienst tut, aber ich finde das absolut gruselig. Und Alice neben mir lacht auch nicht mit.

Wir bekommen am Ende von Fabers Ansprache noch alle eine Mappe, die alle genannten Vorschriften enthält sowie ein x auf dem Plan, als Markierung für den uns zugewiesenen Standplatz. Das Ganze ist schon sehr professionell vorbereitet, muss ich feststellen. Und bei dem Blick auf den Plan wird mir das erste Mal bewusst, dass es sich hier nicht um ein kleines Dorffest handelt, sondern um ein Batzen-Festival.

Auf dem Weg nach draußen laufe ich Alice hinterher, die eindeutig versucht, einem Gespräch mit mir zu entkommen.

„Alice?“, hechle ich ihr hinterher. „Kann ich kurz mal mit dir sprechen?“ Sie dreht sich um und sieht mich ein wenig ängstlich an. „Wie geht es Dir so? Wir haben uns ja seit dem Shoppen nicht mehr gesehen“, versuche ich erst mal unverfänglich ein Gespräch anzufangen.

„Ja, danke, geht eh gut. Ich habe gerade viel zu tun. Die Vorbereitung für das Fest und so.“ Ihr Blick wandert umher, während sie mit mir spricht.

„Du ich wollte Dich fragen, was da letztes Mal bei Qigong los war. Alle waren so komisch und ich weiß nicht, was das bedeutet hat.“ Ich mustere sie.

„Ach so, echt? Ist mir gar nicht so aufgefallen“, weicht sie aus.

„Na komm schon, Johanna hat mich nachher in der Garderobe angefallen, dass ich meinem Mann die Hörner aufgesetzt hätte. Hat der Bürgermeister irgendetwas erzählt?“, schieße ich ins Blaue.

Jetzt habe ich ihre volle Aufmerksamkeit. Ihre Augen verengen sich und sie schaut mich direkt an. „Wieso? War etwas zwischen Dir und dem Bürgermeister?“. Irgendwie scheint die Klärung dieser Frage von sehr großer Bedeutung für sie zu sein.

Ich schüttle den Kopf. „Nein … also vielleicht hätte er das gerne, aber da war nichts“, sage ich nur die halbe Wahrheit. Für komplette Offenheit scheint gerade nicht der rechte Moment zu sein. Es scheint, als würde eine große Anspannung von Alice abfallen. Sie lächelt, und das erste Mal ist ihr Lächeln heute echt. „Das ist gut.“

Im gleichen Moment versteinert sich aber ihr Gesicht wieder und sie sieht an mir vorbei. Ich drehe mich um und sehe den Bürgermeister mit seinem Gefolge auf uns zukommen. „Gefolge“, so hat Tristan die Männer genannt, die der Bürgermeister um sich schart und in deren Reihen er auch gerne den Herrn Doktor gesehen hätte. Und die Bezeichnung ist vielleicht richtiger, als ihm selbst bewusst war. Wenn in dem Bürgermeister noch der Lehensherr steckt, dann verhält er sich auch wie ein solcher und betrachtet vermutlich seine Mitstreiter als eine Art Hofstaat. Einer der Männer mit mehreren Narben im Gesicht und einer unangenehmen Ausstrahlung kommt auf Alice zu und raunzt ihr zu, dass sie ins Auto steigen solle. Sie gehorcht auf der Stelle. „DAS ist Alices Mann?“ Ich bin geschockt. Wie kommt die sanfte, freundliche Alice zu so einem Kotzbrocken? Der Bürgermeister mustert mich von oben herab und spricht mit seiner üblichen Bühnenstimme „Na Frau Doktor, wie geht es dem werten Befinden? Wieder einmal den Wald besucht?“

Sein Gesicht verschwimmt in meinem Kopf mit dem Gesicht des Lehensherren, der sich an das unschuldige 15-jährige Mädchen herangemacht hat und ich spüre, wie die Rage in mir hochkocht. Ich mach einen heftigen Schritt auf ihn zu und stehe fast Bauch an Bauch mit ihm. Er ist leider einen guten Kopf größer als ich, was sich ungünstig auf meine psychologische Kampfposition auswirkt. Aber ich habe keine Angst mehr. Und ich glaube, das merkt er. Zum ersten Mal spüre ich sein weiches Rückgrat, das nicht standhalten wird, wenn man Druck ausübt. Und ich rieche seine Angst, als Schwächling entlarvt zu werden.

Rache serviert man am besten kalt, habe ich gelesen. Und hier und jetzt ist nicht der Ort, um meine Karten auszuspielen. Ich brauche noch Informationen. Vor allem über das, was sich in unser beider Vergangenheit abgespielt hat. Daher lächle ich ihm mit gefletschten Zähnen ins Gesicht und antworte in der gleichen Lautstärke, damit es alle hören können. „Nein Herr Bürgermeister, ich habe die letzten Tage für meinen Job als Wahrsagerin recherchiert und freue mich schon, ihnen ihre Zukunft aus der Kristallkugel lesen zu dürfen. Bis morgen!“ Dann drehe ich mich um, ohne auf seine Antwort zu warten, aber ich spüre, dass ich auf seine gesamte Entourage einen Eindruck hinterlassen habe. Triumphierend verlasse ich das Gemeindezentrum.

Überhaupt werde ich von einem völlig neuen Elan angetrieben. Ich packe meinen Sack mit dem Wahrsagerinnen-Kleid auf das Fahrrad und fahre zu dem Platz, wo mein Zelt stehen soll. Das Zelt wurde bereits von Gemeindearbeitern aufgestellt. Es ist relativ klein, aber achteckig und hat etwas richtig schön Mittelalterliches. Drinnen ist es ziemlich schummerig, weil nur sehr wenig Tageslicht durch zwei kleine Plastikrundungen einfällt. Die hätte es wohl im Mittelalter nicht gegeben. Ein alter, schäbiger Perserteppich wurde schon am Boden ausgebreitet. In der Ecke stehen einige Kartons mit der Aufschrift „Wahrsager-Zelt“ und ich beginne sie neugierig zu öffnen. Drinnen finde ich Tücher und Gläser mit Kerzen darin, eine Räucherpfanne, diverses Räucherzubehör und verschiedene orientalisch anmutende Tiegel und Gläser mit Ölen darin. In einer eigenen Schachtel finde ich einen kleinen Tisch, der aus Marokko stammen könnte und zwei Klappsessel. Ich stelle sie in der Mitte des Zeltes auf und drapiere die Tücher und Kerzen rundherum. Es macht richtig Spaß und man kann in jedem Detail Anais spüren. Zuletzt finde ich noch eine kleinere Box und darin eine große Kristallkugel. Okaaay, die sieht definitiv nicht aus wie aus dem Karnevalszubehör. Ich hab so ein Teil noch nie gesehen. Sie wiegt ganz schön viel und ich stelle sie auf ein kleines handgeschnitztes Gestell am Tisch. Ich berühre voll Ehrfurcht den kühlen Kristall und fühle mich auf einmal wie ein völliger

Scharlatan. Ich hatte ursprünglich die Vision, dass ich allen Liebessuchenden einen großen, dunklen Fremden mit beträchtlichem Vermögen vorhersage oder so ähnlich. Aber jetzt, nachdem ich Anais kennengelernt habe, ist mir klar, dass ihre Wahrsagungen vermutlich kein Gag für ein Festival gewesen waren, sondern echte Visionen in leichten Dosen verpackt. Was hab ich mir nur dabei gedacht, sie ersetzen zu können.

Nun ist es vermutlich zu spät, um abzusagen, aber vielleicht kann ich ja Anais noch um ein paar Tipps fragen. Ich packe die Kristallkugel wieder in den Karton, denn sie erscheint mir viel zu kostbar, um hier unbeaufsichtigt herumzustehen. Dann blicke ich mich noch einmal um. Ich werde einfach nette Beratungsgespräche mit den Leuten führen, wie es mir mein Menschenverstand eben eingibt und viele Fragen stellen. Aber mein Enthusiasmus ist deutlich gedämpft.

Ich nehme die Kristallkugel mit und stelle den Karton auf den Gepäckträger. Die gesamte Innenstadt ist mittlerweile von Klopfen und Hämmern erfüllt. Überall stehen Kleinlaster und Leute errichten ihre Stände. Als ich auf den Hauptplatz einbiege, sehe ich schon die Basis für das Schafott und erstarre. Bilder von hasserfüllten Menschen, die den armen angsterstarrten Verurteilten ins Gesicht spucken, während diese durch die Menge zu diesem Todesort geführt werden, steigen in mir hoch.

Und das erste Mal beginne ich mich zu fragen, wie ich wohl gestorben bin.

Diese Frage beschäftigt mich auf der gesamten Heimfahrt. Was hat verhindert, dass Tristan und ich ein Paar werden konnten. Ich werde Agnes fragen, aber ich habe das Gefühl, dass sie es mir nicht so einfach erzählen wird.

Als ich zu Hause ankomme, bin ich rastlos. Es ist noch früher Abend und irgendwie habe ich heute weder Lust zu kochen noch besonderen Appetit. Ich suche im Keller in den unausgepackten Übersiedlungskisten nach alten Erinnerungen von Lena. Zwei Fotos, die ich von Lena und Florian finde, wie sie grinsend an der Reling hängen. Eines von Florian, wie er in einem Unwetter pudelnass am Steuer steht und schallend lacht. Alte Zeichnungen von Lena. Ich finde ein Kindertagebuch von ihr und blättere darin. „Heute ist Papi blöd“ steht da und daneben ist eine Zeichnung von einem wütenden, kleinen Mädchen. Ich schmunzle. Ein paar Seiten später finde ich die Notiz „Papi ist zu den Engeln gegangen“. Danach gibt es nur mehr leere Seiten.

Ich erinnere mich, auch wenn ich wie jedes Mal, wenn ich an Lenas Leben denke, durch eine Schichte wie von flüssigem Glas durchtauchen muss. Ich muss Anais fragen, warum das so ist. Warum ich mich überhaupt an Lenas früheres Leben erinnere. Lenas Papa ist bei einem Autounfall gestorben. Ein ganz banaler, blöder Unfall auf dem Weg von der Arbeit nach Hause. Lena war erst 6 Jahre alt und für Lenas Mutter ist die Welt zusammengebrochen. Lena war wütend, zuerst auf sich selbst, weil sie sich Vorwürfe machte, dass sie Papa böse gemacht hatte und dann auf ihre Mutter, die ihren Vater mit dem Auto fahren hatte lassen, obwohl es draußen glatt war. Diese Wut hatte lange angehalten. Diese Erinnerungen lassen mich müde werden. Ich lege mich ins Bett und frage mich, wie ich die Rückeroberung von Tristan angehen soll. Über diesem Gedanken schlafe ich ein.

28 Im Himmel

Ich liege in der Schlafkammer neben Agnes und denke an den Schrecken, der mir bevorsteht. Der Lehensherr wird mir meine Jungfräulichkeit nehmen und das schneidet mir die Luft ab. Ich schleiche mich hinaus zur Türe ins Freie, denn hier kann ich leichter atmen. Auch wenn mir die Geister in der Nacht manchmal Gruseln bereiten, kann nichts schlimmer sein als das, was mir bevorsteht. Ich habe das Gefühl, mit einem Schlag erwachsen geworden zu sein. Keine der Möglichkeiten, die ich erwäge, bieten mir einen Ausweg. Wenn ich alleine flüchte, bin ich auf mich gestellt und was mir dann blüht, ist vermutlich schlimmer als die Aufmerksamkeit des Lehensherrn. Außerdem würde ich damit Agnes der Sippenhaftung preisgeben und das kann ich ihr nicht antun. Tristan kann ich ebenso wenig in die Sache verwickeln, denn auch er ist nur ein Knecht und würde ohne Gnade verurteilt werden, wenn er sich gegen den Lehensherrn erhebt. Mit Grauen erinnere ich mich an die Erzählung über einen Knecht aus einem Nachbardorf, der zum Tod durch den Strang verurteilt wurde, weil er dachte, er könne seinen Stand verbessern. Ich denke an meine romantischen Träume, die ich noch an diesem Morgen hatte und wie lächerlich sie nun scheinen. Würde Tristan mich noch wollen, wenn mich der Lehensherr wieder freigibt? Ich weiß nicht, ob ich noch mit ihm zusammen sein könnte, wenn er wüsste, dass der Lehensherr mich auf diese Weise berührt hat.

Am Ende der Nacht reift ein Entschluss in mir. Wenn ich mich schon meinem Los fügen muss, dann möchte ich meine erste Liebeserfahrung vorher mit Tristan erleben. Dann habe ich das für immer in meinem Gedächtnis und keiner kann es mir nehmen. Dann kann ich immer noch entscheiden, ob ich in den Fluss gehe oder zum Lehensherrn. Ich weiß nicht genau, wie lange ich Zeit habe, bevor mich der Lehensherr holen kommt, daher muss ich schnell handeln. Und so beginne ich unverzüglich mit den Vorbereitungsarbeiten.

Ich gieße mir ein Bad in die Wanne. Es ist noch ganz dunkel und ich möchte fertig sein, bevor Agnes wach ist, weil sie von meinem Plan nichts mitbekommen soll. Ich wasche mich zügig mit kaltem Wasser und das tut mir gut. Es macht mich wach und klar und wäscht den Angstschweiß der Nacht ab. Ich ziehe mein Alltagsgewand an, packe aber mein schönes Tanzkleid in ein Tuch, um es später mitzunehmen.

Eine Stunde später sitze ich auf der Lichtung und warte. Ich habe mir im Wald mein schönes Kleid angezogen, die Haare locker geflochten und starre sehnsüchtig auf die kleine Brücke. Ich bete zum Herrgott und Maria und allen Engeln, die mir einfallen, dass sie mir bitte den

Tristan vorbeischicken sollen. Und dann ist er plötzlich da.

Er geht über die Brücke und kommt über die Wiese auf mich zu. Mein Herz platzt fast in meiner Brust vor Aufregung. Als ich mir vorgenommen habe, mit Tristan den Liebesakt zu vollziehen, machte ich mir keine Vorstellung über die Einzelheiten. Jetzt habe ich keine Ahnung, was ich tun soll. Ich möchte auf keinen Fall, dass er weiß, was mir bevorsteht. Aber ich will auch nicht, dass er mich für eine Dirne hält. Und doch muss es heute geschehen. Hätte ich doch irgendjemanden fragen können, wie man einen Mann verführt. Vielleicht will er das ja auch gar nicht mit mir tun. Aber jetzt ist es zu spät. Ich muss mich auf meinen Instinkt verlassen.

Tristan steht vor mir und umfängt mich mit seinem warmen Blick. Dann schließt er mich in die Arme und drückt mir einen Kuss auf die Lippen. Ich presse mich ganz fest an ihn und öffne meine Lippen ein wenig, da höre ich ihn stöhnen. Vielleicht ist es doch nicht so schwierig.

Dann stellt er mich aber wieder auf den Boden und schaut mich an. „Was ist mit Dir?", fragt er. „Du bist so anders."

Anders? Ich bin nicht anders. Ich bin nur steif wie ein Stock und meine Arme hängen wie gelähmt an meiner Seite. Er setzt sich auf die Wiese und zieht mich zu sich hinunter. Dann beginnt er begeistert zu erzählen, dass er heute Nacht einer Kalbin geholfen hat, ein Kälbchen zur Welt zu bringen und wie wunderbar das war. „Das Kälbchen konnte sofort stehen, obwohl es gerade erst das Licht der Welt erblickt hat. Ich finde das jedes Mal unglaublich. Die Kalbin war unglaublich, so stark, und sie hat genau gewusst, was zu tun ist." Bewunderung schwingt in seiner Stimme. Ich höre ihm nur halb zu, denn in meinen Ohren rauscht das Blut. Aber ich nicke und lächle gezwungen. Dann sitzen wir eine Weile stumm nebeneinander, während Tristan ganz sanft mit seinem Daumen meine Hand streichelt. Ich möchte so gerne reagieren, aber ich kann mich einfach nicht bewegen.

Dann dreht sich Tristan zu mir, küsst mich auf die Lippen und steht auf. „Ich muss leider heute schon wieder gehen, denn der Bauer will noch das Heu einfahren. Bis morgen?"

Nein, nein, nein. Das ist alles falsch. Ich springe auf, als er schon fast bei der Brücke ist und rufe „Tristan". Er dreht sich um und weil mir nichts anderes einfällt, schnüre ich mein Kleid auf und lasse es auf die Wiese gleiten. Jetzt stehe ich splitternackt mitten auf der Wiese und fühle mich noch gelähmter als zuvor. Aber es hat insofern die gewünschte Wirkung, als Tristan kehrt macht und wieder über die Wiese auf mich zukommt. Ich überlege, ob ich das Kleid rasch aufheben und mir überwerfen soll, weil ich jetzt doch Angst bekomme. Seine Augen sind ungläubig geweitet. Er starrt mich an und versucht gleichzeitig, nicht so genau hinzusehen. Das sieht drollig aus und ich muss lachen. Seine Augen gleiten über meine Brüste und meinen Bauch zu meiner Scham und wieder hinauf. Sein Mund klappt auf und zu wie bei einem Fisch, den man aus dem Bach gezogen hat. Und mit einem Mal fühle ich mich nicht mehr so gelähmt. Ich sehe, dass ich ihm gefalle und das macht mich mutig.

Er kommt ganz nah auf mich zu und will etwas sagen. Ich lege ihm den Finger auf den Mund, denn ich könnte nichts erklären, wenn er jetzt fragt. Dann nehme ich seine Hand, lege sie auf meine Hüfte und hoffe, dass er versteht, was ich von ihm möchte. Er schüttelt den Kopf, dann reißt er mir die Beine unter dem Körper weg und trägt mich zu einem nahestehenden Wäldchen, wo er mich in einem Moospolster niederlegt. Er beginnt an seinem Hemd herumzuzerren, um es über den Kopf zu bekommen und weil er ganz fahrig ist, merke ich, dass er genauso nervös ist wie ich. Ich lache und helfe ihm dabei Hemd und Hose auszuziehen.

Dann legt er seinen Körper auf meinen und wir schauen uns zuerst einmal nur erstaunt an. Es ist das erste Mal, dass ich einem anderen Menschen so nahe bin. Und ich glaube beinahe, bei Tristan ist es ebenso. Das fühlt sich gut an. Ich spüre seinen Atem in seinem Bauch, der auf meinem liegt. Sein Herz pocht wild in seiner Brust. Ich atme seinen Geruch und sehe das Begehren in seinen Augen.

Dann tut er das, was der Ziegenbock mit der Ziege macht, nur dass der Bock die Ziege sicher nicht vorher am ganzen Körper streichelt und küsst und ihr ins Ohr flüstert, dass sie wundervoll duftet. Und dass es sich für die Ziege auch sicher nicht so wundervoll anfühlt wie für mich. Ich löse mich in kleine Lichtpunkte auf und als sich die Punkte wieder zu einem Körper zusammensetzen, bin ich eine Andere.

29 Das Festival

Ich erwache und mein erster Blick fällt auf den Wecker am Nachttisch. Drei Uhr. Ich stöhne und will mich umdrehen, um weiterzuschlafen, da fällt mein Blick auf Tristan, der regungslos auf einem Sessel in der Ecke sitzt und mich ansieht.

„Tristan", schreie ich, aber heraus quillt nur ein heiseres Quaken. „Was machst Du hier?" Mein Blick fällt auf die Unterlagen, die ich für die Lena-Abschiedsfeier herausgekramt habe und auf die Fotos von Lena und Florian und ich schließe die Augen. Oh Gott nein, bitte nicht. Warum hab ich sie nicht in eine Tasche gepackt. Es ist wie verhext.

„Tristan ich … ich muss Dir was erzählen." Ach, hätte ich mir doch nur meine Argumente gestern noch zusammengelegt. Tristan guckt so komisch. Es ist dunkel und ich kann sein Gesicht nicht so deutlich sehen. Er kommt langsam zum Bett und sein Gesicht kommt näher. Der Ausdruck in seinen Augen sieht mir nicht nach Verachtung aus. Seine Lippen kommen meinem Mund immer näher und falls er nicht vorhat mich zu beißen, dann will er mich vermutlich küssen.

Tatsächlich. Er küsst mich! Und knabbert. Und murmelt. „Du hast meinen Namen im Schlaf gesagt."

Oookay … das ist gut möglich, auch wenn es sich vermutlich dabei um sein früheres Alter-Ego gehandelt hat. Aber das muss er jetzt nicht unbedingt wissen. Wenn ich geahnt hätte, dass seinen Namen zu flüstern reicht, um ihn ins Bett zu bekommen, hätt ich das schon früher probiert.

Langsam und zärtlich knabbert er meinen Hals hinunter. Seine Hände schieben sich unter mein T-Shirt und seine Beine drängeln sich zwischen meine. Ich stöhne und verdränge die Fragen, die ich habe. Es fühlt sich so gut an, ihn bei mir zu haben. Jetzt, hier, in der Wirklichkeit. Er setzt seine Kuss-Spur weiter fort bis weit hinu … ooooooh.

Eine halbe Stunde später liegen wir völlig verschwitzt ineinander verknotet auf dem Bett.

Was war das? Warum ist er hier? Warum ist er nicht sauer, angesichts der Lena & Florian-Orgie auf dem Schreibtisch? Warum war er so zärtlich wie seit Jahren nicht mehr? Was ist mit seiner neuen Flamme? Die Staumauer des Fragensees ist gebrochen und ergießt sich in mein noch Orgasmus-geschwächtes Hirn. Das ist sicherlich etwas, dass nur Frauen-Gehirnen gelingt. Männerhirne haben bis mindestens eine halbe Stunde vor und nach dem Sex eine Fragensperre in ihrem Großhirn.

Ich weiß nicht, wie ich sie formulieren soll, um den Frieden zwischen uns nicht zu zerstören. Worte sind so missverständlich. Daher fange ich sicherheitshalber mit einer Feststellung an. „Du bist zurückgekommen.“ Das ist schon einmal nicht falsch. „Warum?“ Mutige Frage, finde ich.

Tristan rappelt sich auf und stützt sich auf den Ellbogen, um mich anzuschauen. Er sieht aus wie eine zufriedene, satte Katze und ich sehe ihm an, dass er eigentlich noch nicht reden möchte. „Du hast mir versehentlich eine E-Mail geschickt, die Du an Deine Mutter geschrieben hast.“

„Oh.“ Panisch überlege ich, was ich da alles reingeschrieben habe. Muss aber gut gewesen sein, wenn das seine Reaktion ist.

Er versucht schuldbewusst zu schauen, aber das satte Katzengrinsen straft ihn Lügen „Ich habe sie zuerst ungelesen weitergeleitet. Dann hab ich sie in meinem Postfach gelöscht. Ehrlich. Aber dann hab ich meinen Bruder, den IT-Techniker, dazu gebracht, sie wieder aus dem Systemspeicher zu extrahieren, damit ich sie doch lesen kann. Entschuldige. Für die Verletzung Deiner Privatsphäre.“ Er knabbert an meinem Ohrläppchen.

„Ja, mhm, kein Problem.“ Ich bin gerade wieder ein bisschen abgelenkt von dem nackten Tristan neben mir, eine meiner Hände fährt selbständig über seine Hüften zu seinem Hintern und genießt die feste Rundung dort. Ich nütze die gute Stimmung, wer weiß, wie lange sie anhält und beginne meinen Bauch an seinem zu reiben und dann dauert es wieder eine halbe Stunde, bevor wir unser Gespräch weiterführen können.

Diesmal eröffnet Tristan den Dialog. „Stimmt es, dass für Dich die Geschichte mit Florian abgeschlossen ist?“

„Ja, absolut.“ Ich bin so aufgeregt, dass ich nicht weiß, was ich zuerst sagen soll. Am besten wenig. Ich will auf keinen Fall, dass Tristan wieder glaubt, dass ich übergeschnappt bin, deswegen werde ich das mit dem früheren Leben, aus dem wir uns kennen, und dass ich eigentlich nicht mehr Lena bin, nicht erwähnen. Noch nicht. In 40 Jahren oder so. In der Rente möchte man ja auch noch interessante Gesprächsthemen haben.

„Da bin ich froh drüber“, sagt er und zieht mit meinen Haaren meinen Kopf so nach hinten, dass er sich an meinem Hals festsaugen kann. Ich glaube er arbeitet an einem Knutschfleck.

„Und was ist mit der Frau, die so viel unkomplizierter ist als ich?“ Ich halte meinen Atem an.

„Die hab ich gleich, nachdem ich dich im Wald gefunden habe, in die Wüste geschickt. Sie war mir einfach zu unkompliziert“, antwortet er und ich höre, wie ein Felsbrocken von meiner Seele rutscht. Danach kuschle ich mich in seinen Arm und schlafe das erste Mal seit langem traumlos.

Am nächsten Tag werde ich von einer warmen Hand zwischen meinen Beinen geweckt und drehe mich faul in Richtung der Hand damit sie besser zugreifen kann. Mein Körper prickelt von den Zehen bis zu den Haarspitzen. Tristan rollt sich auf mich drauf, da fällt mir mit einem Mal ein, dass heute das Mittelalter-Festival ist. „Oh mein Gott", schreie ich.

Tristan verdreht die Augen und murmelt: „Nicht schon wieder."

„Neinneinnein, nicht was Du denkst. Heute ist das Festival und ich sollte ab acht in meinem Wahrsagerinnen-Zelt sein."

„Oh." Tristan wirkt erleichtert. „Ja das hast Du wohl verpasst, denn es ist schon halb neun. Da wird es auf ein paar Minuten auch nicht mehr ankommen".

Ich gebe mich geschlagen und eine halbe Stunde später rase ich in meinem Wahrsagerinnen-Kleid und den Schminksachen zu meinem Fahrrad. Tristan hat es mir so schnell wie möglich zugeschnürt und sein Entzücken über das Kleid hätte uns fast noch eine halbe Stunde gekostet. Meine roten Locken stehen buchstäblich in alle Himmelsrichtungen, aber ich tröste mich damit, dass Wahrsagerinnen authentischer sind, wenn sie furchterregend aussehen. Tristan ruft mir aus dem Fenster zu: „Bis später, Lieblingshexe." Ich grinse über das ganze Gesicht, als ich in Lichtgeschwindigkeit Richtung Zentrum radle.

Ab der Stadtmauer komme ich allerdings nur sehr langsam voran. Ich hatte keine Ahnung, was für einen sensationellen Zulauf dieses Fest hat. Überall strömen mittelalterlich gekleidete Menschengruppen auf den Hauptplatz zu. Die Frauen tragen Kleider mit weiten Ärmeln und ungewöhnliche Kopfbedeckungen. Auch die Männer sind sehr kreativ in ihren Outfits. Mal wandelt ein stattlicher Edelmann vor mir, dann wieder ein düsterer Magier. Die Menschen leben hier ihre Phantasien über das Mittelalter voll aus. Die meisten Verkaufsstände sind schon eröffnet. Die Vielfältigkeit der angebotenen Handwerkskunst verblüfft mich. An einem Stand steht ein Händler, der Stiefel mit aufgedrehten Spitzen und darüber eine pluderige Leinenhose trägt. Der Kittel darüber wird durch einen Ledergürtel zusammengehalten und seine spektakuläre weiße Haarpracht wird von einer Pelzkappe gekrönt. Er sieht aus, als wäre er geradewegs aus einem Geschichtsbuch gestiegen. Ich frage mich, ob die Leute sich ihre Kostüme selbst nähen, oder ob es eine eigene „Mittelalterbekleidungsindustrie" gibt, von der ich noch nie etwas gehört habe. Überall gibt es geheimnisvolle Amulette zu kaufen, die mich ein bisschen an jenes von Anais erinnern. An der Ecke spielt eine quirlige Musiker-Kombo mit traditionellen Instrumenten: Tamburin, Laute, Dudelsack.

Ich glaube mein Mund steht offen, seitdem ich in dieses Spektakel eingetaucht bin. Es ist unglaublich. Auf dem Hauptplatz komme ich bei einem Spanferkel-Griller vorbei. Auch die Fässer mit Bier sind schon aufgestellt. Daneben wurde ein Ofen aus Lehm gebaut, aus dem eine junge Maid gerade frisch gebackene Brötchen herauszieht. Ich schleiche in großem Bogen um das gruselige Schafott herum. Es ist mittlerweile fertig gestellt und wird von einem Baumstumpf in der Mitte geziert, auf dem, wie ich hoffe, Kunstblut klebt.

Auf einem Programmzettel lese ich, dass diverse mittelalterliche Modeschauen auf dem Programm stehen. Mittags wird ein großer Schauprozess am Hauptplatz angekündigt, bei dem der Bürgermeister eine Ansprache hält. Am Nachmittag gibt es ein Ritterturnier und abends treten Musikformationen mit Namen wie „Schandmaul“ oder „Iron Maids“ auf. Auch ein Feuerschlucker wird angekündigt. Fast tut es mir leid, dass ich Mitwirkende bin. Es wäre schön gewesen, mit Tristan in Ruhe über das Fest zu schlendern und sich die Stände und Darbietungen gemeinsam anzusehen. Der Gedanke an Tristan zaubert mir wieder ein sehr einfältiges Grinsen in mein Gesicht. Oh, war das gut heute Nacht und dann nochmal in der Früh.

Ich komme zu meinem Zelt, neben dem sich mittlerweile ein Klöppelstand niedergelassen hat. Auch das hab ich noch nie gesehen, aber es sieht unheimlich kompliziert aus. Vielleicht kann ich mir später mal erklären lassen, wie das funktioniert.

Leider habe ich das Pech, dem Faber in die Arme zu laufen. „Frau Doktor, Sie sind reichlich spät dran“, zischt er mich an, „Ich hoffe, Sie sind bereit loszulegen. Vorher hat schon jemand nach der Wahrsagerin gefragt." Er lässt seinen Blick über mein Kleid streifen und mir gruselt. Ich kann nicht mit Sicherheit sagen, ob das ein anzüglicher Blick war, bisher hatte ich das Gefühl, dass der Faber ein asexuelles Wesen sei. Aber er war definitiv grenzüberschreitend. Wenn ich raten müsste, würde ich sagen, Blümchensex ist nicht sein Ding. Ich taste nach meinem Ausschnitt und hoffe, dass mir aufgrund der Eile, in der ich mich angezogen habe, nicht eine Brust heraushängt. Aber alles ist gut verpackt.

„Jaja, ich kann gleich losstarten. Alles ist bereit." Ich packe die Kristallkugel aus und stelle sie vorsichtig auf den Tisch. Dann binde ich mir noch ein buntes Kopftuch um die Haare, lege ein paar Ketten und Armreifen um und schminke mir so gut es geht im Halbdunkel des Zeltes mit dem kleinen Handspiegel die Augen. Ich atme durch und da höre ich schon die kleine Glocke klingeln, die vor dem Zelt hängt. Ich schaue durch ein heimliches Guckloch, das ich zum Glück noch entdeckt habe und schreie mit theatralischer Stimme: Tretet ein holde Maid. Das Glück ist Euch hold."

Eine ältere Dame betritt kichernd das Zelt und ist zunächst einmal erstaunt, weil sie mich und nicht Anais erblickt, die sie offensichtlich aus früheren Jahren kennt. „Was ist denn mit Anais geschehen?", fragt sie verblüfft und lässt sich umständlich auf den Sessel mir gegenüber fallen.

„Anais hat mir ihren Segen gegeben und ist selbst bei einer Wahrsagerinnen-Fortbildung“, flunkere ich, während ich ihr zuzwinkere.

Sie lacht. „Ach verstehe.“ Dann reicht sie mir ihre Hand, weil Anais offenbar früher auch immer aus der Hand gelesen hat. Gar keine schlechte Idee, denke ich, denn sofort bekomme ich physischen Kontakt zu ihrem Körper und spüre, dass ihre Knie ganz starr und gleichzeitig heiß sind. Aber mit der Gesundheit zu beginnen ist natürlich kein Spaß und deswegen beziehe ich mich auf den gutaussehenden, weißhaarigen Herren, den ich vorher vor dem Zelt erspäht habe.

Ich schaue tief in die Glaskugel und beginne mit geheimnisvoller Stimme zu flüstern. „Ich sehe großes Glück in Gestalt eines Prinzen, er hat ein weißes Haupt und ist groß und gutaussehend“.

Die alte Dame sieht mich völlig verblüfft an. „Das ist Toni. Er wohnt neben mir im Altersheim. Er. Ich … “ Dann errötet sie und sieht ganz entzückend verlegen aus. Ach, die Liebe ist schön, egal in welchem Alter. Ich weiß nicht, ob ich das gestern auch schon so gesehen hätte, aber seit heute bin ich ein Liebesengel und möchte, dass alle so glücklich sind wie ich.

„Er liebt Euch, holde Maid, seid gut zu ihm“, sage ich und nicke.

Sie kichert und will ihre Hand zurückziehen „Ich heiße Ilse, junge Frau, und bin schon länger keine Maid mehr."

Ich nicke, als ob ich das ohnehin gewusst hätte und halte ihre Hand noch fest. „Und halt, da kommt noch eine Information. Ich greife nach hinten in eine Schachtel, in die ich gestern noch aus einem Impuls heraus einige Kräutermischungen und Ölauszüge hinein getan habe und hole ein Arnika-Öl heraus. „Nehmt dies und tragt es drei Mal am Tag auf Eure Knie auf, damit sie Eurem Unterfangen nicht im Weg stehen". Ich blinzle zu meiner Klientin, ob ich nicht zu unverschämt gewesen sei.

Sie ist ganz rot im Gesicht und lacht, dass ihr die Tränen runterrinnen. „Na Sie sind mir ja eine, hahahaha, das muss ich der Gertrud erzählen, großartig, hahahaha. Vielen Dank." Sie legt mir 10 Euro auf den Tisch, nimmt die Flasche und geht. Das ist ja gut gelaufen und es hat sogar wirklich Spaß gemacht.

Im Laufe des Vormittags kommt Gertrud und noch der restliche halbe Seniorenverein meiner zufriedenen Kundin vorbei und ich überlege ernsthaft, ob Wahrsagerin nicht eine berufliche Alternative für mich wäre. Ich sehe immer wieder Schatten oder Licht in der Aura der Fragenden sowie Stellen im Körper, die meine Aufmerksamkeit auf sich ziehen und mit ein bisschen Fragen treffe ich ziemlich oft ins Schwarze.

Der Vormittag neigt sich langsam dem Ende zu. Ich habe Hunger und meine Kräutervorräte sind fast aufgebraucht. Ich hänge ein Pause-Schild vor das Zelt und rufe Tristan am Handy an.

„Hallo, meine kleine Hexe“, höre ich seine sexy Stimme am anderen Ende und mir wird ganz heiß. „Hast Du Sehnsucht nach mir?“

Ich schlucke. „Ja unheimlich. Aber ich fürchte, wenn das Zelt zu wackeln anfängt, wird das Aufmerksamkeit erregen. Wie wäre es, wenn Du zu mir kommst und wir gehen gemeinsam etwas essen? Es gibt einen sehr leckeren Spanferkelstand.“

Ich höre ihn am anderen Ende lachen. „Ich liebe Deine neue Begeisterung für Essen. Ja gut, ich komme, ich hab auch Hunger.“

„Und Tristan, kannst Du mir noch die Kiste Kräuter mitbringen, die in unserer Vorratskammer steht?“ Er verspricht es und ich beschreibe ihm noch den Weg zu meinem Zelt. Ich kann kaum glauben, wie leicht unser Gespräch ist. Als wäre alles davor nur ein böser Traum gewesen.

Ich drehe das Schild wieder um und warte, ob noch ein Kunde kommt. Und siehe da, der Vorhang geht zur Seite und eine schmale Gestalt tritt ein. Ich erkenne sie nicht gleich, weil ich durch das Sonnenlicht von draußen geblendet bin, aber dann sehe ich, dass es die deprimierte Kassiererin aus dem Supermarkt ist, Jacquis Mutter, von der ich das Fahrrad gekauft habe. Sie steht still wie eine Statue und starrt mich an.

„Wo ist Anais?“, fragt sie fast tonlos. Da schau an, ich hätte nicht gedacht, dass die Kassiererin eine Stammkundin von Anais ist. Ich merke, dass sie etwas Ernstes am Herzen hat, deswegen antworte ich diesmal mit keiner meiner lustigen Geschichten, die ich all den anderen aufgetischt habe. (Anais wurde von Außerirdischen entführt, Anais hat im Lotto gewonnen und lebt jetzt an der Cote-d-Ázur, Anais hat herausgefunden, wo die Insel ist, auf der Elvis lebt, und ist zu ihm gezogen)

„Anais ist leider verhindert. Kann ich Ihnen vielleicht helfen?“

Alle verbliebene Lebenskraft scheint aus der Kassiererin auszulaufen. Ihre Schultern hängen und ich habe das Gefühl, dass sie Mühe hat nicht loszuweinen. Ich stehe auf, ziehe sie auf den Sessel und gieße ihr ein Glas Tee ein. Auch das Tee-Set stammt von Anais. Der Tee bringt wieder ein bisschen Farbe in ihr Gesicht.

„Ich weiß nicht“, stammelt sie, „Anais hat gesagt, ich soll auf keinen Fall mit irgendjemandem außer ihr darüber sprechen“. Sie schaut sich verzweifelt im Zelt um, als könnte sie auf der Zeltwand einen Hinweis finden, der ihr sagt, was sie tun soll.

„Hm, möchten Sie mir Ihre Hand geben? Vielleicht kann ich ja etwas daraus lesen, ohne dass Sie es mir erzählen“, probiere ich mein Glück. Ich möchte sie auf gar keinen Fall so gehen lassen.

Ich nehme Ihre Hand und spüre sofort eine tiefe Schwärze, die mich fast hineinsaugt. Trauer und großes Leid schwappen zu mir herüber. Und Angst. Mein Herz öffnet sich dieser leidgeprüften Frau und ohne zu wissen, warum ich das sage, kommen meine Worte: „Es geht um Ihre Tochter Jacqui.“ Sie zieht zischend die Luft durch ihre Lippen und starrt mich an. Dann nickt sie und nun quellen doch die Tränen aus ihren Augen. „Anais hat gesagt, sie hat Informationen für mich, warum Jacqui das getan hat. Aber sie konnte sie mir noch nicht geben, und dann war sie auf einmal verschwunden. Sie hat gesagt, dass ich in Gefahr wäre, wenn ich mit den falschen Leuten darüber rede.“

Ich nehme ein Fläschchen Baldrian und gebe ein paar Tropfen in ihren Tee. Dann gebe ich ihr das Fläschchen und sage ihr, dass sie ein paar Tropfen davon nehmen soll, wann immer sie das Gefühl hat, sie zu brauchen. Ich verspreche ihr, dass ich so bald wie möglich Kontakt zu Anais aufnehmen und sie dann darüber informiere werde. Bis dahin solle sie weiterhin ihr Schweigen wahren. „Alles wird gut“, sage ich zum Schluss, weil ich mich so hilflos fühle. Und natürlich ist das ein großer Blödsinn, denn im Leben dieser Frau wird niemals wieder alles gut. Sie hat ihre Tochter verloren und ist daran zerbrochen. Aber irgendwie scheinen meine Worte oder der Baldrian sie zu beruhigen, denn als sie das Zelt verlässt, hat sie schon wieder ein bisschen Farbe im Gesicht.

Phu, das war deutlich schwieriger als die anderen Gespräche. Ich nehme mein Handy in die Hand, um Anais anzurufen, aber in diesem Moment betritt Tristan das Zelt und mein Fokus erfährt eine radikale Veränderung. Er lächelt mich mit strahlenden Augen an und ich küre ihn im Augenblick zum sexiest man alive. Wenn rundherum nicht so viel Trubel wäre, würde ich ihm auf der Stelle die Kleider vom Leib reißen. Aber so ziehe ich nur sein Gesicht zu mir herunter und gebe ihm den sinnlichsten Kuss aller Zeiten. Tristan stöhnt und beginnt mein Kleid in die Höhe zu schieben. Ich klapse ihm auf die Hände und schüttle den Kopf. Es reicht, dass man in der Gemeinde glaubt, dass ich verrückt sei, ich muss nicht auch noch den Ruf einer Nymphomanin haben. „Zuerst das Spanferkel."

„Über Deine Prioritäten müssen wir noch einmal in Ruhe diskutieren", stöhnt Tristan und zieht mich noch einmal in seine Arme. Mhmmmm, er kann wirklich gut küssen.

Wir bummeln Hand in Hand zum Hauptplatz und machen an dem einen oder anderen Stand halt. Tristan kauft mir ein Amulett, das ich eine ganze Weile lang in der Hand halte. Es kommt mir irgendwie bekannt vor. Als wir auf den Hauptplatz kommen, ist er bummvoll mit Menschen gefüllt. Man muss sich regelrecht durch die

Menge schieben. Wir hören Trommeln und sehen, dass sich besonders viele Menschen um das Schafott scharen.

„Ach ja, da gibt es jetzt einen Schauprozess“, erkläre ich Tristan. „Mit dem Bürgermeister als Redner.“ Ich strebe weiter auf das Spanferkel zu, aber Tristan hält mich zurück. „Komm, lass uns das kurz anschauen“, sagt er und zieht mich in Richtung Schafott.

„Ich wusste gar nicht, dass Du so blutrünstig bist.“ Ich wehre mich ein wenig, weil ich wirklich gar keine Lust auf dieses grausame Spektakel habe.

„Wusstest Du, dass in alten Zeiten die Scharfrichter auch Heiler waren? Sie hatten wesentlich besseres Wissen über die Anatomie des Menschen als die damaligen Ärzte. Sie sezierten bereits und kannten den Muskelaufbau und den Verlauf der großen Gefäße. Das war wichtig, denn bei den Folterungen musste man wissen, wie man eine Nase abschneidet oder eine Hand abhackt, ohne dass das Opfer völlig verblutet.“

Ich starre ihn an und dann halte ich mir die Ohren zu: „La La Laaa, hör auf, ich will das nicht hören, das ist zu grausam, mir tut alles weh, wenn ich das höre“.

Er lächelt mich mit warmen Augen an und dann sehe ich wie seine Lippen ein „Ich liebe Dich“ formen.

Ich nehme meine Hände von den Ohren. „Was?“

Er zieht mich zu sich und küsst mich zärtlich und ich werde von einem Glücksgefühl durchströmt wie noch nie zuvor in meinem Leben. Die Menschenmenge um uns herum verschwindet und da sind nur noch Tristan und ich und unsere große Liebe, die mich dazu gebracht hat, in einen fremden Körper zu schlüpfen.

„Bürger und Bürgerinnen der Stadt Eggenberg, höret. Der Bürgermeister sprechet zu Euch!“, höre ich die Stimme von Faber deklamieren. Ich zucke zusammen.

Der Bürgermeister hat sich in ein traditionell mittelalterliches Edelmann-Kostüm geworfen und sieht zugegebener Maßen beeindruckend aus. Er trägt einen dunkelblauen, brokatartigen Kittel und eine gleichfarbige Kopfbedeckung, die seitlich wie ein langer Schal herunterhängt. An seinem Ledergürtel hängt ein dicker Beutel. Das Blau unterstreicht das Blau seiner Augen, was sicher kein Zufall ist. Wie immer genießt er das Bad in der Menge und beginnt einen gut einstudierten Vortrag über das Rechtswesen im Mittelalter in Eggenberg.

„Jetzt brauchen wir noch einen Verurteilten und da sticht mir schon unsere neue Frau Doktor ins Auge. Frau Dr. Liebhard, darf ich Sie bitten, zu mir aufs Schafott zu treten? Als Wahrsagerin wäre Frau Liebhard natürlich in unserer mittelalterlichen Stadt in Gefahr gewesen, der Hexerei bezichtigt zu werden und da wäre es gut möglich gewesen, dass man ihr den Prozess gemacht hätte. Umso mehr, als damals Frauen mit ihrer Haarfarbe übernatürliche Fähigkeiten zugesprochen wurden.“ Er lacht laut und jovial, als wäre das der beste Witz, den er seit langem erzählt hatte.

Ich rühre mich nicht vom Fleck. Sicher werde ich mich hier nicht vom Bürgermeister als Hexe vorführen lassen. Aber Tristan schiebt mich nach vorne. „Geh schon, meine hübsche Hexe, und verwandle ihn in einen Frosch", zwinkert er mir zu. Ist er verrückt geworden? Mittlerweile hat mich die Menschenmenge dank meiner Haare identifiziert und sich vor mir geteilt, sodass ein Spalier zwischen mir und dem Schafott entstanden ist. Ich hyperventiliere. Irgendetwas fühlt sich hier gar nicht richtig an. Wie unter Hypnose gehe ich auf die Henkersplattform zu. Als ich die Stiegen hinaufsteige, fühlen sich meine Knie an wie Wackelpudding. Das zahle ich ihnen heim. Allen. Der Bürgermeister kann sich auf etwas gefasst machen. Und Tristan ebenso.

Jetzt erst sehe ich, dass der Faber als Henker gekleidet ist. Das überrascht mich nicht, es passt zum ihm. Und das macht die Sache noch gruseliger.

„Bürger und Bürgerinnen, sehet hier die Angeklagte Lena Liebhard. Sie wird der Hexerei bezichtigt. Sie soll mehrere alte Damen verzaubert haben." In der ersten Reihe stehen Ilse und Gertrud und der halbe Seniorenverein und winken mir begeistert zu. „Sie wurde gesichtet, wie sie mit Waldgeistern gesprochen hat." In den hinteren Reihen höre ich Gelächter der freiwilligen Feuerwehr, die bei der Suchaktion dabei war, als ich im Wald geschlafen habe. „Und sie wird bezichtigt, die Männer unserer schönen Stadt mit ihren Reizen zu verzaubern." Ich sehe links vor dem Schafott Johanna stehen, die mich ansieht, als wollte sie mir selbst mit dem Beil den Schädel abhacken. Gute Strategie vom Herrn Bürgermeister, mich als Männerverführerin hinzustellen.

Der Faber zwingt mich in die Knie und legt meinen Kopf auf den Hackstock. Ich wehre mich nicht, weil ich mich wie gelähmt fühle. Ich kann nichts tun. Es gibt keinen Ausweg für mich.

Und in diesem Moment passiert es. Ich bin bei dem 15-jährigen Mädchen Magdalena. Ich BIN das 15-jährige Mädchen Magdalena und stehe auf dem Schafott. Vor mir steht eine tobende Menge. Sie verschwimmt vor meinen Augen, denn ich bin völlig außer mir vor Angst. Die Gesichter erinnern an Fratzen aus der Fastnacht. Sie schreien mir entgehen. Manche spucken in meine Richtung. Neben mir steht der Henker, der meine Anklageschrift verliest. „Das Mädchen wird angeklagt der Promiskuität und Hexerei."

Meine Lippen flüstern unentwegt das Vaterunser, so automatisch, dass ich es fast nicht mitbekomme. In der Menschenmenge entdecke ich Agnes, die aussieht wie eine Greisin, gramgebeugt und um Jahre gealtert. Mir gegenüber auf einem Podest sitzt der Lehensherr mit seiner Gattin. Sein Ausdruck ist steinern, aber er vermeidet es, mir in die Augen zu sehen. Dann fällt mein Blick auf Tristans Gesicht, das schmerzverzerrt weint und schreit. Ich sehe ihn an und eine tiefe Traurigkeit überkommt mich um all die Tage, die ich nicht mit ihm verbringen werde können. Irgendwie entsteht ein Band von seinen Augen zu meinen Augen und in diesem Moment werden wir beide still. Der Lärm um mich versinkt und es ist, als wären da nur noch wir zwei im stillen Auge eines tosenden Orkans. Ich spüre undeutlich, dass mich zwei kräftige Hände aufheben, auf einen Balken stellen und an ein Holzgerüst festbinden, aber Tristans Augen leuchten und halten mich weiter in unserem geheimen Exil. „Ich komme zu Dir zurück“, flüstere ich. Und er hört mich. Denn er nickt und auch, wenn ich nicht weiß wie, so bin ich mir sicher, dass ich es schaffen werde. Ich rieche Rauch und begreife, dass sie den Scheiterhaufen angezündet haben und in diesem Moment schließt sich das Auge und der Orkan der Angst stürmt in voller Wucht auf mich hernieder.

Ich schreie und im nächsten Moment spüre ich einen Stich. Ich sehe Anais, die ein Blasrohr auf mich gerichtet hat, und dann schwinden mir die Sinne. Meine Seele begibt sich auf die Reise.

Ich öffne die Augen und blicke auf die Menschenmenge, die mich fasziniert anstarrt. Hinter mir der Faber in seiner lächerlichen Henkerskluft. Neben mir der selbstgefällige Bürgermeister. Brennende Wut durchfährt mich, als ich die Menschen anschaue und mir sicher bin, dass ein großer Anteil noch heute und ohne mit der

Wimper zu zucken meiner Hinrichtung beiwohnen würde, wenn das rechtlich verankert wäre.

Mein Blick streift nach rechts zu den Arkaden und dort sehe ich Alice mit schneeweißem Gesicht. Sie lehnt sich gegen eine Säule und jetzt sehe ich, dass sie eine Pistole in der Hand hat und auf mich zielt. Was? Warum? Nein. Nicht auf mich. Sie zielt auf den Bürgermeister. Mein Hirn ist fürchterlich schwerfällig, aber es dämmert mir. Sie will den Bürgermeister erschießen.

„Neeeeiiiiiiin!", schreie ich so laut ich kann. „Tu das nicht!"

Alice erschrickt und lässt die Waffe fallen. Sie bückt sich, um sie zu suchen. Deswegen sehen der Bürgermeister und der Faber nichts, als sie in ihre Richtung schauen.

Neben mir verstummt der Bürgermeister. „Ähm. Frau Liebhard, keine Angst, wir schlagen Ihnen schon nicht wirklich ihren hübschen Kopf ab." Er versucht das Ganze ins Lächerliche zu ziehen, aber ich merke, dass ihm unwohl ist.

Der Anblick von Alice, wie sie sich langsam wieder fängt und die Waffe neuerlich ausrichtet, gibt mir die nötige Kraft, um mich loszureißen und vom Podest zu stürmen.

Der Bürgermeister improvisiert. „Da ist uns doch tatsächlich unsere verurteilte Hexe entwischt, sapperlot". Er klingt schon lange nicht mehr so souverän wie zu Beginn.

Ich stürme in Richtung Alice und weil der Bürgermeister nicht akzeptieren kann, dass die Aufmerksamkeit auf mir statt auf ihm ruht, befiehlt er einen Trommelwirbel und erzählt von diversen, blutigen Urteilen, die in den Stadtarchiven verzeichnet sind. Die Menschenmenge hängt wieder gebannt an seinen Lippen.

Ich komme zu den Arkaden und reiße Alice die Pistole aus der Hand. „Tu das nicht, Alice. Lass uns irgendwo hingehen und reden." Sie ist leichenblass und hat Schweiß auf der Stirn. „Lass mich. Du verstehst das nicht. Ich muss dieses Schwein umbringen." Ich schiebe sie langsam in Richtung meines Zelts und rede auf sie ein. „Was soll dann aus Deinen Kindern werden, wenn Du ins Gefängnis musst", frage ich. Sie weint und lässt die Pistole los. „Ich kann das nicht mehr", wimmert sie und ich bin voll des Mitgefühls. „Ja das kenne ich", sage ich. Ich hebe den Zelteingang zur Seite und führe sie hinein. Dann platziere ich sie auf dem Besuchersessel und schenke ihr einen Tee mit Baldrian ein.

„Und jetzt erzähl mir alles, von Anfang an. Du kannst mir vertrauen, Alice, wirklich." Ich streichle ihre Hand.

„Er hat … ", beginnt sie und bricht dann wieder in Schluchzen aus. „Er hat sich an mich herangemacht. Er war zuerst so nett und weil Thomas oft so hart zu mir war, hat mir das gutgetan. Aber ich wollte das nicht, Lena, ich wollte das nicht. Danach hat er gesagt, wenn ich auch nur ein Wort darüber sage, wird mich die gesamte Gemeinde für eine Schlampe halten, die ich auch bin. Und der Faber hat mir auch gedroht, dass mir was zustoßen könnte, wenn ich nicht den Mund halte. Ich war mir nicht sicher, ob seine Drohung ernst war. Dann bin ich schwanger geworden und Ines war doch noch so klein und ich wusste nicht wohin." Alice wird von einem Heulkrampf geschüttelt.

Ich zähle eins und eins zusammen und bin schockiert. „Dein kleiner Sohn ist vom B … ?"

„Ja, Tommy ist von dem Scheißkerl", schreit sie mir entgegen. „Er kann doch nichts dafür. Mein wunderbarer kleiner Frosch. Aber Thomas war ohnehin schon so eifersüchtig, der hätte mir nie geglaubt, dass ich es nicht wollte. Außerdem hängt er dem Bürgermeister am Rockzipfel wie sein Schoßhund."

Ich erinnere mich an den ergebenen Jagdhund des Lehensherren und sage: „Vermutlich kann er nicht anders", Dann lache ich hysterisch, weil mir bewusst wird, was ich da unterstelle und frage mich, ob das wirklich sein kann. Himmel warum nicht. Alles andere ist ja auch komplett verrückt.

„Dann ist die Sache mit der Jacqui passiert und ich hab mir solche Vorwürfe gemacht. Wenn ich nur früher jemandem etwas gesagt hätte."

Ich bin wie vom Donner gerührt. „Wieso Jacqui? Was hat denn die damit zu tun? Die hat doch Selbstmord begangen."

Alice zuckt mit den Schultern. „Da bin ich mir nicht sicher, ich glaub das nicht. Es gab da so Gerüchte. Und weil sie immer so aufreizend angezogen war, haben die Leute wirklich schiarch über sie hergezogen. Aber ich hab gewusst, dass sie nicht lügt und habe nichts gesagt. Ich bin so ein Scheiß Feigling. Aber als er sich dann an Dich herangemacht hat, hab ich gewusst, dass ich etwas tun muss. Es tut mir so leid", flüstert sie.

„Um Gottes Willen, was tut Dir denn leid?". Ich nehme ihr Gesicht und drehe es zu mir „Er hat mir nichts getan, Alice, ich schwöre es. Gut er hat mich ein bisschen angegrabscht, aber sonst ist nichts passiert." Erleichterung spiegelt sich in Alice Schneewittchen-Augen. Dann weint sie wieder, aber diesmal aus Erleichterung. „Wirklich? Ich hab gedacht … Oh Gott sei Dank!"

„Aber das mit Jacqui musst Du mir noch einmal erklären. Du glaubst, dass Faber sie … umgebracht hat?"

Alice zuckt mit den Schultern. „Ich weiß nur, dass Jacqui nicht so feig war wie ich. Der war das Gerede der Leute egal. Ich glaube ich hätte das nicht überstanden, wenn die Leute so über mich gelästert hätten. Und stell Dir vor, was meine Kinder durchmachen hätten müssen."

Ich streichle ihr rhythmisch über den Rücken, weil ich mich leicht überfordert fühle. Wenn der Faber die

Jacqui aus dem Weg geräumt hat, wusste der Bürgermeister das? In dem Moment höre ich Tristans Stimme hinter mir. „Alles in Ordnung, Lena?"

Alice zuckt zusammen, schüttelt den Kopf und schaut mich beschwörend an. Sie will nicht, dass Tristan es erfährt. Aber wir brauchen ihn jetzt. Ich knie mich vor Alice hin. „Bitte Alice, lass Tristan helfen. Alles was Du ihm erzählst, ist streng vertraulich und er wird niemandem etwas erzählen, wenn Du das nicht willst." Ich sehe wie sie einen innerlichen Kampf ausführt, dann fallen ihre Schultern nach vor und sie nickt. „Na gut."

Tristan zieht eine Kiste heran und setzt sich zu uns. „Hat dieses Gespräch gerade etwas mit dem Schafott zu tun? Es tut mir so leid, ich hätte Dich da nicht rauflassen sollen." Ich schau ihn streng an. „Nein das hättest Du nicht, aber darüber reden wir ein andermal. Es geht um etwas anderes. Der Bürgermeister hat Alice … missbraucht. „Sexuell", füge ich hinzu, damit ja keine Unklarheit über das Ausmaß der Tat besteht. „Und der Faber hat ihr gedroht, dass ihr was passiert, wenn sie etwas sagt."

Tristans Gesicht wird um einige Nuancen blasser, aber seine Antwort überrascht mich. „Wann war das?" Er fragt nicht „Was echt? Wirklich? Der Bürgermeister?", sondern „Wann?". Wusste er etwas davon? Ich schaue ihn völlig entgeistert an.

Alice ist das nicht aufgefallen, sie zögert kurz und gibt sich dann einen Ruck. „Es war vor 4 Jahren auf dem Mittelalterfestival."

Tristan nickt grimmig. Scheiße, er hat echt etwas gewusst.

„Du hast das gewusst?", frage ich und meine Stimme überschlägt sich fast.

„Nein", sagt er bestimmt, als er merkt, wohin meine Gedanken gehen. „Du erinnerst Dich sicher an Jürgen, meinen Freund bei der Bezirkspolizei." Ich denke nach und kann mich dunkel an den sympathischen Mann mit dem schütteren Haar auf dem Hauptplatz erinnern, deswegen nicke ich. „Er ist vor ein paar Wochen zu mir gekommen und hat mich gebeten, die Augen in der Arztpraxis offen zu halten, da der Spezialeinheit für Sexualverbrechen Gerüchte über Vergewaltigungen in unserer Gemeinde zugetragen worden waren. Leider sind die Ermittlungen aber immer im Sand verlaufen. Der Zusammenhalt um den Bürgermeister scheint ziemlich stark zu sein."

Ich beruhige mich ein wenig „Ich versteh. Aber Tristan, es wird noch schlimmer. Der Tochter von Frau Sedlacek, der Jacqui, ist das Gleiche passiert und Alice glaubt, dass der Faber sie zum Schweigen gebracht hat", flüstere ich, weil ich Angst habe, dass uns wer zuhören könnte.

Tristan schaut uns beide kurz an. „Wir müssen Jürgen informieren. Bitte Alice, geben Sie mir die Erlaubnis meinen Freund von der Polizei einzuweihen."

Alice starrt auf einen Fleck vor sich am Boden. Ich nehme ihre Hand. „Ich bin an Deiner Seite und ich werde auch eine Aussage machen." Ich halte meine Wut im Zaum so gut ich kann, aber es fällt mir schwer. Diese Schweine. Seit Jahrhunderten tun das die Männer Frauen an. Ich möchte nicht daran denken, was mein mittelalterliches Alter-Ego ertragen musste, denn damals war es legal, Frauen zu vergewaltigen.

Alice nickt und flüstert: „Gut."

Tristan telefoniert mit Jürgen und kurze Zeit später betritt der sympathische Polizist das Zelt. Er begrüßt mich mit den lächelnden Augen, die mich schon vor ein paar Wochen auf dem Hauptplatz für ihn eingenommen haben. Dann wendet er sich Alice zu und stellt sich ihr vor. Die Art, wie er mit ihr spricht, zeigt, dass er Erfahrung in diesem Bereich hat und viel Empathie einbringt. Ich kann mir nicht vorstellen, wie es ist, ständig mit solchen Fällen zu tun zu haben. Je mehr Alice über ihre Erlebnisse spricht, umso leichter scheint es für sie zu werden. Mit jedem Satz klingt sie ein wenig selbstbewusster. Als sie ihre Erzählung beendet hat, berichte ich über die Annäherung des Bürgermeisters bei der Anprobe. Die Scham, die ich empfunden hatte, weil ich mich nicht stärker gegen seine Annäherung gewehrt habe, ist wie weggeblasen. Im Gespräch mit Jürgen wird uns klar, dass diese kleinen Grenzüberschreitungen genau die Strategie solcher Typen sind. Der Bürgermeister ging immer nur soweit, dass man ihm daraus keinen Strick drehen konnte. Bis er dann zum finalen Akt ansetzte.

Ich zögere und füge den Besuch von Jacquis Mutter im Zelt hinzu. Dabei erwähne ich, dass ich in Kontakt mit Anais bin und dass ich den Verdacht habe, dass sie mehr weiß. Jürgen nickt. „Das stimmt. Wir haben Anais bis auf weiteres empfohlen unterzutauchen, bis genug Beweismittel für eine Anklage vorliegen." „Warum?", frage ich. „Was weiß sie und woher?"

Jürgen seufzt. „Das darf ich Dir leider nicht sagen. Am besten Du frägst Anais selber." Dann entschuldigt er sich und ich höre, wie er in sein Handy spricht, dass er Unterstützung für die Verhaftung des Bürgermeisters und von Faber anfordert."

Das Schauspiel, dass sich dann vor unseren Augen entfaltet, beobachten wir mit grimmiger Genugtuung. Mehrere Polizeibeamte kämpfen sich von allen Seiten durch die Menschenmenge. Nachdem der Polizeiwagen in der Menge steckengeblieben war, hatten sich die Polizisten zu Fuß weitergekämpft. Ich sehe, wie zuerst Faber und dann der Bürgermeister erbleicht. Der oberste Polizeibeamte der Gemeinde erklärt den beiden vor der versammelten Menschenmenge ihre Rechte und führt sie ab. Ich atme aus. Was für ein Glück wir mit der Zeit und dem Land haben, in welchen wir leben. Zumindest hier wird der Bürgermeister seine gerechte Strafe erhalten, auch wenn das Verbrechen an sich trotzdem geschehen ist.

Die Menge johlt, denn die meisten glauben, dass es sich hier um ein gut inszeniertes Schauspiel unter Mitwirkung der lokalen Politiker handelt. Auch der Seniorenverein ist begeistert und zeigt erhobene Daumen zu uns herüber. Ich breche in hysterisches Lachen aus und als ich zu Alice rüber sehe, lacht sie auch völlig ungläubig. Sie kennt meine Vorgeschichte mit Ilse und Gertrud nicht, aber ich glaube, wir bauen einfach beide unsere immense Spannung ab.

30 Das Abschiedsritual

Es ist der TAG DANACH. Wir haben in unserem idyllischen Innenhof einen provisorischen Tisch aufgestellt und für uns und unsere Gäste ein Frühstück aufgedeckt. Alice hat bei uns übernachtet, gemeinsam mit ihren Kindern, die Tristan mit ihr noch am Abend von einer Tante geholt hat. Jürgen war kurz nach acht aufgetaucht, um uns über die weiteren Geschehnisse am Laufenden zu halten. Kurz danach hatte Anais an der Türe geklopft und war mir in die Arme gefallen. Jürgen hatte sie verständigt, dass sich der Bürgermeister und Faber in Untersuchungshaft befänden.

Ich blicke in die Runde und bin glücklich. Wie schön es ist, mit einer Gruppe von Menschen, die man mag, beim Essen zu sitzen. Ich habe mich ins Zeug geworfen und Waffeln gebacken, die Kräuter aus dem Garten zu Aufstrichen verarbeitet und kleine Radieschen mit Gesichtern für Alices Kinder geschnitzt. Der kleine Tommy sitzt auf meinem Schoß, als ob wir uns schon ewig kennen würden. Das erste, was er heute in der Früh sagte, als er wach wurde und mich sah, war „Bonto Saurer“.

Jürgen erzählt, dass sich die Anwälte des Bürgermeisters und Fabers bereits formiert hätten, aber dass die Beweislage gut stünde. Es bestünde sogar die Möglichkeit, die Gattin des Bürgermeisters, mit der Androhung einer Gefängnisstrafe wegen Behinderung einer Mordermittlung, zu einer Aussage zu bewegen.

Dies ist ein weiterer Teil des Puzzles, den uns Anais nun erzählt. Die Gattin des Bürgermeisters ist ziemlich schwere Alkoholikerin und hatte sich letztes Jahr am Mittelalterfestival von Anais die Zukunft vorhersagen lassen. Anais sah einen „dunklen Schatten auf ihrer Seele“ und empfahl ihr, dass sie sich besser fühlen würde, wenn sie ihr Geheimnis mit jemandem teilen würde, ohne eine Ahnung in welches Wespennest sie damit stach. In trunkener Weinerlichkeit heulte die Bürgermeistergattin über die vielen Flittchen, mit denen sich ihr Gatte ständig vergnügte. Dass dieses schrecklich Mädchen Jacqui ihm den Ruf ruinieren hätte wollen und der Faber wie immer hinter ihrem Waschlappen von Gemahl aufgeräumt hatte. Scheinbar hatte sie nach ihrer Ausnüchterung ein mieses Gefühl bekommen und dem Bürgermeister gebeichtet, was sie der Wahrsagerin erzählt hatte. Daraufhin hatte Anais eindeutige Drohungen von Faber erhalten und war nach einem Gespräch mit Jürgen in der Versenkung verschwunden. Alice und Jürgen scheinen einen Draht zueinander zu haben. Gerade fachsimpeln sie über Kindererziehung. Soweit ich mitbekommen habe, hat Jürgen zwei Söhne, die er allein erzieht. Vor meinem geistigen Augen tauchen die beiden mit einer großen Schar Kinder auf. Ich lächle und sehe, dass Anais sie auch gerade beobachtet. Wir zwinkern uns zu.

Tristan nimmt meine Hand und zieht mich zu sich, um mir einen innigen Kuss zu geben. Ich kann es immer noch nicht fassen, wie anders unser Verhältnis jetzt ist. Anais kichert und sagt zu ihm: „Du bist ein stattlicher Mann geworden, das freut mich“.

Tristan schaut mich verwundert an, aber ich zucke nur mit den Schultern und deute mit meinem kreisenden Finger an, dass Anais ziemlich durchgeknallt ist. Ich bin noch nicht soweit, ihm zu erzählen, dass er sie vermutlich aus einem früheren Leben kennt. In diesem Moment läutet wieder unsere Türglocke und ich gehe zum Hoftor, um es zu öffnen.

„Mama“ Ich bin völlig verblüfft meine Mutter zu sehen. Sie steht da, strahlt mich an und wir umarmen uns.

„Du hast mich eingeladen, schon vergessen?“, sagt sie, als ich sie frage, was sie hier tut. Tatsächlich hatte ich meine E-Mail, und dass Tristan diese weitergeleitet hat, komplett vergessen. Sie war ja wegen des geplanten Lena-Abschiedsrituals da. Kurz habe ich ein schlechtes Gewissen, weil sie ja immer noch nicht weiß, dass ihre richtige Tochter eigentlich tot ist. Aber dann wische ich diese Bedenken beiseite und entscheide, dass heute ein Tag der Freude ist, weil der Bürgermeister endlich im Knast sitzt. Ich stelle meine Mutter den Anwesenden vor und koche nochmal eine Runde Kaffee.

Wir verbringen mehr oder weniger alle den Tag zusammen und am Abend lade ich das Grüppchen ein, an dem Lena-Florian-Abschiedsritual teilzunehmen. Wir schichten im hinteren Teil des Gartens Holz für ein Lagerfeuer auf und als es dunkel wird, entzünden wir es. Alices Kinder sind trotz Aufregung eingeschlafen und liegen auf einer Decke neben dem Feuer.

Ich beginne die Geschichte von Lena und von Florian zu erzählen. Die Leichtigkeit, mit der sie begonnen hat und dann langsam zu einer großen Liebe gewachsen ist. Die Schwierigkeiten, die wir hatten, unser beider Lebensstile zu vereinen. Über den Verlust des Kindes, von dem ich außer Tristan und Anais noch nie jemandem erzählt hatte. Und wie ich das Verschwinden von Florian nicht verkraften konnte, weil es mich zum zweiten Mal mit dem Verlust unserer Liebe und unseres ungeborenen Kindes konfrontierte. Ich werfe Fotos und Zeichnungen ins Feuer und wünsche Florian und der alten Lena alles Gute auf ihrer Reise zum Horizont. In mir steigen ein Lächeln und eine Zufriedenheit auf, dass es so gut ist. Ich glaube Lena ist damit einverstanden, dass ich in ihrem Körper den Rest meines Lebens mit Tristan verbringe.

Ich sehe, wie meiner Mutter Tränen über die Wangen rinnen und ich beschließe, ihr die beste Tochter zu sein, die ich für sie sein kann. Wer weiß schon, auf welche Art wir auf unserer Reise durch die Zeit früher miteinander verbunden waren. Tristan hat eine alte Gitarre gefunden und Jürgen spielt überraschend talentiert ein paar Lieder darauf. Das ist wunderschön und ich finde eine bessere Abschiedszeremonie hätte sich Lena nicht wünschen können. Ich sehe, wie Alices Blick bewundernd an seinen Fingern hängt. Nach einiger Zeit räuspert sich Anais. „Ich möchte Euch gerne eine Geschichte erzählen, die sich angeblich in dieser Gegend zugetragen hat. Es ist eine Geschichte voller Leid, aber vielleicht hilft es uns allen, dankbar zu sein für die Zeit und das Land, in welchen wir leben“. Ich nicke, denn ich hatte ja den gleichen Gedanken.

31 Die Legende

„Es war einmal im späteren Mittelalter ein junges Mädchen, das als Lehrmädchen bei einer Heilerin lebte. Lasst sie uns einfach Magdalena und Agnes nennen. Das Mädchen war sehr begabt und wissbegierig. Sie lernte Kräuterkunde und Handauflegen sowie die alte Kunst des Ansprechens. Ihre Lehrerin Agnes lehrte sie sogar das Lesen und das Schreiben, was für Leute ihres Standes ungewöhnlich war, denn sie waren Leibeigene des örtlichen Lehensherren.

Das junge Mädchen lebte mit Agnes in relativer Einsamkeit und so ist es nicht überraschend, dass sie sich in den stattlichen Knecht eines naheliegenden Bauernhofes verliebte. „Ich nenne ihn … ", Agnes schaut sich wie zufällig in der Runde um und schmunzelt in Tristans Richtung: „Tristan."

„Die beiden wussten ziemlich bald, dass sie die große Liebe gefunden hatten. Und sie träumten davon eine gemeinsame Familie zu gründen. Das war zur damaligen Zeit schon schwierig genug, da sie beide zu einem niedrigen Stand gehörten und eigentlich kein Geld für eine Eheschließung hatten. Aber es gab noch ein weitaus größeres Problem. Der Lehensherr hatte das bildhübsche Mädchen auf dem örtlichen Jahrmarkt gesehen und sich auf Anhieb in sie verliebt. Oder sie zumindest auf Anhieb begehrt.

Tatsächlich muss es mehr als nur eine oberflächliche Leidenschaft für ihn gewesen sein, denn er holte das Mädchen auf seine Burg unter dem Titel der „ersten Nacht“, des „ius primae noctis“. Um diesen Titel geltend zu machen, musste er jedoch auch einen geeigneten Gatten für sie bereitstellen, der sie anschließend heiraten würde. Der Plan war, das Mädchen als seine Liebschaft auf der Burg zu behalten, bis er seine Sehnsucht gestillt hatte und sie dann mit seinem Meier, dem Verwalter seiner Ländereien, zu verheiraten. Aus seiner Sicht ein großzügiges Arrangement für ein Mädchen niedriger Herkunft.

Als Magdalena davon erfuhr, dass der Lehensherr ihre Jungfräulichkeit begehrte, beschloss sie, dass sie zumindest einmal die Liebe so erleben wollte, wie sie zwischen Mann und Frau gedacht war. Mit Hingabe und Leidenschaft. Und so verbrachten sie und Tristan eine wunderbare Liebesnacht zusammen. Ohne dass sie das beide wussten, entstand daraus ein Kind.

Die junge Magdalena wurde auf die Burg des Lehensherrn gebracht und ertrug dort tapfer die ihr auferlegte Rolle als Geliebte des Lehensherren. Ich denke sogar, sie gewöhnte sich einigermaßen daran und sicherlich war sie von dem Prunk, in dem sie auf einmal lebte, auch beeindruckt. Verständlich, denn davor hatte sie in einer

Lehmhütte ohne jeden Komfort gelebt und genau zwei Kleider besessen.

Als klar wurde, dass sie schwanger war, informierte sie der Lehensherr über das Arrangement mit dem Meier des Gutes.

Für Magdalena brach das zweite Mal eine Welt zusammen. Sie hatte gehofft, zu Tristan zurückkehren zu können, nachdem der Lehensherr ihrer überdrüssig geworden war. Sie hatte gehofft, dass das Kind von Tristan wäre und sie es vielleicht gemeinsam aufziehen könnten. Ausserdem war überall bekannt, dass der Meier ein extrem grausamer, sadistischer Mann mit abartigen Vorlieben war. Und so plante Magdalena ihre Flucht. Wie in allen tragischen Geschichten gab es ein Leck und der Lehensherr erfuhr davon, dass er weder der erste Liebhaber Magdalenas gewesen war, noch seine Vaterschaft sicher war. Sein Zorn war umso größer, als er sich in dem Glauben gewähnt hatte, Magdalenas Zuneigung zu besitzen. Es war leicht für ihn, Magdalena der Hexerei zu bezichtigen, denn als Heilerin verfügte sie ohnehin über Kräfte, die die Kirche und Ärzte für ketzerisch hielten. Ihre roten Haare und ihre Schönheit erledigten den Rest. Und so wurde sie als eine der letzten Hexen in unserer Region am Scheiterhaufen verbrannt."

Es ist mucksmäuschenstill am Lagerfeuer, als Anais mit ihrer Erzählung endet. Zum Glück ist es so dunkel, dass man meine Tränen nicht sehen kann. Ich bin froh, jetzt die ganze Geschichte zu kennen, aber ich muss erst verdauen, was mir da offensichtlich widerfahren war. Tristan streichelt meinen Nacken. Ich weiß nicht, ob er ahnt, wie sehr die Geschichte mit uns beiden zu tun hat. Vielleicht muss er das auch nicht wissen. Er greift nach hinten in einen Wasserkübel, in dem wir Wein eingekühlt haben und zieht eine Flasche Blauburgunder hervor. „Lasst uns darauf anstoßen, dass diesmal die richtige Seite gewonnen hat“. Damit bricht er den Bann des beklommenen Schweigens und wir beginnen wieder zu plaudern. Langsam zieht sich einer nach dem anderen zum Schlafen zurück. In einer ruhigen Minute spreche ich Anais an. „Und warum hieß die Frau in der Geschichte Agnes und nicht Anais?“

Anais funkelt mich mit ihren verschiedenfarbigen Augen an: „Weil ich eigentlich Agnes heiße. Anais ist nur mein Künstlername.“

32 Abschluss mit Ruth

Eine Woche später sitze ich bei Ruth. Es ist unsere Abschlusssitzung. Denn es geht mir richtig gut. Tristan und ich sind so verliebt, wie wir es nicht einmal vor unserer Hochzeit waren. Vielleicht nicht einmal im letzten Leben. Ich fühle mich jeden Tag kräftiger. Es ist, als würde erst jetzt meine Seele meinen Körper ausfüllen und ihn stärken. Ich schmiede Pläne, meine Fähigkeiten als Heilerin weiter zu entwickeln. Der Bürgermeister und Faber sitzen nach wie vor in Untersuchungshaft. Alice hat ihren Mann verlassen und wir sehen uns regelmäßig. Sie ist wie ausgewechselt. Ich glaube die Sache mit Jürgen könnte etwas werden, aber sie lassen sich Zeit.

Ich habe mir lange überlegt, was ich Ruth erzählen soll. Und habe mich entschieden, ihr die ganze Geschichte zu offenbaren.

Jetzt sitzt sie mir sehr gerade gegenüber und rührt wie ein aufgezogener Duracell-Hase in ihrer Tee-Tasse. Ich glaube es ist kaum noch Tee darin vor lauter Umrühren.

„Das ist kolossal, Lena. Sigmund Freud würde aus seinem Lehnstuhl rutschen vor Begeisterung über ihre ausdrucksvollen Träume. Ich meine, ich will nicht sagen, dass es nicht möglich ist, dass hier tatsächlich ein Transfer stattgefunden hat.“ Sie räuspert sich ein wenig bei dem

Wort „Transfer“ und lacht nervös, was untypisch für sie ist. Aber ich nehme es ihr nicht übel, denn diese Walk-in-Sache kann einem schon das Gehirn explodieren lassen.

„Aber selbst, wenn dem nicht so wäre, ist ihre Wandlung beeindruckend. Sie haben ein neues Ich erschaffen, um ihr Trauma zu verarbeiten. Ich habe selten so eine Persönlichkeitsveränderung erlebt, die so durchgängig ist wie die ihre. Früher der Freigeist, das Malen, das Abenteuer, jetzt die Kräuter, die Familie, die Partnerschaft. Großartig! Wissen Sie denn schon, wohin Sie sich beruflich entwickeln möchten? Offensichtlich kann Magdalena ja auch zeichnen.“ Ich freue mich über die Fragen, denn tatsächlich hat sich in den letzten Wochen eine Vorstellung in meinem Kopf geformt. Ich möchte meine Liebe zum Kochen und zu den Kräutern beruflich nutzen und eine kleine Kochstube mit Mittagsmenü, Kochseminaren und Kräuterlehrgängen eröffnen. Seit ich angefangen habe, mich damit zu beschäftigen, wirbeln die Ideen nur so in meinem Kopf herum. Ich habe auch schon mit Tristan darüber gesprochen und er ist begeistert.

Ruth klatscht begeistert in die Hände, als ich ihr davon berichte. Wir sprechen noch darüber, dass wahrscheinlich der frühe Tod meines Vaters damit zu tun hatte, dass der neuerliche Verlust mich so aus der Bahn geworfen hat. Ich merke, wie sie versucht, meine Geschichte in ihr wissenschaftliches Konstrukt einzuarbeiten und widerspreche nicht.

Vielleicht stimmt es ja. Vielleicht habe ich die Inkarnations-Geschichte gebraucht, um wieder auf die Beine zu kommen und in Wirklichkeit habe ich nur einen anderen Teil meiner Persönlichkeit hervorgekramt. Andere Gene aktiviert, würden vielleicht Wissenschaftsfanatiker behaupten. Wer weiß schon, wie dieses Seelenwanderungsdingsbums wirklich funktioniert. Vielleicht ist ja ein Seelenanteil namens Lena gestorben und der andere übriggeblieben, vielleicht gibt es ja Seelen, die sich gemeinsam auf den Weg machen. Ich weiß es nicht.

Aber das wirklich Gute ist.: Ich weiß wer ich JETZT bin und sein möchte.

Ich bin Magdalena!

Ende

Informationen zur Autorin finden Sie auf

www.sabinekunz.at

Weitere Bücher von Sabine Kunz

Die Saubermacherin – ein Putzfrauen-Krimi

Staubsaugen, Klo schrubben und nebenbei die Welt retten –

ein stinknormaler Tag in Millies Leben. Auf den ersten Blick putzt sich die balkanstämmige Wienerin durch die Haushalte der Oberschicht, doch hinter der Fassade ist Millie Agentin eines internationalen Spionagenetzwerks von Reinigungskräften. Ihr aktueller Auftrag führt sie auf die Spur einer globalen Verschwörung um manipulierte Lebensmittel. So weit Routine, aber warum hat ihre Chefin plötzlich Geheimnisse vor ihr? Und was hat ihr

Die Saubermacherin – wischen impossible

Der Theaterregisseur Oscar Bydlinsky erleidet einen Nervenzusammenbruch, weil sein Skript auf seltsame Weise manipuliert wurde. Ioana, Putzfrau mit geheimer Agenda, wird von ihrer Agentur beauftragt, den scheinbar „durchgeknallten" Regisseur zu durchleuchten. Doch anstatt der erhofft einfachen Lösung des Falls wird er immer mysteriöser. Und als wäre das nicht genug, muss sich Ioana privat auch noch mit alten Familiengeheimnissen und aufkeimenden Gefühlen für ihren Vorgesetzten herumschlagen.

Printed in Poland
by Amazon Fulfillment
Poland Sp. z o.o., Wrocław

36865597R00161